Paul Mann

Das participium praeteriti im Altprovenzalischen (nach den Reimen der Trobadors)

Paul Mann

Das participium praeteriti im Altprovenzalischen (nach den Reimen der Trobadors)

ISBN/EAN: 9783743491052

Hergestellt in Europa, USA, Kanada, Australien, Japan

Cover: Foto ©Andreas Hilbeck / pixelio.de

Manufactured and distributed by brebook publishing software (www.brebook.com)

Paul Mann

Das participium praeteriti im Altprovenzalischen (nach den Reimen der Trobadors)

AUSGABEN UND ABHANDLUNGEN
AUS DEM GEBIETE DER
ROMANISCHEN PHILOLOGIE.
VERÖFFENTLICHT VON E. STENGEL.
XLI.

DAS PARTICIPIUM PRAETERITI

IM

ALTPROVENZALISCHEN.
(NACH DEN REIMEN DER TROBADORS.)

VON

PAUL MANN.

MARBURG.
N. G. ELWERT'SCHE VERLAGSBUCHHANDLUNG.
1886.

Seiner Excellenz

dem Herrn Grafen

Hermann von Wartensleben,

commandierenden General des III. Armee-Corps,
Ritter hoher Orden, etc. etc.,

in hoher Verehrung

gewidmet

vom Verfasser.

Die 1879 erschienene Dissertation von J. Ulrich: »Die formelle Entwicklung des Part. praet. in den romanischen Sprachen« ist in der Romania VIII von G. Paris als eine verdienstvolle und scharfsinnige Untersuchung gebührend hervorgehoben worden. Gleichwohl ist durch sie die Forschung über dieses Capitel der romanischen Grammatik noch nicht als abgeschlossen zu betrachten, da es Ulrich fast nur auf eine nähere Erörterung des von Diez bereits zusammengetragenen bezüglichen Sprachmaterials ankam, nicht aber auf eine Sicherstellung und Vervollständigung der dort aufgeführten Formen. Eine solche Aufgabe für sämmtliche romanischen Sprachen durchzuführen, würde auch über die Kräfte eines Anfängers bei Weitem hinausgehen. Ich habe deshalb in nachstehender Arbeit versucht, die Ulrich'sche Abhandlung in dem angedeuteten Sinne zunächst für das Provenzalische zu ergänzen.

Nicht beliebige Belege für die einzelnen provenzalischen Participia, wie sie sich, wenn auch in geringer Anzahl, schon bei Diez: Grammatik etc. finden, durfte ich für meine Untersuchung auswählen, sondern nur solche, deren Form sich anderweit, als durch die doch recht schwankende und mangelhafte Orthographie sicher stellen liess. Als derartige Belege sind der Hauptsache nach nur die in den Reimen der Trobadors vorkommenden zu betrachten. Die Bedeutung des romanischen Reimes für Feststellung der einzelnen Formen und Laute ist erst in letzter Zeit gebührend gewürdigt worden, und dadurch erklärt es sich hinreichend, dass Belegsammlungen nach diesen

Gesichtspunkten bisher noch nicht angelegt worden sind. Ich habe mich bemüht, alles Beweismaterial zusammenzutragen. Zu diesem Zwecke stellte mir Herr Prof. Stengel in bereitwilligster Weise seine Material-Sammlungen zur Verfügung. Für diese Freundlichkeit, sowie für manche mir zu Teil gewordene Anregung und Förderung, sage ich ihm auch an dieser Stelle meinen tief gefühlten Dank.

Vorarbeiten zu der von mir geführten Untersuchung sind die von Diez: Gramm., Bd. II, und die von Bartsch: »Chrest. prov« im »tableau sommaire« bei Gelegenheit der Besprechung der Verbalflexion aufgeführten Participia, dann einige kleinere Aufsätze und Abhandlungen in Zeitschriften, welche im Laufe der Untersuchung genannt werden.

Hinsichtlich der Einteilung der Participia sei bemerkt, dass ich statt der von Diez gebrauchten Bezeichnungen »starke und schwache Verba« die Ausdrücke »archaische und lebende Flexion« verwandt habe. Gegen die von Diez gebrauchten Bezeichnungen haben hinsichtlich ihrer Zulässigkeit für die romanischen Sprachen verschiedene Gelehrte meiner Ansicht nach berechtigten Einspruch erhoben.

Als zweiten Teil der Untersuchung habe ich, angeregt durch die Leistungen verschiedener Gelehrten auf altfranzösischem Gebiet, auch für das Provenzalische die Frage nach der Concordanz des Particips in activer Verbalconstruction einer näheren Erörterung unterzogen.

Den dritten und letzten Teil der Arbeit bilden die Reimreihen, welche das Material für die beiden ersten Teile geliefert haben und in der aus anderen ähnlichen Untersuchungen bekannten Art geordnet worden sind.

Die Liste der benutzten Texte ist dieselbe, welche Loos: »Nominalflexion im Provenzalischen« (A. u. A. XVI pag. 7) aufführt.

I. Classification und Erklärung der Participialformen.

A. Participia archaischer Flexion.

Diez: Rom. Gr. II,⁴ 215 sagt:

»Das Particip ist dreifach. 1) Die Form *s* entsprang vorzugsweise aus lat. *sus*, fällt also mit der des Perfects zusammen: *ars, aers, claus*; zu dieser Klasse zog man auch *somos (summonitus), respos (responditum)*. 2) *T* entsprang aus *ctus, ptus, rtus: dit, fait, trait, rot, escrit, tort, ubert (apertus)*, dazu *tolt*. Sofern *t* in *ct* oder *pt* seinen Ursprung hat, steht dafür nach gemeiner Regel auch *ch* oder *g: fait fach, eleit eleg, escrit escrich*. 3) *ut* meist aus *ttus«* etc. etc.

Diez scheidet also die Klasse der »starken Participia*)« zwar in solche, welche die Form *s* und andere, welche die Form *t* zeigen, lässt aber die letzteren nur aus *ctus, ptus, rtus* entspringen. Eine Anzahl schriftlateinischer, stammbetonter Verba bildete aber das Particip mit Hilfe des Suffixes *-to* in der Weise, dass zwischen Stamm und Suffix der Kennlaut *i* eingeschoben wurde. Diese sind im Provenzalischen nicht untergegangen; denn neben der allerdings geringen Zahl schriftlateinischer Bildungen dieser Art weist das Provenzalische auch einige hierher gehörige Archaismen oder Neubildungen des Vulgärlatein auf.

Hierüber sagt J. Ulrich a. a. O. pg. 5: »Die lateinische Sprache bildet das Part. perf. pass., indem sie das Nominalsuffix *-to* entweder an die Wurzel oder an das Verbalthema

---

*) Was diesen Ausdruck angeht, vergl. das in der Einleitung Gesagte.

ansetzt«. Er nimmt also an, dass die doppelte Form des Suffixes aus einer urprünglich einheitlichen geflossen ist, was er pg. 8 ff. näher entwickelt.

In jüngster Zeit hat auch Birt: *de participiis latinis quae dicuntur perfecti passivi disputatio* (Marburger Lectionscatalog, Wintersemester 1883/84) sich dahin ausgesprochen *).
Eine eingehende Erörterung dieser Frage würde mich zu weit führen, ist, streng genommen, hier auch nicht am Platze. Über die Literatur vergl. Ulrich a. a. O., zu welcher noch hinzuzufügen ist eine Untersuchung von Richter: *de supinis latinae linguae*, Königsberg (1856—60, 5 Progr.), welche viel Interessantes bietet.

Das Suffix -*to* tritt also entweder direct an den Stamm, oder es wird vermittelst eines Bindevocals an denselben angehängt. Im ersteren Falle modificiert es im Provenzalischen den stammauslautenden Consonanten, falls dieser gutturale oder labiale Tenuis ist (*faitz, fach, fag* etc.; *escrich, escricha*). Dieser Umstand erfordert es, die hierher gehörigen Participialformen getrennt von den übrigen auf -*rtus* zurückgehenden zu behandeln. Der Besprechung dieser Formen wird sich zuerst eine Erörterung der mit Bindevocal gebildeten, dann eine Besprechung der mit dem Suffix -*so* gebildeten Formen anschliessen.

-*to*-Participia.

I. Das Suffix -*to* tritt unmittelbar an den Verbalstamm, welcher auf liquida *r* auslautet.

a. Schriftlateinische Formen.

Inf. mori (prov. *morir*): Part. *mor-t(u)us*, wovon das Prov. seine Formen *mort, morta, morts* herleitet.

aperire (im Prov. nicht belegt): Part. *aper-tus*, welches *apert, aperta, apertz* ergiebt.

---

*) Vergl. darüber W. Meyer im »Literaturblatt für rom. und germ. Philologie« 1884, Spalte 185, und eine Recension in der »Philologischen Rundschau, Dez. 1884«.

opĕríre (prov. *ubrir*): legt sein Participium *opertus* den Formen *ubert, uberta* (*huberta*), *ubertz*, sowie den Compositis *tcubertz, descubert* zu Grunde*).

de-sĕrere (prov. nicht belegt): *desertus*: prov. *desert, deserta, desertz*.

tórquere (prov. *tordre*) vom lat. *tortus*, bildet das Prov. *ort, torta, tortz*, sowie die Composita: *destort; estort, est o rta estortz*.

Die Formen auf *-ort, -orta, ortz* haben sämmtlich »*o larg*« (cf. Donatz, pg. 57 ed. Stengel). Desgleichen zeigt das *e* der Endungen *-ert, -erta, -ertz* offene Aussprache (vergl. Donatz pg. 49 und Wiechmann: »Aussprache des prov. *E*«, Halle 1881, pg. 22).

b Neubildungen.

Der Präsensstamm liegt zu Grunde.

ferre (prov. *offrir, suffrir* etc.). Hierzu ist zu vergleichen, was Pott: »Plattlateinisch und Romanisch« (Kuhn's Ztschr. I, 330) sagt. Er bemerkt, dass zum lat. Präsens *fero*, obgleich sich dies sonst in seinen Stammformen anderweitig ergänzt, doch im Plattlat. Formen wie *fertilis, fertorius* finden. Nachdem er die bezüglichen Formen in einzelnen romanischen Sprachen aufgeführt hat, bemerkt er weiter, dass Ducange ein »*offerta*« nachweist. Er selbst belegt noch »*offertorium*«. Lat. *ob-fĕr-tus ergab *offertz, ufertz*. Desgleichen wurde *sub-fer-tus zu *sofert, suffert, sufertz*.

---

*) Diez im »Et. Wtbch.«⁴ pg. 652 leitet *ubrir* aus *adubrir* ab; *a* sei bedeutungslos einem lat. *de-operire* vorgesetzt. Littré sei der Meinung, sagt Diez weiter, die Sprache habe entweder die beiden lat. Wörter *aperire* und *operire* mit einander verwechselt, oder sie habe, wie auch sonst, lat. *a* in *o* (*ou*) verwandelt und dies dem Prov. und Catalan. mitgeteilt.

Das Nebeneinanderbestehen der Formen *apert* und *ubert* im Prov. macht die Annahme einer Vermengung von *aperire* und *operire* unmöglich und giebt an die Hand, für *apert* den Inf. *aperire*, für *ubert* den Inf. *operire* anzunehmen.

Bei Guiraut de Borneill ist eine Form *profers* belegt, welche mit anderen, entschieden *ers* zeigenden Reimwörtern gebunden ist. Trotzdem muss man annehmen, dass diese Form nur für *profertz* (aus lat. **pro-fĕrtus*) eingetreten ist; es ist nämlich erwiesen, dass *tz* im Auslaute nicht selten durch *s* vertreten wird (cf. Stimming: B. d. B. Anm. pg. 241).

II. Das Suffix *-to* tritt ebenfalls unmittelbar an den stammauslautenden Consonanten. Derselbe ist aber:

a. gutturale tenuis.

Die lat. Consonantengruppe *ct* hat in ihrer Entwicklung vom Lat. zum Prov. einen doppelten Weg genommen. Es überwiegt entweder der gutturale Laut *c*, indem er bei weicher Aussprache stimmhaft oder tönend wird. Danach schreitet er zum *j*-Laut fort, und indem das *t* des Stimmtones verlustig wird, entwickelt sich der palatale Quetschlaut. Oder der dentale Laut (*t*) überwiegt, wodurch *c* zur Vocalisation gedrängt oder auch ganz und gar verflüchtigt wird. Vergl. hierüber auch F. Neumann: Zur Laut- und Flexionslehre des Afrz., Heilbronn 1878, pg. 23; ebenso: Thomsen: Mém. de la Société de linguistique III, 106, und Havet: Rom. VI, 323, sowie Rev. des langues rom. VI, 102. Auch W. Mushacke: »Die Mundart von Montpellier« (frz. Stud. IV, 5,81 ff.) ist zu vergleichen.

So erhalten wir vor *ct* bei *a* die Gruppen *-ag* (*-ach*) und *-aitz*; bei *e* und *i* vor *ct*: *-eg* (mit den graphischen Varianten *-eig*, *-ieg*, *-ech* und *-eich*) und *-ich*, *-itz*; endlich bei *u* vor *ct* die Gruppen *-uch* und *-utz*.

Das in unorganischer Lautvertretung sich findende *-ag*, *-ig*, *-ug* bei Participien lebender Flexion bin ich geneigt für eine Analogiebildung zu den hier vorliegenden Formen anzusehen. Aus den Reimen der Trobadors sind allerdings nur Formen mit *-uch*, *-ucha*, die der lebenden Flexion angehören, zu belegen; indessen bringt Chabaneau: Rev. des langues rom. IX, 359 auch andere Formen aus der »Croisade contre les Albigeois« bei und unterwirft dieselben einer Besprechung. Er führt auf: *partig*, *escarnig*, *apelag*, *pregag*; ob das auslautende *g* aber wirklich dem *i* der lat. Flexionsendung zu verdanken ist, scheint mir zweifelhaft.

Unterziehen wir jeden dieser Fälle einer näheren Betrachtung.

1) Bei *a* vor *ct* ergeben lat. -*actum* und -*acti* die Endungen -*ag*, -*ach*; hingegen aus -*actus*, -*actos* resultiert -*aitz*. Für die ersteren tritt wohl nur ausnahmsweise (vier Fälle gegenüber einer ungefähr zehnfachen Anzahl von Schreibungen mit -*ag*, -*ach*) die Schreibung -*at* auf, während sich die Schreibungen -*atz* und -*aitz* für -*actus*, -*actos* numerisch das Gleichgewicht halten. Dass in der Endung -*ait*, -*aitz* das *i* in der That, wenn auch wohl nur selten, verflüchtigt werden durfte, beweisen mehrere Fälle, wo -*actos*, -*actus* und -*atos*, -*atus*, sowie -*actum* und -*atum* mit einander gebunden werden.

Hierher gehören folgende Participialformen:

agere (im Prov. nicht mehr erhalten) bildete ein Part. *actus*, welches in dem adverbiell gebrauchten *atrazag* vorliegt. Daneben auch *trazaitz*.

facere (prov. *faire*) bildete das Part. *factus*, woraus im Prov. die Formen *fag*, *fat*, *fait*, *fayt*, *fatz*, *faitz*, sowie die Composita *benfag*, *benfach*, *benfaich*, *benfaitz*; *forfag*, *forfach*, *forfait*, *forfatz*, *forfaitz*; *malfag*, *refaitz* entstanden sind.

Das Part. vom lat. frangere (prov. *fránher*) lautete *fractus*. Dieses liegt vor in *frag*, *frach*, *frait*, *fraitz* und in den Compositis *affraitz*, *defraitz*, *refraitz*, *sofraitz*.

trahere (prov. *traire*) legt sein Part. *tractus* folgenden Formen zu Grunde: *trag*, *trach*, *trait*, *trays* (für *traitz*) und den Compositis *atrag*, *atraitz*; *contrag*, *contraitz*; *estraitz*; *maltrag*, *maltraitz*; *retrag*, *retratz*; *sostrag*.

2) *e* und *i* vor *ct* erfahren gleiche Behandlung. Ihr Schicksal ist dasselbe, wie das des *a* vor *ct*. In den Endungen -*ectum*, -*ictum*, -*icti* (-*ecti* kommt in den Reimen nicht vor) ergeben sich nämlich -*eg* (woneben aber auch -*eig*, -*eich*; -*ech*, -*ieg*)

oder -*ich* (*dich*); ein Mal findet sich für -*ectum* die Endung -*it* (*descoffit*). Im Femininum ergeben -*ectam*, -*icta*, -*ictam* die Endungen -*echa*, -*eicha*; -*icta*, -*ictam* einige Mal auch -*icha*. In den Reimreihen auf -*ida* finden sich keine hierher gehörigen Participia. Daraus ergiebt sich wohl, dass für das Femininum nur der Palatal gestattet ist. -*ictus*, -*ictos* (*ditz*), -*ectus*, -*ectos* (*desconfitz*, *eslitz*) ergeben die Endung -*itz*, und nur ein einziges Mal begegnet *estreig* für lat. *ex-stric-tus*.

Folgende Formen sind belegt:

conficere (prov. *co(n)faire*) bildet das Part. *confectus*, wovon das Prov. *desconfitz*, *descoffit*, *escofitz* ableitet.

Vom lat., im Prov. nicht belegten de-spicere findet sich ein Mal die nicht beweisende Schreibung *despieg*.

Von dicere (prov. *dire*) haben wir die Formen *deich*, *decha*, *deicha*, *dicha*, *digz*, *ditz* und das Compos. *malditz*, *maladicha*.

legere (prov. *legir*) bildet das Part. *lec-tus*, welches Grundlage bildet für: *lecha*, *leicha* und die Compos. *elech*, *eleich*, *eslitz*.

stringere (prov. *strénher*) kommt als Simplex nicht vor. Von dem Compos. *destrénher* haben wir die Part.: *destreg*, *destreig*, *destreich*, *destreicha*. Von dem Compos. *estrénher* haben wir *estrech*, *estreig*, *estrecha*.

Lat. tegere (im Prov. unbelegt) legte *tectus* der Form *techa* zu Grunde.

3) *u* vor *ct* verhält sich ebenso wie *a*, *e* und *i*. -*ucti*, -*uctum* ergeben die Endung -*ug* (-*uig*, -*ueich*); -*ucta*, -*uctam*, -*uctas* ergeben -*ucka* resp. -*uchas*; nur in je einem Falle zeigt sich *destrut* für lat. *destructi* und *condut* für lat. *conductum*. -*uctus* und -*uctos* ergeben auch hier *utz*.

Folgende Part. sind belegt:

ducere (prov. *duire*) ergab aus *ductus*: *dug*, *dueich* und die Compos. *adug*, *aduig*, *aducha*; *condug*, *conduich*, *condut*, *condutz*; *desdug*, *desdutz*; *escondutz*; *esducha*; *fordug*, *forsdug*, *forducha*, *redug*.

destruere (prov. *destruire*) bildete das Part. *des'truc-tus*, aus im Prov. geflossen sind: *destrug, destruig, destrucha, truchas, destrut, destruts*.

b. Der stammauslautende Consonant ist labiale n u i s. Hierfür haben wir nur einen Fall, und zwar das Part. *scrip-tus* vom lat. Inf. scribere in der Form *escricha* (= *scrip-ta*) und in dem nicht beweisenden *escrick* (= *scrip-tum*). Wir können also hieraus nicht auf den prov. Sprachgebrauch schliessen. In den beiden obigen Fällen zeigt sich aber dieselbe Erscheinung, wie bei stammauslautendem *c*.

III. Der Antritt von *-to* an den Stamm wird vermittelt durch ĭ. Der Verbalstamm geht aus:

1) auf liquida *l*:

a. Schriftlateinische Formen.

molere (prov. *mólre*) bildete das Part. *mól-ĭ-tus*, woraus im Prov. *mout* und das Compos. *esmoutas* entstanden.

b. Neubildungen.

colere (prov. *cólre*). Schriftlat. *cúltus* musste der Form *cól-ĭ-tus Platz machen, aus welcher sich *coutas* und die Composita *acout, escout* entwickelten.

J. Ulrich, a. a. O. pag. 12, nimmt an, dass prov. *colt* aus *cultus*, der schriftlat. Form, geflossen sei. Dieselbe konnte allerdings im Prov. *colt* ergeben, aber nur mit »*o estreit*«. Wir haben es hier aber mit »*o larg*« zu thun, wie die Bindungen im Reime ausweisen. Der Ursprung von *cout* kann also nur in ŏ zu suchen sein.

solvere (prov. *sólver, sólvre*). Das lat. *sŏlū-tum* ist aufgegeben und ein *sólv-ĭ-tum* als Grundlage für die prov. Formen an seine Stelle getreten. *sŏlū-tum* hätte im Prov. *solút* ergeben müssen. Aus *sólv-ĭ-tum sind die Formen *sout, souta* und das Compos. *assouta* entstanden.

tollere (prov. *tólre*) giebt das schriftlat. *sub-latum* auf und bildet sein Particip vom Präsensstamm, aus der Form *tollo*, indem ein *tóll-ĭ-tus angesetzt werden muss für prov. *tout, touta, toutas* und die Compos. *destouta, destoutas*. Auch hierzu mögen die Bemerkungen von Pott in Kuhns Ztschr. I, 332 verglichen werden.

Diez: Gr.⁴ II, 140 citiert *tulta* (für *sublata*): Esp. sagr. XI, 233 (IX saec.); *abstultum*, Marc. Form. 1, 32. Aber dies für das Vulgärlatein belegte *tultum* kann für prov. *tout* die Grundlage nicht sein, ebenso wenig wie *cultum* für prov. *cout*. In den Reimen wird es nämlich nur mit »*o larg*« aufweisenden Reimwörtern gebunden, und auch der Donatz, pg. 57, verzeichnet das Wort unter »*outz larg*«. Auch Pott an der oben angeführten Stelle geht fälschlich auf *tultŭs* zurück.

volvere (prov. *vólver, vólvre*) führt statt *volútum* die stammbetonte Form *vólv-ĭ-tum ein, woraus *vout, vouta, voutz, voutas* entstehen mussten*).

2) liquida n:
 a. Schriftlateinische Formen.

ponere (prov. *pónre, póndre*) bildete sein Part. *pŏs-ĭ-tum*, woraus für das Prov. die substantivisch gebrauchte Form *posta* entstand.

J. Ulrich, pg. 13, führt diese Form unter den »unverändert erhaltenen *sto*-Formen« auf. Ich halte an dem gut lat. *positus* gegenüber dem zwar im Schriftlatein auch belegten, aber lange nicht ĭn dem Masse wie *positus* gebräuchlichen *postus* fest.

 b. Neubildungen.

rescondere (prov. *rescóndre*). Neben dem Part. *cónd-ĭ-tum* bestand schon im Schriftlateinischen die Nebenform *cónsum*. Kühner, lat. Gramm. pg. 552 belegt *absconsus* (für *abs-cónd-ĭ-tus*): Ps. Quintil. declam. 17,15; desgleichen das Adverb *absconse*: Hyg. f. 184. Diese Formen sind in der That auch für

---

*) Die Formen *solūtum, volūtum* nehme ich als aus ursprünglichem *sólv-ĭ-tum, vólv-ĭ-tum* entstanden an; das stammauslautende *v* vocalisierte sich und bekam zugleich den Accent (*solŭĭtum, *volŭĭtum). Dann erst flossen *u* und *i* zu *ū* zusammen und es entstanden die schriftlat. Formen: *solūtum, volūtum*.

das Prov. zu Grunde gelegt, wie *rescos* ausweist. *resconsum* wurde aber auch die Grundlage für *rescost*, indem eine Form **res-cóns-ĭ-tum* aus *resconsum* gebildet wurde.

submonere (prov. *somonér, somónre*). Wie von *spondeo*: *sponsum*, von *tondo*: *tonsum*, bildete man von *submoneo* ein Part. **sub-món-sum*, welches das prov. *somós* ergab. Damit war aber noch nicht genug geschehen; denn man fügte dieser bereits unlateinischen Form noch die Endung -*ĭ-tum* an und erhielt so **sub-móns-ĭ-tum*, woraus *somosta, semosta* entstanden.

videre (prov. *vezér*). Lat. *visum* ergab *vis; vist, vista* jedoch entstanden aus der Weiterbildung **vis-ĭ-tum*.

Diese Gruppe von Participien ist nicht, wie G. Paris in der Recension der Abhandlung Ulrichs (Rom. VIII, 445 ff.) annehmen will, durch Anfügung des Suffixes -*to* an den Perfectstamm gebildet, sondern die dahin gehörigen Formen sind Bildungen vom Participialstamm, der immer weniger als solcher gefühlt wurde. Um diese Participia nun eben auch äusserlich wieder als solche kenntlich zu machen, hängte man das Suffix -*tus* vermittelst des Bindevocals ĭ an, weil auf diese Weise der angegebene Zweck am besten erreicht wurde. So entstanden *rescost, semost, vist*. Die beiden ersteren lassen sich schliesslich auch nach der Angabe von G. Paris erklären. Wie aber *vist*, für welches ein sigmatisches Perfect nicht vorausgesetzt werden kann? (Cf. K. Meyer: Die prov. Gestaltung der vom Perfectstamm gebildeten Tempora des Lateinischen, A. A. XII, pg. 9). G. Paris verweist weiter auf ital. *visto*, welches sich an *vis̆ere* anschliesse, was aber leider nicht zu belegen ist.

Die kurze Angabe Ulrichs, dass hier ein »Übergang von -*so*- in -*sto*-Formen« vorliege, erscheint nach alledem als richtig.

Der Verbalstamm geht aus auf
3) liquida *r*:

quaerere (prov. *quérre*). Es ersetzt *quaesītum* durch **quáesĭtum*, woraus die Form *questa* und deren Compos. *conquest, conquesta, enquesta* entsprangen (Nebenform ist *ques*).

Neben diesem bestand auch noch *quis* als prov. Part. und zwar als Anbildung an den Perfectstamm. Wie nun *ques* neben *quest* sich zeigte, so verlangte *quis*, welches bereits unlateinisch war, ein analoges *quist*. Dies ist ebenfalls unlateinisch (cf. Mussafia: Ztschr. III, 269). Ulrich pg. 16 nimmt hierfür eine Grundlage *quáesitus* an, was mit den prov. Lautgesetzen unvereinbar ist.

4) **auf gutturales *g*:**

legere (prov. in *elegír*). Neben dem Part. *lectum*, welches vorliegt in *eleg, elech, eleit* etc., muss man eine Form *lex-i-tum durch Einfluss eines Perf. *lexi (prov. *elesquei*: cf. K. Meyer a. a. O. pg. 12) annehmen, weil diese Form allein die Grundlage für *elest, elesta* sein kann. (Daneben ausser den oben genannten noch die Nebenformen *elescut, elegut*).

Wiechmann a. a. O. pg. 29 und Stimming in den Anm. zu Bertran de Born, pg. 231, sprechen darüber. Letzterer sieht in *elesta* ein substantiviertes Particip. Bei Ulrich fehlen diese Formen.

-*so*- Participia.

Das Participialsuffix -*so* wird an den Verbalstamm angefügt, welcher auslautet auf:

I. Liquida.

1) **liquida *m*:**

Sämmtlich Neubildungen.

Ihre Bildung geschieht vom Präsensstamm.

premere (prov. *prémer*). Die schriftlat. Form *pres-sus* macht einer Neubildung Raum: *prĕm-sus tritt ein und ergab prov. *prems*.

tremere (prov. *trémer*). Für das im Lat. fehlende Participt schuf das Prov. die Grundlage *trĕm-sus, woraus *trems* entstand, was sich nur bei einem Trobador der ältesten Zeit, bei Raimbaut d'Aurenga, belegen lässt. Für *tremere* trat mit Lautvertretung eines Dentals durch Guttural *cremere* ein*).

---

*) Über diese Lautvertretung vergl. Schuchardt: »Vocalismus des Vulgärlateins« I, 161 u. 168.

Hiervon ist ein *crĕm-sus anzusetzen, woraus sich das prov. *crems* entwickelte.

Diez: Et. Wtbch. IIc unter »craindre« führt diese Form auf, indem er zugleich darauf hinweist, dass die aus *cremere* entstehenden prov. Verbalformen sich einzubürgern nicht im Stande waren, »wenn auch der nach seltenen Formen jagende Arnaut Daniel das Part. *crems* einige Male gebraucht«. Durch unsere Untersuchung wird diese Beobachtung bestätigt.

re-d-imere (prov. *redémer*) bildete ein Part. *re-dĕmp-sus*, woraus prov. *remdemps* entstand.

Diez führt folgende Formen auf: *redemps*, Bth.; *rezemps*, Cb. IV, 93 (*remps*, L. R. I, 448).

Ulrich bespricht keine dieser Formen: weder *trems*, noch *crems*, noch *redemps*.

Der Donatz proensals führt keines dieser Part. auf; ebenso wenig Wiechmann a. a. O.

Da wir es mit *e* vor Nasal zu thun haben, so kann natürlich nur geschlossene Aussprache angenommen werden. Dass wir es mit »e estreit« zu thun haben, wird im Übrigen auch durch die Bindungen bestätigt.

2) liquida *n:*
    a. Schriftlateinische Formen.

Wenn ein *n* vor *s* im Stammauslaut steht, so zeigt sich hier sowohl, wie bei den unten zu behandelnden Neubildungen, Schwund des *n* unter Längung des vorhergehenden Wurzelvocals. Dies galt schon für das Schriftlatein (Kühner, a. a. O. § 207).

    α. einfache Consonanz:

manere (prov. *manér*). Vom Compos. *re-man-sus* bildete das Prov. *remas*.

censere (prov. nicht belegt) leitet von *cén-sus* die Form *ces* ab.

    β. complicierte Consonanz:

de-fendere (prov. *deféndre*) bildete vom lat. *defénsus* das prov. *defes* (Nebenform: *defendut*). Vergl. auch Diehl A. A. XXXVI § 32.

Das von Diehl a. a. O. § 32 als wenig gebräuchlich angeführte *entes* (von *entendre*) habe ich nicht belegen können.

pre-hendere (prov. *préndre*) bildete im Schriftlateinischen ein Part. *pre-hén-sus*. Dieses wurde zu *prénsus* contrahiert, von welchem Kühner a. a. O. pg. 577 sagt, dass es sich im Schriftlateinischen häufig finde. Hieraus entstand prov. *pres (pris, priza, upriza* sind Nebenformen)*).

ex-tendere (prov. *esténdre*) bildet *ex-tén-sus* und hiervon das prov. *estés* (Nebenform *tendut*). Vergl. auch Diehl a. a. O. § 32, der die Form *estes* ebenfalls belegt.

spondere (prov. *spóndre* in *rcspóndre*). *sponsus* selbst ist im Prov. nicht erhalten.

Ausfall des *n* mit Dehnung des voraufgehenden Vocals zeigen:

confundere (prov. *confóndre*). Aus *con-fú-sum* ergiebt sich *confus*. (Nebenform *confundut*.)

tundere (prov. *tóndre*). Schon im Schriftlat. bestand neben *tún-sum* die Form *tú-sum* (cf. Kühner, pg. 590: *tusus* und die Compos. *con-, ob-, per-, re-*; aber stets nur *detunsus*). *tū-sum* wurde Grundlage für prov. *pertus*.

condere (prov. *es-, rescóndre*) und seine Compos. wiesen schon im Schriftlat. neben den Part. *conditum, absconditum* etc. sigmatisch gebildete Formen auf (cf. Kühner, pg. 552). Desgleichen hat Rönsch: Itala und Vulgata, pg. 295, eine ganze Reihe von Belegen — gegen vierzig — für *absconsus* statt *absconditus* beigebracht (vergl. auch Diez, Altrom. Gloss. pg. 59). Diese letzteren haben sich neben den Formen auf *-ut, -uts* die Herrschaft erobert. So finden wir im Prov. *escos, rescos* aus Reimen belegt.

---

*) Es scheint angebracht, an diesem Orte darauf hinzuweisen, dass dies *e* mit entschieden geschlossener Aussprache im Vulgärlatein sich auch als *i* darstellt. Schuchardt: Vocalismus I, 348 belegt: inrepraehinsibiliter« (Mone: Mess. III, 19,7) und pg. 847: »paginses« statt »pagenses«. Vergl. auch Zeitschr. III, 514.

b. Neubildungen.

submonere (prov. *somónre, somóndre, somonér*) ersetzte schon das Perf. *submonui* durch *sub-món-si (cf. K. Meyer pg. 17). In gleicher Weise trat nun für das Part. *sub-món-ĭ-tum* die Form *sub-món-sum ein, welche das prov. *somós* ergeben musste.

Über die irrige Ansicht Ulrichs, *submónitus*, zu *submóntus* verkürzt, habe das prov. *somós* ergeben, vergl. die Recension seiner Abhandlung von G. Paris (Rom. VIII, 445).

3) liquida *r*:

a. Schriftlateinische Formen.

ardere (prov. *árdre*), *arsus* ergiebt regelrecht *ars*.

mordere (prov. *mórdre*). Von *morsus* bildet das Prov. sein Part. *mors*.

parcere (prov. nicht vorhanden) legte sein Part. *pársus* dem prov. *pars* zu Grunde (cf. Ulrich pg. 13).

spargere (prov. *espárser*) bildete *sparsus*, woraus das prov. *espars* entstand.

dispergere (prov. nicht belegt). Das lat. Part. *dispérsus* ergab im Prof. *despers**).

tergere (prov. *térger*) bildet *tersus* und hiervon das prov. *ters*.

vertere (prov. *vertír*). *versus* ergiebt die Part. *convers (covers)*; *envers, enversa*; *pervers, perversa*; *revers*; *travers, traversa*.

b. Neubildungen (resp. alte Formen).

torquere (prov. *tórdre*). Für *tortus* tritt schon im Schriftllat. *torsus* ein (cf. Kühner pg. 589: *torsum, distorsum, contorsum, extorsum* und *detorsum*). Das letztere ergab im Prov. *tors* (neben oben besprochenem *tort* und dessen Compos.).

---

*) Über die Aussprache dieses Wortes bemerkt der Donatz nur auf pg. 8, nicht im Rimarium selber, dass es offene Aussprache habe. In der That findet es sich auch nur mit »e larg« gebunden (vergl. Wiechmann, pg. 18). Auch *ters* hat »e larg«.

Schuchardt: Vocalismus I, 146 bemerkt, dass der Antritt des Suffixes -so, statt -to, an den Stamm nur bei consonantisch auslautenden möglich ist. Er giebt einige Belege, die sich auch bei J. Ulrich pg. 15 finden.

II. **Der Verbalstamm geht aus auf Guttural** Die betreffenden Formen sind Neubildungen vom Präsensstamm:

e-rigere (prov. érger). Schriftlat. ĕréc-tum konnte für das Prov. nicht Grundlage sein. Wir müssen *ĕr(g)-sum annehmen, woraus die Formen ers; ders; aders, enders entstanden.

Ulrich führt diese Formen nicht auf; pg. 16 citiert er afrz. aers, welches er aus ad-haér-ĭ-tus herleitet.

surgere (prov. sórger). Die Stelle des schriftlat. sur-réctum vertrat ein vom Präsensstamme mit sigmatischem Suffix gebildetes súr(g)-sum, welches sors ergab.

Die gleiche Erscheinung bietet die Bildung des zugehörigen Perfectes sors, für welches K. Meyer a. a. O. pg. 17 eine Form *súr(g)-sit voraussetzt.

Ulrichs Annahme ist hier dieselbe, wie bei den unter ĕ-rígere angeführten Participien. Der dem t vorauſgehende Consonant soll dessen Übergang in s begünstigt haben. Gegen diese Ansicht hat sich auch G. Paris (Recension: Rom. VIII, a. a. O.) ausgesprochen.

III. **Der Verbalstamm geht auf Labial p aus. Die einzige hierher gehörige Form ist eine Neubildung:**

carpere (prov. nicht belegt) bildete im Lat. das Part. cárp-tum und dazu das Compos. ex-cérp-tum. Die prov. Form escas aus lat. *ex-cárp-sus wird von den Trobadors unbedenklich mit Reimwörtern auf -as gebunden. Auch für das Afrz. constatiert: Andresen: Einfluss von Metrum und Assonanz,

Bonn. Diss. 1874 pg. 17 den Ausfall des *r* in *eschars**), allerdings mit dem Zusatze »dem Reime zu Liebe«. Vergl. die Bemerkungen im Rimarium zu *ems*. — Dass hier nicht eine Concession an den Reim vorliegt, beweisen andere Bindungen wie *ems* mit *erms*, *ers* mit *est* (Diehl, A. A. XXXVI, bezeichnet in § 32 »avers« als fehlerhaft mit Reimwörtern auf *-es* gebunden); dass auch im Afrz. *r* und *s* sehr flüchtig ausgesprochen wurde, beweisen die von Andresen beigebrachten Bindungen von *os* mit *ors*, *ous* mit *ours* und andere mehr; vergl. Andresen a. a. O. pg. 18. Auf den Schwund des *r* vor *s* ist schon in den Bemerkungen zum Rimarium hingewiesen. (Vergl. auch: »Mönch von Montaudon«, ed. Philippson pg. 90, sowie Hofmeister A. A. X, 45 Anmkg. 1).

J. Ulrich pg. 16 erklärt ital. *scarso*, afrz. *eschars* (die prov. Form wird von ihm nicht angeführt) aus einem zu *cartus contrahierten *carptus*. Dagegen hat schon Diez, Et. Wtbch. I s. v. »scarso« das prov. *escars*, *escas* (ebenso it. *scarso*, span. *escaso*, frz. *échars*) aus *ex-cárp-sus hergeleitet, indem er hinzufügt, dass hier »die Form *-sus* vor *-tus* begünstigt werde«.

IV. **Der Verbalstamm geht aus auf Dental:**

a. **Derselbe hat sich dem *s* des Suffixes -*so* assimiliert:**

mittere (prov. *métre*). Das Part. *mis-sus* ergab die Formen: *mes*; *comes*; *esmes*; *escomes*; *entremes*; *promes*; *remes*; *sosmes*; *trames*; *mesa*; *promesa (promessa)*; *entremesa (-essa)*; *tramesa (-essa)*.

confiteri (prov. nicht belegt). Das adjectivisch gebrauchte *conféssus* erhielt sich in der Form *descofes*. (Daneben Formen auf *-is*, *-isa*.)

sidēre [oder sidere] (im Prov. *assire*). *ad-sés-sus* ergab *asses*. (Nebenformen: *assis*, *assiza* etc.)

---

*) Andresen nimmt ebenfalls das sigmatische Princip *carpsus* als Etymon an.

Die Endung -*es* hat nur in *descofes* offene Aussprache (cf. Wiechmann, pg. 23); sonst lautet sie geschlossen.

b. **Derselbe ist abgefallen unter Dehnung des Wurzelvokals:**

claudere (prov. *claúzer, claúre*). Part. *clausus* ergab: *claus, clausa, clauza* und die Compos. *enclaus, enclausa, enclausas*. Daneben bestanden schon im Schriftlat. die Formen: *cluduntur, cludit, clusit, clusi, cludere* (cf. Kühner, pg. 548).

So wird auch ein, wenn auch nicht belegtes Part. *clusus* angenommen werden müssen, welches die Grundlage wurde für prov. *clus, aclus, enclus, reclus* *). Vergl. darüber Pott: Plattlateinisch und Romanisch (Kuhn's Ztschr. I, 335).

dividere (prov. *devezir*). Aus *divī-sus* entstand prov. *divis, devisa, deviza*.

occidere (prov. *aucire*). *occī-sus* ergab die Form *aucis, auciza*.

radere (prov. *raire*); aus *rā-sus* entstand prov. *ras*.

ridere (prov. *rire*). *rī-sus* entwickelte sich im Prov. zu *ris*.

videre (prov. *vezér*). *vī-sus* ergab *vis, visa, viza*; *revisa*.

V. **Einer lat. Grundlage entbehren die:**

a. Anbildungen an den Präsensstamm:

assis, assiza (cf. Diez II c: *assis*) ist nicht etwa eine Analogiebildung an das prov. Perf. *sis* (welches K. Meyer pg. 26 neben *sec* belegt), sondern eine Neubildung vom Präsensstamm des Compos. *as-sīdeo*.

b. Anbildungen an den Perfectstamm:

mis, miza, angebildet an das von K. Meyer pg. 13 belegte Perf. *mis*.

pris, apris, enpris, sorpris; priza, apriza sind Analogiebildungen zum Perf. *pris. mis, miza*, sowie auch *pris* und seine Compos. sind nicht so häufig verwandt wie die Formen auf *-és*.

---

*) Dass dies Part. *clusus* wirklich bestanden, unterliegt keinem Zweifel; liegt es doch auch den mhd. Bildungen: klôse, klôsenære etc. zu Grunde

quis, conquis, enquis, requis; quisa, conquisa (conquiza), enquisa sind an das prov. Perf. angebildet, wie auch Ulrich pg. 17 ebenfalls annimmt, nicht aber Formen, die zur i-Conjugation übergetreten sind; denn als solche müssten sie *quitz, conquitz* etc. ergeben. (Vergl. Hofmeister: A. A. X, pg. 50, der *conquis* zur *i*-Conjugation setzt). Dagegen werden wir mit Hofmeister die ebenfalls aus dem Reim belegte Form *conques* als Analogiebildung zu *mes* anzusehen haben. Ulrich pg. 18 hält die Form für aus *quaesus* entstanden.

B. Participia lebender Flexion.

I. Participia der a-Conjugation.

Dieser Conjugationsklasse gehört die grösste Zahl der Participia lebender Flexion an. Sie sind entweder Formen von im Lateinischen schon vorhandenen Verben, oder solche von frequentativen, inchoativen, iterativen Weiterbildungen, oder endlich Formen von Verben, die nur dem Romanischen — speciell dem Provenzalischen — zukommen. Zu den letzteren gehört die grosse Zahl von Neubildungen aus fremden, fast ausschliesslich germanischen Wurzeln. Die Zahl der auf griechischen oder keltischen Einfluss zurückzuführenden Verben ist äusserst gering.

Eine Besprechung der hierher gehörigen Participia würde wesentlich auf eine Classification der ihnen zugehörigen Verba hinauslaufen. Mit einer solchen, die romanische Wortschöpfung lediglich angehenden Untersuchung kann sich aber die vorliegende Abhandlung nicht befassen. Daher sei nur auf solche Part. hingewiesen, welche ohne Bedeutungswechsel von Part. archaischer Flexion abgeleitet sind, also Nebenformen zu diesen darstellen.

Dies sind folgende:

a. **von archaischen, mit dem Suffix -to gebildeten Part. abgeleitet:**

faissat von einem aus *factus* gebildeten Verbum *faissar*.

sofertat vom Verbum *sofertar*, welches aus prov. *sofert* gebildet ist.

b. **von archaischen, mit sigmatischem Suffix gebildeten Verben abgeleitet:**

tonsada, vom Verbum *tonsar*, welches aus dem im Prov. nicht mehr zu belegenden lat. Part. *tón-sus* geflossen ist.

cofessatz neben *confes* = lat *confessus*, aus welchem das Verbum *confessar* hergeleitet ist.

abrassat, abrassatz (abrazatz) vom Verbum *abrassar* aus lat. *rā-sus*; daneben besteht das prov. *ras*.

versatz, sobreversatz, Part. aus *versar, sobreversar* von lat. *vérsus*. Daneben die Formen, welchen *vérsus* zu Grunde liegt.

II. Participia der i-Conjugation.

Die Bildung dieser Klasse von Participien lebender Flexion geschieht vermittelst des Suffixes -to und eines bindevokalischen *i* vom Präsensstamm aus. Diese Art der Bildung liegt im Lat. bei den Part. der vierten Conjugation vor, von denen sich viele auch in das Prov. hinübergerettet haben. Eine Aufführung derselben in extenso scheint mir indessen nicht erforderlich, weil solche für die Betrachtung des Participiums an sich durchaus indifferent ist. — Daneben hat aber auch hier die Wortschöpfung eine umfangreiche Thätigkeit entwickelt. Ihren Weg im Einzelnen zu verfolgen, würde zu weit führen, gehört auch nicht in den Rahmen dieser Untersuchung, die es nur mit Bildungen zu thun hat, welche auf eine schriftlateinische Grundlage nicht bezogen werden können, sondern sich als Neubildungen neben die im Prov. vorhandenen, entsprechenden archaischen Formen stellen. Für dieselben ergiebt sich folgende Einteilung:

a. **Formen, welche an die Stelle archaischer Part. treten:**

1) Neubildungen zu solchen archaischen Participien, die mit Anfügung des Suffixes -*to* an den Stamm gebildet werden.

cabitz, das nur im »Romans« des Folquet Lunel zu belegen ist und von Raynouard (lex. rom.) mit »fourni« übersetzt wird, an Stelle des lat. *cáp-tus*, welches im Prov. untergegangen ist.

cobritz, vom prov. Inf. *cobrir (cubrir)*, neben der archaischen Form *cubert*.

Das Uniformierungsprincip der Sprache bildete zu diesem Part. das analoge *sernitz*. Dies und die Compos. *issernit, issernitz, issernida*; *iscernis*; *yssernit*; *essernit*; *eissernit, eissernida*; *eiscernitz, eiscernida* vertreten das im Prov. nicht mehr zu belegende Part. *crē-tum* vom Inf. *cérnĕre*.

elegitz trat für das Part. *ē-léc-tus* ein; daneben auch die Formen von *lectus*.

relenquitz: eine Bildung an Stelle des lat. *re-líc-tus*.

corregitz vertrat lat. *cor-réc-tus*.

seguitz, seguida trat an die Stelle des lat. *sec-ū-tum*, welches sich im Prov. daneben weiter entwickelte.

destruida statt *de-strúc-tum*, das im Prov. auch noch wirksam war.

2) Neubildungen zu sigmatisch gebildeten, archaischen Participien:

arditz, ardit; *enarditz, enardit* tritt für lat. *arsus* ein, welches aber auch im Prov. weiter besteht.

faillitz, faillida; *falhitz, falhit, falhida*; *fallitz, fallida* traten an die Stelle des im Prov. nicht mehr vorhandenen Part. *fál-sus*.

jauzitz, jauzida; *gauzida*; *esjauzida* für *gavisus*, das im Prov. ebenfalls untergegangen war.

despossesitz bildete das Prov. statt lat. *possés-sus*.

secorritz, secorrit musste das lat. *suc-cúr-sum* vertreten, und

convertitz trat für lat. *con-vér-sum* ein, welches im Prov. daneben fortbestand.

3) Neubildungen zu schriftlat. Formen, die durch Anfügung des Suffixes -*to* vermittelst des Bindevocals *ĭ* an den Stamm entstanden sind:

fugitz für lat. *fug-ĭ-tum*.

traditz; *trahitz, trahida*; *traitz, traida* wurden statt der Formen von lat. *trad-ĭ-tum* in die Sprache eingeführt.

b. **Participia, welche aus der lat. zweiten Conjugation in die lat. vierte übergetreten sind:**

Dieser Übergang vollzog sich zum Teil schon im Vulgärlatein (cf. Schuchardt: Vocalismus I, 272 ff.; J. Ulrich a. a. O. pg. 22).

complitz, complit, complida; *adzemplida* statt des lat. *compl-ē-tum*.

delitz, delit, delida für lat. *del-ē-tum*.

c. **Participia, welche sich als Ableitung aus anderen Participien darstellen:**

vazitz; *envazitz, envazida* aus lat. *va-sum*.

voutitz ist als Ableitung aus dem prov. Part. *vout* anzusehen.

d. **Participia ohne jegliche lat. Grundlage:**

Dieselben sind zweifacher Art. Entweder kommen sie:

1) von einem Verbum her, das im Lat. nur des Part. ermangelt. Dahin gehört:

floritz, florit, florida, welches ein lat. *flor-ĭ-tum* voraussetzt.

sufritz entstand als Part. zu dem im Lat. nicht belegten prov. Inf. *sufrir*. Daneben die Form von **sub-fér-tus*.

descremida, das Part. zu *crémĕre*, welches für das ein Part. entbehrende schriftlat. *trĕmere* eintrat. Daneben die Formen *trems* und *crems*.

2) oder dieselben sind Bildungen von Verben, welche das Latein überhaupt nicht kannte.

Eine besondere Gruppe in der Reihe dieser Formen bilden die prov. Part., welche auf fremdsprachliche Etyma zurückgehen, unter welchen das germanische Element bei Weitem überwiegt.

Da diese Part. sich als regelrecht gebildete Formen der betreffenden Verba zeigen, eine Betrachtung dieser aber für unsere Untersuchung gleichgiltig ist, so kann von ihrer Aufzählung hier abgesehen werden.

III. Participia mit dem Kennlaut $\bar{u}$.

a. Schriftlat. Formen:

segut und seine Compos. *assegut*, *assegutz*; *cossegut*; *acosseguts*.

Ulrich pg. 24 führt *segut* unter den vom Perfectstamm gebildeten Participien auf. Desgleichen Diez: Gr. II⁴, 215. Ich sehe keinen zwingenden Grund für diese Annahme.

menut aus lat. *min-ū-tus* gehört ebenfalls hierher.

b. Neubildungen, resp. im Vulgärlatein erhaltene alte Formen.

Vergl. hierzu »Rev. des langues rom.« VI, 171 ff. und 462 ff.; auf pg. 466 giebt Chabaneau eine Liste der Participia auf *-ut* und führt auch die vorkommenden Nebenformen auf.

1) Bildungen vom lat. Präsensstamm:

Diez: Gr. II⁴, 134 bemerkt:

»Im Mittellatein kommt die Endung *ūtus* auf andere Verba angewandt sehr früh zum Vorschein:

incenduta L. Sal. cod. par. tit. 75; *pendutus* L. Alam.; *forbattutus* Decr. Childeb. um 595; *decernutum* Urk. von 761 (Mur. Ant. III, 759); *sternutus* für *stratus* um 790 (Mur. Script. II, 2, 1095); *reddutus* Urk. von 796 (Mur. Ant. III, 1015).«

Für die Aufzählung der prov. Part. dieser Gruppe legen wir die Einteilung der Infinitive zu Grunde, welche Fischer: Der Inf. im Provenzalischen, A. A. VI, giebt.

α. Bildungen von stammbetonten Infinitiven:

αα. Die Inf. auf *er* (Fischer pg. 25), auf *aire* (Fischer pg. 26), auf *iure (cure)* (Fischer pg. 30), auf *ire (ir)* (Fischer pg. 31) liefern uns keine prov. Participia. Der stammauslautende Palatal verhindert ihre Bildung.

ββ. von Infinitiven auf *andre* (bei Fischer nicht belegt) hat die Sprache gebildet: *espandutz* von espandre.

γγ. von Infinitiven auf *endre* (Fischer pg. 35) haben folgende die Grundlage für Neubildungen von Part. abgegeben: acendre: Part. *acenduda*; atendre: Part. *atenduda*; defendre: Part. *defendutz, defenduda*; deisendre: Part. *deissendut*; dissendutz, dissenduda; ofendre: Part. *ofenduda*; pendre: Part. *pendut, pendutz*; rendre: Part. *rendut, rendutz, renduda*; vendre: Part. *vendut, vendutz, venduda*.

Participialbildungen von Infinitiven, welche Fischer nicht belegt:
tendre: Part. *tendut, tendutz*; issendre: Part. *issendutz*.

δδ. von Infinitiven auf *ondre* (Fischer pg. 36):
escondre: Part. *escondut, escondutz, esconduda*; tondre: Part. *tondut, tondutz*; fondre: Part. *fondutz*; cofondre: Part. *cofondut, cofondutz, cofonduda*.

Von Infinitiven, welche Fischer nicht belegt:
rescondre: Part. *resconduda*.

εε. von »einzelnen Infinitiven« (Fischer pg. 37) werden gebildet:
batre: Part. *batut, batutz*; vom Compos. abatre die Form *abatuda*. metre: Part. *remetutz*; perdre: Part. *esperdutz*; rodre (welches Fischer in der Form roire belegt): Part. *rodutz*.

Von bei Fischer nicht belegten Infinitiven:
rompre: Part. *romput, romputz, rompuda*.

β. Bildungen von endungsbetonten Infinitiven:

αα. Infinitive auf *-ar* (Fischer pg. 8) und auf *-ir* (Fischer pg. 13) liefern uns keine Participia.

ββ. Infinitive auf *-er* (Fischer pg. 22):

1) von Infinitiven, die im Schriftlateinischen bereits endungsbetont sind:
aver: Part. *avut, avutz, avuda*.
veder (vezer): Part. *vedutz, vezut, vezutz*.

2) von Infinitiven, die im Schriftlateinischen noch nicht endungsbetont sind (Fischer pg. 22):

cazer (chazer): Part. *cazutz, chazutz.*
decader (decazer): Part. *decadut, decazuda.*
recrezer: Part. *recrezutz, recrezuda.*
venser: Part. *vencut, vencutz, vencuda.*

Folgende aus den Reimen der Trobadors unbelegbaren Formen führt Diez: Gr. II[4], 208 auf:

ferut (neben ferit): Jaufre 111a; Fer. 517; G. A.;
vestut (neben vestit): Fer. 505.

Für den afrz. Sprachgebrauch constatiert Andresen: Einfluss von Metrum, Assonanz und Reim, Bonn. Diss. 1874, pg. 50 ff., dass »*vesti* beinahe nur in der Assonanz oder im Reime begegnet«, »im Innern des Verses aber die Form auf $\bar{u}$ steht«. Während hier also die beiden Sprachen in ganz auffallender Weise denselben Weg einschlagen, weichen sie hinsichtlich der Formen *ferut*, *ferit* ganz und gar von einander ab: für das Prov. ist im Reime nur die Form *ferit* gebräuchlich, für das Afrz. weist Andresen (a., a. O. pg. 51) nur *feru* nach. Hingegen constatiert er das Vorkommen von afrz. *revertu, repentu, sentu (con-)* neben den bezüglichen Formen auf *-i*.

Ulrich pg. 23 führt ebendieselben auf und fügt noch *eissut* hinzu, ohne Beleg; ich habe einen solchen nicht finden können.

Ein Vergleich der stammauslautenden Consonanten der den Participialbildungen zu Grunde liegenden Verba zeigt, dass die dentale Media bei Weitem überwiegt. Demnach scheint es also, dass vorzüglich die mit dieser auslautenden Verba zur Neubildung von Participien mit dem Kennlaut $\bar{u}$ geeignet waren. In dieser Thatsache erblicken wir zugleich eine Stütze der von K. Meyer a. a. O. pg. 27 aufgestellten Hypothese. Er führt nämlich aus, dass neben den Formen von *-do* [welches vorliegt in *per-do, cré-do, red-do, ven-do* etc.] auch *duo, duim, duit* zu belegen ist. Wie *spuo* das Part. *spútum, exuo: exútum*, so setzen diese ein Part. *dútum* voraus. In diesem nun sieht Meyer das Vorbild, welchem die prov. Part. auf *-ut* gefolgt sind, und präcisiert damit die Ansicht von Diez: Gr. II[4], 133, und von Ulrich pg. 21, welche durch Annahme eines angleichenden

Einflusses der wenigen schriftlateinischen Part. auf -*ūtum* das prov. Part. erklären wollen.

J. Ulrich pg. 24 macht einen Unterschied zwischen Bildungen vom Präsensstamm und solchen vom Verbalstamm, eine Unterscheidung, die für das Prov. nicht nötig ist. . Ausserdem bemerkt er, die ersteren seien selten im Prov. (er führt *vezut* [*veut*], *cazut* auf), die letzteren (*paisut*) seien vereinzelt. Nach den aus den Reimen der Trobadors gewonnenen Resultaten urteilend, constatiere ich, dass ihre Zahl eine verhältnismässig beträchtliche ist.

2) **Bildungen vom provenzalischen Perfectstamm**:

Der Einteilung der einschlägigen Formen wird die Liste der prov. Perfecta, welche K. Meyer pg. 32 ff. giebt, zu Grunde gelegt.

α. *sī*-Perfecta:

αα. Perfecta, deren Verbalstamm auf Labial oder Guttural ausgeht, ergeben keine hierher gehörigen Participia.

ββ. Von Perfecten, deren Verbalstamm auf complicierten Guttural auslautet, dienen folgende zu Neubildungen:

elesquei (Inf. *elegir*): Part. *elescut*.

Diez: Gr. II, 221 belegt das Simplex *lescut* (L. R. IV, 43; G. Ross. 6552, 8181); ich vermag die Form aus meinem Material nicht zu belegen.

visquei (Inf. *viure*): Part. *viscut*.

irasquei (Inf. *iraisser*): Part. *irascut, irascutz, irascuda*.

nasquei (Inf. *naisser*): Part. *nascut, nascutz, nascuda*.

Daneben die archaischen Formen *nats, nada*.

J. Ulrich pg. 24 will *irascut, nascut* von vulgärlateinischen Perfecten ableiten, für die er jedoch leider keine Belege giebt. Auch bei Kühner: Lat. Gr. § 207, finden sich die fraglichen Formen nicht.

γγ. Von Perfecten, deren Verbalstamm auf Dental auslautet, sind folgende Formen gebildet worden:

ques (Inf. *querre*): Part. *quesut, conquesut.*
Die Form *queregut*, welche Ulrich pg. 24 citiert und welche Diez: Gr. II, 218 für Ch. V, 216 belegt, ist aus den Reimen nicht sicher zu stellen.

δδ. Der Verbalstamm geht auf Liquida aus:

1) liquida *m*:

tems (Inf. *temér*): Part. *temsut, temsutz, temsuda.*
Diez: Gr. II, 218 führt noch die Nebenform *temegut* (leys III, 166) an, und Ulrich pg. 24 citiert *temezut*. Keine dieser beiden Formen kann durch die Reime gestützt werden.

redems (Inf. *redémer*): Part. *rezemut, rezemutz.*

2) liquida *n*:

remas (Inf. *remanér*): Part. *remasut, remasutz, remasuda;* daneben *remansuz*, wo lat. *n* vor *s* erhalten ist.

Das von Diez II, 217 aufgeführte *remangut* vermag ich nicht zu belegen. Man müsste hierfür ein lat. Perf. **remanui* prov. *remanc* ansetzen, was sich auch bei K. Meyer nicht findet.

β. *u-i-* oder *v-i-*Perfecta:

Cf. K. Meyer pg. 33.

1) **Der Endconsonant des Verbalstammes erhält sich und ist:**

a. labiales *p*:

*ceup (bei K. Meyer nicht belegt): *ceubut; aperceubutz, aperceubuda; receubut, receubutz, receubuda (resseubuda).*

saup (Inf. *sabér*): Part. *saubut, saubutz, saubuda.*

*ereup (Inf. *erébre*): bei K. Meyer nicht belegt. Part. *ereubut, ereubutz.*

b. liquida *l*:

valc (Inf. *valér*): Part. *valgut, valgutz.*

volc (Inf. *volér*): Part. *volgut, volgutz, volguda.*

tolc (Inf. *tolér*): Part. *tolgut, tolgutz, tolguda.*

c. liquida *n*:

tenc (Inf. *tenér*): Part. *tengut, tengutz, tenguda* und die Compos. *mantengut, mantenguda.*

venc (Inf. *venir*): Part. *vengut, vengutz, venguda* und die Compos. *covenguda; benvenguda; sovengut, sovengutz.*

2) Der Endconsonant des Verbalstammes fällt ab:

α. *c*:

jac (Inf. *juzér*): Part. *jagut.*
plac (Inf. *plazér*): Part. *plagutz.*
*noc (Inf. *nozér*), bei Meyer nicht belegt: Part. *nogut.*
elec (Inf. *elegir*), bei Meyer ebenfalls nicht belegt: Part. *elegut, eleguda.*

β. *v*:

conoc (Inf. *conoisser*): Part. *conogut, conogutz, conoguda.*
crec (Inf. *creisser*): Part. *cregut, creguda.*
pac (Inf. *paisser*): Part. *pagutz.*
moc (Inf. *moure*): Part. *mogut, mogutz, moguda.*

γ. *b*:

ac (Inf. *avér*): Part. *agut, aguda.*

δ. *t*:

poc (Inf. *podér*): Part. *pogut.*

γ. Von Perfecten der *ès*-Klasse:

(Cf. K. Meyer, pg. 35.)

K. Meyer bemerkt pg. 14 seiner Abhandlung, dass er *querec*, wie auch *correc* und *cazec*, lediglich als Bildungen nach Analogie der III. Gruppe (*ès*-Klasse) ansieht, weil die Endung *-ec*, wie die Reime ausweisen, offenen *e*-Laut hat.

Ebendahin wird wohl auch ein *crezec (Inf. *creire*) zu stellen sein, von welchem sich die Part. *crezegut, crezegutz, crezeguda* belegt finden.

correc (Inf. *corrér*) ergiebt *corregut.*

cazec (Inf. *cazér*) giebt *cazegut, cazegutz, cazeguda.*

Diez: Gr. II, 215 und J. Ulrich pg. 24 sind zu dem Resultat gekommen, dass bei der Bildung des Part. vom prov. Perfect die Klasse der sigmatischen Perfecta in geringerem Maasse, als die der *u-i-* (resp. *v-i-*) Perfecta beteiligt ist. Meine Untersuchung bestätigt dies Resultat.

Schliesslich ist noch zu bemerken, dass sich bei Gavauda mit Reimwörtern auf *-ug (-uch)* gebunden finden die Part. *avug, desseubug, mentaugug, vencug, vendug, vengug.* Ich erkläre dieselben als durch umgekehrte Schreibart für die betreffenden Participia auf *-ut* entstandene Formen. Vergl. hierzu die oben pg. 6 ff. zu den Participien mit dem Suffix *-to* und stammauslautender gutturaler Tenuis gemachte Bemerkung.

II. Verhalten des Part. praet. in activer Verbalconstruction.

Im Altfranzösischen sowohl, wie auch im Provenzalischen, bietet sich die Erscheinung dar, dass das Part. praet. in activer Construction einerseits, nicht immer, mit dem voraufgehenden, andererseits aber öfter mit dem nachfolgenden Objecte in Congruenz tritt, ein Verhalten, welches im Gegensatz zu den aus der neufranzösischen Grammatik darüber bekannten Regeln steht. Für das Afrz. ist diese Frage besonders durch die Arbeit von Joh. Busse: »Congruenz des Part. praet. in activer Verbalconstruction im Afrz. bis zum Anfang des XIII. Jahrhunderts«, Gött. Diss. 1882, untersucht worden, nachdem schon vorher ausser von Morf (Rom. Stud. III, 235 ff.) in dem Artikel »Wortstellung im Rolandsliede«, auch von Hugo Andresen in seiner schon oben erwähnten Dissertation die Frage — und zwar, wie mir scheint, zum ersten Male — einer näheren, wenn auch nicht sehr eingehenden, Untersuchung unterworfen worden war. Morf suchte sie zuerst für jede der sechs möglichen Stellungen des Part. praet., des Hilfsverb und des Objectes gesondert zu lösen. Noch vor dem Erscheinen von Busses Arbeit hat dann Mussafia (Ztschr. IV, 104 ff.) die Congruenz des Part. praet.

für den Oxforder Roland unter Hervorhebung der metrisch zu sichernden Fälle erörtert. Von französischen Gelehrten, die unsere Fragen untersuchten, nenne ich hier nur:

J. Bonnard: le part. passé en vieux français, Lausanne 1877.
Mercier: Hist. des part. frçs., Collect. philol., fasc. 10, Paris 1879.
J. Bastin: le part. passé dans la langue française, St. Pétersbourg 1880.

Schliesslich sei noch bemerkt, dass auch Stengel: »Wörterbuch zu den ältesten franz. Denkmälern« unter »aveir« die einschlägigen Belege zusammengestellt hat.

Die Arbeit Mercier's war mir nicht zugänglich. Die übrigen Autoren kommen darin überein, dass das Part. praet. in activer Construction ursprünglich adjectivische Natur zeigt und dass erst später — und zwar allmählich — das Part. mit dem Hilfsverb zu einer festen Form zusammenwachse. Das stimmt im Wesentlichen mit dem überein, was Diez: Gr. III[4], 293 vom Übergange des Particips aus seiner concreten in die abstracte Bedeutung, vom »wandelbaren« und »unwandelbaren« (resp. objectiven und subjectiven) Particip mitteilt.

Für das Provenzalische ist ausser der kurzen, von Diez, Gr. III[4], 295 gegebenen Erörterung: »die prov. Sprache erkennt keine bindende Regel, allein sie flectiert gern, besonders bei vorangestelltem Object« und der an demselben Orte sich findenden Bemerkung: »dass das Afrz. auch hier mit dem Prov. zusammentreffe, lässt sich voraussehn«, die Frage bislang noch unerörtert geblieben. Ich werde bei meiner Erörterung derselben die kritischen Grundsätze, welche bei Mussafia (Ztschr. IV, 104) und Busse (a. a. O. pg. 8) vorgezeichnet sind, befolgen. Demnach wird bei männlichem Objecte das sigmatische Particip überhaupt, ausserdem aber auch das masc. sgl. von der Untersuchung ausgeschlossen, da ja in diesem Falle das verbal und das prädicativ gebrauchte Particip dieselbe Form aufweisen, Congruenz resp. Incongruenz sich also nicht feststellen lässt.

Liegt ein Gedicht in Publicationen nach verschiedenen Handschriften vor, so sind diese so weit möglich stets verglichen worden. Die Varianten sind natürlich nur so weit berücksichtigt, als sie für die Untersuchung von Bedeutung waren. In der Numerierung der sechs Stellungen folge ich Busse. Hervorheben will ich, dass meine Ermittelungen lediglich auf den Reimbelegen des dritten Teiles basieren und die Sammlung der im Innern der Verse sich findenden Belege einer späteren Arbeit vorbehalten bleiben musste.

Stellung I: Verb, Particip, Object (V. P. O.).

Von der Untersuchung auszuschliessen sind die Fälle in folgenden Gedichten:*)

Bern. de Vent. 6; Cadenet 5; Folquet de Mars. 23; Gaucelm 1; Guill. Fig. 4; Guir. de Born. 48; Guir. del Oliv. d'Arle 77; Guir. Riq. 1 (2 Fälle), 5; Mönch 14 B;· Peire d'Alvernhe 13; Peire Raim. de Tolosa 9; Raimon de Tors 2; Uc de San Circ. 18, 25; Uc de Valat (Joyas, pag. 16 -19).

Congruenz liegt in folgenden Fällen vor:

tost hai chauzida | la part (Ademar 1);
ai servida | midonz (Arman e Bern. 1);·
quem auras toutas | tals proméssas (Arn. Dan. 8);
Bertrans a laisada | valor (Bertr. de la Tor 1);
Pos aigui enquisa | la plus bella d'amor (Bern. de Vent. 44);
ieu n'ai conquisa | la bella semblansa (Bern. de Vent. 44);
quez aurez auzida | ma canso (Castelloza 3);
aurian estritz ni notatz | los bos (Folq. Lun.: Rom. 472—539);
e cujon aver escarnitz | lurs maritz (Folq. Lun.: Rom. 158—213);
que non ay giquida | l'amor (Guir. de Born. 2);
qu'ilh a puiatz | los aussors gratz (Guir. de Born. 12);
e n'ai perduz | mans bes (Guill. de Cabstg. 5);
m'a touta | s'amor (Guir. de Cal. 4);
Jhesus Christz nos a mostrada | via (Guir. Riq. 84);
erguelhs nos agra cassada | merce (Guir. Riq. 84);
ha rendutz | mil salutz (Marcabrun 26);

---

*) Das Citieren geschieht, wie im Rimarium, nach Bartsch: Grundriss.

si ai auzida | una estreigna clamor (Marcbr. 36);
as ren destruchas | las monedas (Peire Card. 27);
qu'eu cugei m'ucsetz conquiza | la gensor e la plus gaia (Peire Vid. 3)
hai encubida | tan richa (Raim. de las Salas 3);
e s'agessan maladicha | cill (Raim. de Tors 2);
longamen ai atenduda | una razon (Uc de S. Circ 18).

Eine Construction κατὰ σύνεσιν liegt vor in:
quieu ai de uos dicha | tans de lauzor (Alb. de Sest. 11).

(Man sollte eigentlich *tan de lauzor* erwarten; statt dessen liesse sich auch *tanta lauzor* setzen [vergl. Diez: Gr. III, 152]. Eine Construction, wie die vorliegende, ist aber sonst unmöglich.)

Incongruenz findet statt in:
e ges no vuelh per res aver conquist | belha domna (Aim. de Peg. 53);
enaissi ai camjat | amistat (Bertr. Carb.: B. D. 12);
qu'ieu no vuelh ges aver quist ni trobat | dona (Daude de Pradas 6);
e con non ai receubut | masa de ben e d'onors (Guir. de Born. 43);
vas tantas partz an semenat | lur volontat (Guir. del Oliv. d'Arle 40);
en lait de sauma an temprat | favas (Mönch 14 B);
quar lialtatz a uencut | falsedat (Peire Card. 48);
ai retengut | totz faitz (Raim. Mir. 2);
e can lo bons druz a enques | la toseta (Uc 1).

Die Anzahl der Fälle in dieser Stellung (23 der Congruenz gegen 9 der Incongruenz) ist zu gering, um daraus endgiltige Schlüsse ziehen zu können, namentlich was den syntaktischen Sprachgebrauch der italienischen und spanischen Trobadors anbelangt. So viel werden wir aber folgern dürfen: neben überwiegender Congruenz tritt bereits die Tendenz zur Unveränderlichkeit, damit also die verbale Natur des Particips, hervor. Dass diese sich aber nicht Bahn brechen konnte, beweist der Umstand, dass noch Guiraut Riquier zwei Fälle der Congruenz aufweist, denen kein einziger Fall der Incongruenz gegenübersteht.

Stellung II: V. O. P.

Unbrauchbare Fälle finden sich in folgenden Gedichten:
Aimeric e Sordel; Aimeric de Peg. 43; Arnaut de Mir. 7, 9; Arn. Dan. 9, 12; Azalais de Porcar.; Bereng. de Palazol 1; Bernart 4; Bern. de Vent. 6, 32 (bis); Bert. Zorgi 12; Bertr.

Carb. 13d, 34e; Bertr. d'Alam. 12; B. de B. 26, 42; Daude de Pradas 2, 6, 9a; El. de Barj. 1; Folquet 2; Foquet Romans 12; Garin d'Apchier 2; Gausb. de Poic. 6 (bis); Gauc. Faid. 27; Guill. Ademar 7, 9 (bis); Guill. Aug.; Guill de Cabslg. 4; Guill. Montan. 8; Guill. Rain. d'At. 4; Guill. de San Leidier 8; Guiraut 2; Guir de Born. 13, 16 (ter), 43; Guir. Riq. 1 (ter), 5, 13 (bis), 17, 89; Marcabr. 8, 24, 40; Mönch 14B; Peire d'Alv. 6; Peire Card. 18 (bis), 48 (§ 32, 3); Peire de Cols; Peire Milo 9; Peire Rogier 9; Peire Vidal 35; Raimb. d'Aur. 5, 10, 11, 15; Raim. d'Avinho 1; Raim. Mir. 2, 12 (quater), 16; Rich. de Berb. 10; Uc 1; Uc Brunet 4; Uc de San Circ. 18, 25 (bis), 26; anon. (461): 7, 95, 127, 177 (bis), 203 IIa, 244.

a. Das Particip wird auf ein Object bezogen.

1) Congruenz findet statt:

qua domna conquezida | : (Ademar 1);
en mon cor ai tal encobida | : (Alb. de Sest. 11);
tant a desi totz faitz desplazens rotz | : (Arn. Dan. 18);
qu'ai tal utaja preza | : (Aust. d'Orlac 1);
agues la crotz preza | : (Austorc d'Orlac 1);
vos m'avetz la fe plevida | : (Azalais de Porcar.);
ben degra aver calque domna conquisa | : (Bereng. de Peizreng.);
e parlars ha mainz iois delitz | : (Bernart 4);
amdos los reis an una cauza enpreza | : (Bern. de Rovenac 2);
qu'ieu agra amor iauzida | : (Bern. de Vent. 23);
ai bona amors encobida | : (Bern. de Vent. 30);
mas eu nai una chausida | : (Bern. de Vent. 38);
ben an VII ans pasatz | : Bertr. Albaric (dern. troub. XXIV, 1);
ac la ventalha mesa | : (B. de B. 31);
qu'aia totz uostres faitz decazutz e sobratz | : (Bon. Calvo 7);
ni nai mamor establida | : (Cercalm. 2);
quar an la gensor chausida | : (El. de Barj. 6);
auran vos los porcx aizitz | : (Folq. Lun.: Rom. 158—213);
ay mant almorna tolguda | : (Folq. Lun.: Rom. 390—425);
s'avials votz complitz | : (Gauc. Faid. 9);
cab lieis ai mans bes complitz | : (Gauc. Faid. 43);
d'amor ca amans conquitz | : (Gauc. Faid. 54);
auetz manta destorta | : (na Gorm. de Monp. 1);
si l'autre na dos enriquitz | : (Gui 1);
mais volgr' aver la sciensa conquisa | : (Guill. Aug. 4);
ac be dos ans complitz | : (Guill. de Berg. [§ 29,7]);

auetz manta gent morta | : (Guill. Fig. 2);
si vos ai ma mort fenida | : (Guill. Magret 2);
ai ben vos mout servida | : (Guill. Magret 2);
s'autra m'agues en re joia tramessa | : (Guill. de San Leid. 16);
quei aia m'amor messa | : Guill. de San Leid. 16);
et a 'ls sieus aizitz | : (Guir. de Born. 6);
qui m'a ioia renduda | : (Guir. de Born. 31);
e can per gerra nac totz sos fils menatz | : (Guir. de Born. 35);
et ai laus mantenguda | : (Guir. de Born. 69);
nagrieu fin volguda | : (Guir. de Born. 69);
ben a dos ans pasatz | : (Guir. de Born. 81);
aurai ioia complida | : (Guir. Riq. 36);
e tuch avem los mandamens obezitz | : (Guir. Riq. 45);
agues gaire guitz avutz | : (Guir. Riq. 62);
ha dieus iutiamens serratz | : (Guir. Riq. 72);
per dreg deves aver valor conquesa | : (Jacme Mote 1);
qu'òm l'aia conqueza | : (Joan Est. 2);
naia vergoigna perduda | : (Marcabr. 5);
quant ac la razon auzida | : (Marcabr. 26);
cans ha sa vida cuillida | : (Marcabr. 26);
tant ha sa votz esclarzida | : (Marcabr. 26);
gent ha la razon fenida | : (Marcbr. 26);
anz ai al rei Matheu bona patz quisa | : (Math. e Bertr. 1);
qu'a trent ans us vestirs portatz | : (Mönch 10);
et an los ab los detz cregutz | : (Mönch 14 B);
car eu ai gen la mia pot armada | : (Montan. 2);
falsedatz e desmesura an batalha empreza (Peire Card. 25);
el diables qua moutz homes leuatz | : (Peire Card. 26);
e cant as ta test' armada | : (Peire Card. 27);
dieus a sas aurelhas clauzas | : (Peire Card. 27);
quant aurai vostres faitz gardatz | : (Peire Rogier 7);
qu'a valor complida | : (Peire Vidal 6);
sei belh olh amoros an mains cors envazitz | : (Peire Vidal 17);
e si n'ai mainta quista | : (Peire Vidal 42);
a lieys ai ma chanso promessa | : (Peirol 4);
ai tota ma ponha meza | : (Peirol 4);
que a m'amor conqueza | : (Peirol 4);
eu ai m'amor misa | : (Peirol 18);
ben a dos ans passatz | : (Peirol: M. W. II, 29);
ai bel esper*), pros domna, issernida | : (Peirol 13);

---

*) »bel esper« ist der vom Dichter von der Geliebten gebrauchte Versteckname, weshalb derselbe feminin gebraucht wird.

que leu aurem los Turcx sobratz e rotz j : (Raimb. de Vaq. 3);
mas ai totz bos aibs complitz | : (Raimb. de Vaq. 28);
et si tot men ai ioys avutz | : (Raim. Mir. 21);
desastreus ha ioia creguda | : (Rodrigo 1);
ben a V ans passatz | : (Serveri 2).

2) Incongruenz findet statt:
la pudors agraus mort | :.(Arn. Dan. 15);
non auria mils ans camjat | : (B. de B. 16);
o agues domnas conquis | : (Cadenet 5).

b. Das Particip wird auf zwei Objecte bezogen: Einen unbrauchbaren Fall (beide Objecte sind msc. sgl.) bietet Bern. de Vent. 32.

1) Congruenz zeigt:
las domnas han amor e domnei gen tengutz | : (Simon Doria 3).

2) Incongruenz findet sich:
queu uos agra fam e maint set tolgut | : (Guiraut 2).

3) Ein besonderer Fall ist der, wo das Object ein Verhältnis der Reciprocität ausdrückt:
un l'us l'autre aissi galiat j : (Ric. de Tarasc. 1).

Das Part. wird also auf das grammatische Object *l'autre* bezogen. Würde die ebenfalls berechtigte constructio κατὰ σύνεσιν eintreten, so müsste das Part. in den obl. plur. treten, also *galiatz* lauten.

c. Dem Particip folgt noch ein Infinitiv:
dolza cara a totz aibs volgut sofrir (Arn. Dan. 13).

d. Anomale Fälle:
de sirventes aurai gran ren perdutz | : (Bertr. del Poget 2).

Das Object *gran ren* ist ein Adverb der Menge. Bei streng grammatischer Construction müsste das Part. im obl. sgl. stehen. Nur die Annahme einer Construction nach dem Sinne erklärt den obl. plur.

pero s'ieu nai dreg iutiatz | : (Bert. Zorgi 2).

Levy (ed. Bert. Zorgi Nr. 3) bessert *dreg* der beiden Handschriften (I K) in *dregs* und liest: *Pero si n'a dregs jujatz.* Ich möchte bei der Lesart der Handschriften bleiben und einen offenbaren Fehler des Dichters annehmen. Desgleichen die Stelle

aus einem nur in der Handschrift P überlieferten Gedichte
(461, 217):
e de bon faitz aues rocha formatz.

Aus Vorstehendem ergiebt sich, dass bei einfachem Object
die Congruenz des Particips in dieser Stellung Regel ist; bei
mehrfachem Object und bei diesem noch folgenden Infinitiv
kann der Sprachgebrauch nicht festgestellt werden, weil die
Anzahl der Belege zu gering ist.

Stellung III: O. V. P.

Unbrauchbar sind die in folgenden Gedichten sich findenden
Fälle:

a. Object ist ein Substantiv:

Arn. de Marv. 6; Bern. Arnaut (Joyas, pg. 93); Bern. de
Vent. 37; Bert. Zorgi 12; B. de B. 3; Bort del rei d'Arago 3
(dern. troub. X, 2a); Daspols 2 (dern. troub. IV, II); Guill. Fig. 2;
Guir. Riq. 13 (bis); Guir. Riq. 36; Lanfr. Cigala 24; Mönch 19;
Peire Card. 2 (§ 32,3: bis); Peire Vidal 8,35 (ter); Peirol 9; Raim.
Mir. 12 (bis); Rost. Bereng. 6; Sifre 1; Sordel 21; 461 (anon.), 186.

b. Das Object ist ein Personale:

Adem. lo negre 4 (ter); Aim. de Peg. 23, 45, 53; Arn. Dan.
2, 9, 12, 15; Arn. de Marv. 6; Bereng. de Palazol 1 (bis);
Bern. de Pradas 1; Bern. de Vent. 1, 6, 8 (bis), 32 (bis), 35;
Bert. Zorgi 2, 7; B. de B. 16 (bis), 19, 21, 26 (bis); Bon. Calvo 17;
Cadenet 22; Daude de Pradas 9a, 13, 17; El. de Barj. 1 (bis),
3 (bis), 9; Folquet 2; Folq. Lun. 3; Folq. de Mars. 5 (ter);
Folq. Rom. 8, 12; Gauc. Faid. 2, 15, 27, 57, 64; Gausb. de
Poic. 6; Guillem 5 (bis); Guill. Ademar 9 (bis); Guill. Augier
(Azaïs, 122); Guill. de Berg. 3 (ter [§ 29,7]); Guill. de Biarn. 1
(bis); Guill. de Cabstg. 4, 6; Guill. Mont. 8 (quater); Guill. de
Mur. 8; Guill. Rain. d'At. 4 (bis); Guill. de San Gregori 4;
Guill. de la Tor 4, 9; Guiraut 2a (ter); Guir de Born. 3, 13,
16, 40, 43, 44, 48 (bis); Guir. de Cal. 2; Guir. d'Esp. 5; Guir.
del Oliv. d'Arle 45, 77; Guir. Riq. 1, 5, 13 (ter), 15, 24, 26,
29, 46, 48, 89; Guir. lo Ros 4 (ter); Lanfr. Cigala 24; Marca-

brun 20, 40; Marti de Mons (Joyas, pg. 105—107); Mönch 14 B, 21; Paulet de Mars. 6 (bis); Peire d'Alv. 3, 10, 11, 15; Peire Bremon 18; Peire Card. 6, 10; Peire de Gavaret 1; Peire Milo 9; Peire Rogier 3, 5; Peire Trabustat (dern. troub. XXV, 1); Peire Vidal 7, 9, 33 (ter); Peirol 29, 31; Perdigo 13; Pujol 3; Raimb. d'Aur. 10, 14, 15 (bis); Raimb. de Vaq. 18, 19; Raim. Mir. 1, 2 (bis), 25, 40; Rich. de Berb. 10; Ricart de Tarasco 2; Sifre 1 (bis); Serveri 2 (bis), 13; Torcafol 1; Uc 1; Uc Brunet 4; Uc de San Circ 18, 25 (bis), 26 (bis); 461 (anon.), 7, 194.

c. Das Object ist ein Relativum:

Arn. Dan. 1; Arn. de Marv. 24; Azalais de Porc.; Beatritz de Dia 4; Bereng. de Palazol 1 (bis); Bern. de Rovenac 1; Bert. Zorgi 2; B. de B. 21; Daspols 2 (dern. troub. IV, 2); El Cairel 1; Folq. Lunel (Rom : 81—100 [bis]); Gauc. Faid. 63; Gausb. de Poic. 6; Gavauda 1; Guiraut 2a; Guir. de Born. 48, 49; Guir. del Oliv. d'Arle 23 (bis), 44; Guir. Riq. 1, 5 (bis), 48, 89; Joan. Est. 5; Lais Marb. (Ztschr. 1, 62); Mönch 4; Peire d'Alv. 6; Peire Bremon 7; Peire Raim. de Tolosa 9 (bis); Peire Trabustat (dern. troub. XXV, 1); Peire Vidal 7; Raimb. d'Aur. 5 (bis), 15; Raim. Mir. 2 (bis), 4, 12; Ric. de Tarasco 1; Uc de la Bac. 5; Uc de San Circ 18, 25 (bis); 461 (anon.), 53, 139.

Der Untersuchung förderlich sind nur folgende Fälle:

a. Das Object ist ein Substantiv, und zwar:

1) ein einfaches Object:

Congruenz findet statt:

quar la lauzor no y auria be meza | : (Bern. de Rov. 2);
car unam voill e nai volguda | : (Bern. de Vent. 30);
las ostas auretz priuadas | : (Folq. Lun.: Rom. 158—213);
que tans sospirs nai gitatz | : (Folq. de Mars. 27);
quels fals prius a sazitz et endormitz | : (Gauc. Faid. 9);
totz los Alcavis a mandatz | : (Gavauda 10);
ma voluntat ay complida | : (Gui d'Uisel 15);
cautra auer conquesta | : (Guill. Ademar 2);
que motz guaps avem auzitz | : (Guill. de San Leid. 8);
que gaiesa m' (= dat.) a tolguda | : (Guill. de San Leid. 14);
mas tans dans nai clamatz | : (Guir. de Born. 40);
grans mals ney sufertatz | : (Guir. de Born. 84);
Longa demoreia li ai doneia | : (Guir. d'Esp. 7);

sa cort a clauza | : (Guir. del Oliv. d'Arle 44);
los bos ul jaug (*ergänze:* ha) serratz | : Guir. Riq. 72);
quels amicx a de la gleysa honratz | : (Guir. Riq. 81);
don gent de valensa ai ab grat priunda | : (Guir. Riq. 85);
midons ai preyada | : (Guir. Riq. 85);
virginitat a passada | : (Marcabr. 18);
que totz los mals n'a faiditz | : (Mönch 7);
tan deschauzida vida an chauzida | : (Peire Card. 10);
que tota la gen a perpreza | : (Peire Card. [§ 32,3]);
mainta mensonj' ai assiza | : (Peire Vid. 3);
quan ma domn' aic vista | : (Peire Vid. 42);
grans mals n'ai sofertatz | : (Peirol 2);
e mayns trebalhs n'ai sufertatz | : (Peirol 2);
m'entencio ai en un vers mesa | : (Peirol 20);
quar merce vos ai queza | : (Raimb. d'Aur. 39);
que sa falsa beutat agues venduda | : (Raim. Mir. 21);
pos la partida avem bastida | : (Rodrigo 1);
pus serp avem manjada | : (Serveri 15);
Sa ruzo us ac mostrada | : (461, 123);
m'arma s'en an estorta | : (461, 123).

Incongruenz findet statt:
tan bos motz aurai fag | : (Bern. de Vent. 8).

Die Handschriften RN lesen *fagz*, was indessen nicht in den Reim passt. Daher wird *fagz* wohl auch nur die Correctur eines Copisten sein.

tal domna ai chauzit | : (Peire Vid. 7).

2) ein mehrfaches (zweifaches) Object:
ensenhemens et fizeutatz i ai pleuida) | : (Arn. Dan. 12).

Das Particip ist hier auf das ihm am nächsten stehende Object bezogen.

car ma razon e mon gaug ai perdut | : (B. de B. 26);
alma e cors a tot perdut | : (461, 95).

In diesen beiden Fällen zeigt das Particip dasselbe Verhalten wie im ersten.

b. Das Object ist ein Personalpronomen, und zwar:

1) der ersten Person. Es findet nur Congruenz statt.
mi auez mort' e traida | : (Castelloza 3);
amors m'a tan sazida | : (Castelloza 3);
pos dieus bos nos a volgutz | : (Folq. Lun.: Rom. 426–471);

nos an envilanitz | : (Guir. de Born. 6);
mauetz en desire ben quatr' ans tenguda (Guir. Riq. 32);
trop m'auetz sercada | : (Guir. Riq. 49);
quar de mort nos as gauditz | : (Guir. Riq. 73);
m'aues nomnada | : (na Lombarda 1);
a tort ma enuazida | : (Marcabr. 26);
pos en pretz m'auetz levada | : (Marcabr. 30);
Senher, tan m'auetz lauzada | : (Marcabr. 30);
tan m'aves de fotre menazada | : (Montan 2);
que nos an sai giquitz | : (Raimb. de Vaq. 24);
lo sant frutz nos ha rezemutz | : (461,123).

2) der zweiten Person. Hier findet ebenfalls nur Congruenz statt:

cel queus a formada | : (Bern. de Vent. 30);
uos ai desirada | : (Bern. de Vent. 30);
domna .... uos ai volguda | : (Daude de Pradas 13);
vas cels que uos an obezida | : (El. de Barj. 2);
cels vos an gequida | : (El. de Barj. 2);
queus an servida | : (El. de Barj. 2);
neus en paradis n'a avutz | : (Folq. Lun.: Rom. 426—471);
que uos ai chausida | : (Gui d'Uisel 12);
tan fort vos ai encobida | : (Guill. Magret 2);
pus vos ai trobada | : (Guir. Riq. 22);
Toza, yeus ai enbrugida | : (Guir. Riq. 49);
que uos ai trobada | : (Guir. Riq. 59);
que nos a reclamatz | : (Guir. Riq. 72);
qu'amors vos a tocada | : (Peire Vid 20);
al cor m'a meza | : (Peirol 15);
tan vos ai pregada | : (Raimb. de Vaq. 7);
per gensor vos ai chauzida | : (Raimb. de Vaq. 9);
ieu vos aurai abatuda | : (Raim. Escr. 1);
pois vos aic conoguda | : (Uc de San Circ 18);
Lo pretz .... que vos a'nluminada | : (Uc del Valat, Joy. p. 16—19);
com vos a assisa | : (461, 90);
cant l'angel grazitz verge us nc saludada | : (461, 123);
vos ai trop ofenduda | : (461, 123).

3) der dritten Person. Auch hier findet sich nur Congruenz:

que los a absoutz e mandatz | : (Aim. de Belen. 10);
ans l'ai lonc temps servida et onrada | : (Alb. Margals 1);
car l'an chausida | : (Alb. de Sest. 14);
molt l'avia gent servida | : (Bern. de Vent. 23);

que l'aurai visa | : (Bern. de Vent. 44);
plus l'a complida | : (Bert. Zorgi 3);
car los a per paor giquitz | : (B. d. B. 32);
que los avetz mal menatz | : (Bon. Calvo 7);
pos la seruida | : (Cadenet 12);
quar tan l'aurai servida | : (El. de Barj. 6);
vos los auretz servitz | : (Folq. Lun.; Rom. 158—213);
et aquels a chauzitz | : Gauc. Faid. 9);
que totz no'ls ayon ajostatz | : (Gavauda 10);
dieus l'agra eyssauzida | : (na Gorm. de Monp. 5);
tan l'ajas miza | : (Guill. Augier 4);
qu'eu l'aic veguda | : (Guill. da San. Leid. 14);
cum l'ai volguda | : (Guir. de Born. 31);
sin aissi l'ai perduda | : (Guir. de Born. 69);
qui l'a preguada | : (Guir. del Oliv. d'Arle 2 [dern. troub. XV, 6]);
tan la vol aver conquista | : (Guir. del Ol. d'Arle 76);
quan l'aic saludada | : Guir. Riq. 22);
bona l'ai amada | : (Guir. Riq. 85);
del loc don los agui scotatz | : (Joan. Est. 5);
en un castel l'an assiza | : (Marcabr. 11);
selha que l'an reviza | : (Marcabr. 11);
l'ant sazida | : (Marcabr. 36);
Duy Cardenal santamen l'an portada | : (Marti de Mons., Joy. 105—107);
en pauc d'ora l'a conquiza | : (Peire d'Alv. 12);
e l'a (= la testa) levada | : (Peire Card. 27);
qui la gen marrida | : (Peire Card. 27);
tro quels aia mortz | : (Peire Card. 43);
car los ai acusatz | : (Peire Mula 1);
no l'agra enquiza | : (Peire Vidal 3);
mout l'aurai conquista | : (Peire Vidal 42);
on plus l'ai servida | : (Peire Vidal 42);
quieu no l'agues conqueza | : (Peirol 20);
trop l'ai atenduda | : (Peirol 27);
quels ad amatz | : (Raimb. d'Aur. 3);
non lai aguda | : (Raimb. de Vaq. 9);
e quan lac vist e conoguda | : (Raim. Escrivan 1);
puois qant lhaurai enquerida | : (Raim. de las Salas 3);
quels i a enviatz | : (Savaric de Mauleon 2);
l'aia conquisa | : (461, 155);
quels aguessan proatz | : (461, 170).

c. Das Object ist ein Relativum.

Auch hier steht nur Congruenz, wodurch die von Diez: Gr.⁴ III, 295 bereits ausgesprochene Thatsache, dass »nach dem Relativ überall nur Flexion vorkomme«, lediglich bestätigt wird.

> que uos avez chauzida | : (Arman e Bernart 1);
> midonz c'ai encobida | : (Arman e Bernart 1);
> qu'ieu ai encobida | : (Arn. Dan. 2);
> em vuol sil c'ai cobida | : (Arn. Dan. 12);
> de l'anta que y a preza | : (Bern. de Rovenac 2);
> els Grecs que ac trahitz | : (B. de B. 32);
> qu'ai encobida | : (El. de Barj. 6);
> c'ay retenguda | : (Folq. Lun.: Rom. 390—425);
> dels angels qu'i ac perdutz | : (Folq. Lun.: Rom. 426—471);
> mos peccatz qu'ai pessan cogitatz | : (Fraire Menre 1);
> cels qu'a triatz | : (Gavauda 10);
> domna que ai chausida | : (Gui d'Uisel 12);
> de leis me clam c'ai plus amada | : (Guill. de Berg. [§ 29, 7]);
> .... qu'ai passatz | : (Guir. de Born. 25);
> per lira c'ai aguda | : (Guir. de Born. 69);
> de mains encombriers cai passatz | : (Guir. de Born. 70);
> que d'autras vetz ai trobada | : (Guir. Riq. 50);
> l'onors qu'a per elh preza | : (Joan Est. 2);
> qu'ai per ioy conquiza | : (Marcabr. 11);
> cela qu'ai tant enquiza | : (Peire Vidal 14);
> los tortz queu vos ai faillitz | : (Raimb. d'Aur. 21);
> per secorre a selha quelh a gequitz | : (Raim. Gaucelm 1);
> quels olhs que vos auetz triatz | : (Savaric de Mauleon);
> de vos qu'eras ai perduda | : (Uc de San Circ 18).

d. **Besondere Fälle.**

Das Particip wird auf das logische Subject bezogen:

> cui ieu n'ei obeditz | : (Jaufre Rud. 1);
> m'agratz estortz | : (Serveri 2);
> hom m'a enamoratz | : (Serveri 2);
> a present o a sabuda | : (Marcabr. 5).

Aus dieser Betrachtung lassen sich folgende Schlüsse ziehen:

1) Stellung III — nächst ihr folgt Stellung II — ist die gebräuchlichste. Man liebte es also, dem Particip das Object voraufgehen zu lassen, und zwar geschieht dies im Ganzen in vielleicht vier Fünfteln der sämtlichen Fälle, wo das Particip in activer Construction auf ein Object bezogen wird.

2) In Fall a (Object ist ein Substantiv) ist das Verhalten des Particips dasselbe wie in Stellung II: das voraufgehende Object erfordert Concordanz des Particips; die Ausnahmen von dieser Regel sind unbeträchtlich.

3) Fall b (Object ist ein Personale) und Fall c (Object ist ein Relativum) stellen für das Particip die unumgängliche Regel der Concordanz auf.

Stellung IV: O. P. V.

weist keinen Fall auf.

Stellung V: P. V. O.

complida e chausida | ai la gensor: (Guir. de Cal. 5);
bastida | ai l'estampida: (Raimb. de Vaq. 9).

Bemerkungen vergl. bei Stellung VI.

Stellung VI: P. O. V.

Unbrauchbare Fälle in folgenden Gedichten:

Aim. de Peg. 45; Bort. del rei d'Arago 3; Guiraut de Born. 16; Guir. Riq. 12; Marcabrun 20.

Es findet nur Congruenz statt, und zwar in:

amada | l'ai : (Guill. de San Leid. 14);
servida | vos ai e grazida | : (Guir. de Cal. 5);
tenguda | vos ai : (Raimb. de Vaq. 9);
servida | vos ai : (Raimb. de Vaq. 9);
blandida | vos ai : (Raimb. de Vaq. 9);
volguda | (erg.: vos) aurai : (Raimb. de Vaq. 9);
temsuda | (erg.: vos) aurai : Raimb. de Vaq. 9).

Die beiden Stellungen V und VI lassen sich den drei ersten gegenüber zusammenfassen: in Bezug auf die Stellung der Satzglieder Verb und Particip zeigen sie nämlich Inversion (P. V.). Über die Bedingungen, unter denen das Particip an die Spitze der Construction tritt, vergl. Morf a. a. O. pag. 241.

Die Stellung P. V. ist der in den ersten drei Stellungen sich darbietenden (V. P.) gegenüber wenig gebräuchlich.

Von den beiden Stellungen V und VI ist Stellung V, in welcher das Object ein Substantiv ist, weniger gebräuchlich, als Stellung VI, wo das Object ein Personale ist.

In beiden Stellungen findet sich nur Congruenz des Particips.

Die Congruenz des activen Particips, das ergiebt vorstehende Untersuchung, ist im Provenzalischen weit strenger beobachtet, als je im Französischen.

III. Rimarium.

ada.

Bei folgenden Trobadors finden sich Part. praet. enthaltende Reimreihen:

Albert Margals 1 (R. 4,9); Auzer Figueira 1 (Arch. 34,408); Bern. de Vent. 30 (Arch. 33,456); Bertr. Carb. 64 (B. D. p. 21); Bertr. de Roaix (Joyas p. 181—183); Bertr. de la Tor 1 (R. 5,104); Cadenet 14 (R. 3,251); Dona de Vilanova (Joyas p. 278); Helias de Solier (Joyas p. 148—151); Guill. de Berg. § 29,7 (Jahrbuch 6,236); Guill. de San Leid. 8 (M.W. 2,55); Guir. d'Espaigna 7 (B. D. p. 4); Guir. del Oliv. 2 (dern. troub. XV, vi); Guir. del Oliv. d'Arle 46 (B. D. p. 28), 61 (B. D. p. 43); Guir. Riq. 7 (M.W. 4,15), 15 (M.W. 4,92), 22 (M.W. 4,90), 49 (M.W. 4,83), 50 (M.W. 4,88), 73 (M.W. 4,100), 84 (M.W. 4,73), 85 (M.W. 4,40); Joan Est. 9 (Azaïs p. 101), 7 (Azaïs p. 92); na Lombarda 1 (R. 5,250); Mönch 18 (ed. Philipps.); Montan. 2 (M. G. 63); Marcabrun 18 (Arch. 33,336), 25 (M. G. 506), 30 (B. Chr.⁴ 51); Marti de Mons (Joyas p. 105—107); Pastorella (Joyas p. 89—91); Peire Card. 46 (M.W. 2,229), 27 (M.W. 2,205); Peire Vidal 20 (ed. Bartsch 5); Raimb. d'Aur. 32 (Arch. 51,137); Raimb. de Vaq. 7 (P. O. 75); Ramon Valada (Joyas p. 30); Serveri 7 (Milá 381), 15 (B. Chr. ⁴289); Huc del Valat (Joyas p. 16—19); 461,123 (B. D. p. 65), 137 (Arch. 50,274), 177 (dern. troub. XX), 188 (Arch. 50,284).

-ata: *s. n. sgl.* asemblada: Ram.Valada; jornada: Guill. del Oliv. d'Arle 61; linhada: Guir. Riq. 73; matinada: Marcabrun 25; trinquada: Hel. de Solier; vegada: Guir. Riq. 85; vesprada: Hel. de Solier.

-ata: *adj. n. sgl.* senada Guir. Riq. 15 (des-), 85.

-atam: *s. o. sgl.* alberguada: Serveri 15; armada: Pastorella; Ram. Valada; bada: Alb. Margals 1; Marcabrun 25,30; Peire Card. 46; Peire Vid. 20; Serveri 15; balada: Montan. 2; Peire Card. 27; crosada: Pastorella; culada: Montan. 2; demoreia: Guir. d'Esp. 7; denairada: Peire Card. 46; encontrada: Bertr. de la Tor 1; Guill. de San Leid. 8; Marcabrun 25; Serveri 7; estrada: Alb. Margals 1; Guir. Riq. 50; Joan Est. 7,9; gelada: Peire Vid. 20; Raimb. d'Aur. 32; jornada: Peire Card. 46; Serveri 15; mainada: Bertr. de la Tor. 1; Joan Est. 7,9; Peire Vid. 20; matinada: Marcabrun 25 (bis); passada: Hel. de Solier; prada: Raimb. d'Aur. 32; soldada: Marcabrun 30; Serveri 15; tornada: Serveri 15; veguada: Marcabr. 25; volada: Marcabr. 25.

-atam: *nom. pr.* Granada: Guir. Riq. 22.

-a(r)dam: *nom. pr.* Bernarda: na Lombarda 1.

-atat: *3. sgl. prs. i.* agrada: Alb. Marg. 1; Bertr. de la Tor. 1; Bern. de Vent. 30; Dona de Villanova; Guill. de San Leid. 8; Guir. d'Esp. 7 (agreia); Guir. Riq. 85; Joan Est. 7; na Lombarda 1; Montan 2; Raimb. d'Aur. 32; Serveri 7 (ter).

-atua: adj. n. sgl. fada: Guir. del Oliv. d'Arle 2; Guir. Riq. 49; Marcabr. 30.
-atuam: adj. o. sgl. fada: Joan Est. 7; Marcabr. 25.
Part. praet. -ata: âmada: Guir. Riq. 7,49; Marcabrun 25; Serveri 7; appellada: 461, 188; assassonada: Montan. 2; autreijada: Guir. Riq. 49; Serveri 7; avocada: Guir. Riq. 73; azirada: Serveri 7; benenseignada: Bern. de Vent. 30; blasmada: Bern. de Vent. 30; cambiada: Guir. Riq. 50,85; 461,137; cassada: Marcabrun 25 (bis); celada: Raimb. de Vaq. 32; Serveri 7; clamada: Guill. de San Leid. 8; Guir. Riq. 7; coitada: Bern. de Vent. 30; comprada: Marcabr. 18; Peire Card. 46; conseillada: Raimb. d'Aur. 32; coronada: Uc del Valat; corsada: Bertr. de Roaix; creada: Serveri 7; dada: Guill. de San Leid. 8; Raimb. d'Aur. 32; daurada: Marcabr. 25; dezendrezada: Serveri 7; desolada: Marti de Mons; destinada: Raimb. d'Aur. 32; dobada: Uc del Valat; doblada: Marcabr. 30; donada: Caden. 14; Marcabr. 25; Serveri 7; 461,123; durada: Peire Vid. 20; dressada: Serveri 7; emprada: Guir. Riq. 85 (ad-); enamorada: Guir. del Oliv. d'Arle 46; encabalada: Marcabrun 25; encastonada: Serveri 7; encaussada: Guir. Riq. 84; enluminada: Huc del Valat; enojada: Marcabrun 30; enseignada: Raimb. de Vaq. 7; errada: Serveri 7; essercada: Guir. Riq. 84; fadada: Marcabr. 25; faissonnada: Joan Est. 9; fermada: Serveri 7; folrada: Mönch 18; formada: Serveri 7; julgada: Raimb. d'Aur. 32; laissada: Serveri 7; lauzada: Guir. Riq. 7,73; levada: Guir. Riq. 32; Montan. 2; liada: Serveri 7; livrada: Serveri 7; lunhada: Alb. Marg. 1; mandada: Serveri 15; membrada: Guir. Riq. 15; mesclada: Serveri 7,15; nada: Guill. de Berg. § 29,7; Guir. Riq. 85; Montan 2; Marcabr. 30; Serveri 7; 461, 188; onrada: Guir. del Oliv. d'Arle 2; Guir. Riq. 85; Peire Vid. 20; Serveri 7; orlada: Mönch 18; ornada: Bertr. de Roaix; Huc del Valat (bis); parada: Huc del Valat; passada: Mönch 18; Marcabr. 18; pauzada: Marcabr. 25; Serveri 7; pelada: Mönch 18; penseia: Guir. d'Esp. 17; plantada: Serveri 7; portada: Raimb. d'Aur. 32; prezada: Cadenet 14; Serveri 7 (bis); privada: Guir. Riq. 50,84; Serveri 7; proada: Peire Vidal 20; razonada: Guir. del Oliv. d'Arle 46; recaptada: Peire Card. 46; safranada: Mönch 18; saludada: Guir. Riq. 73; sazada: Guir. Riq. 84; senhada: Guir. Riq. 22; sermonada: Guir. Riq. 84; setiada: Serveri 7; sobronrada: Guir. Riq. 7,73; tirada: Guir. Riq. 84; tonsada: Huc del Valat; tornada: Cadenet 14; Guir. del Oliv. d'Arle 61; Marcabr. 18; 461, 177; triada: Marcabrun 25; trobada: Guir. Riq. 73,84; Raimb. d'Aur. 32; uzada: Mönch 18; Serveri 7; vergonhada: Alb. Marg. 1; vezinada: Marcabr. 25.

-atam: amada: Alb. Marg. 1; Guill. de Berg. § 29,7; Guir. Riq. 85; appellada: na Lombarda 1; armada: Montan. 2; Peire Card. 27; bassada: Montan. 2; blasmada: Joan Est. 7; camiada: Guir. Riq. 22; cussada: Montan. 2; cofermada: Marti de Mons; dada: Guir. Riq. 85; desirada: Bern. de Vent. 30; Marcabr. 25; donada: Guir. d'Esp. 7 (doneia); Marti de Mons; enbrassada: Raimb. d'Aur. 32; ensenhada: Peire Vid. 20; Serveri 15; envergonhada: Serveri 15; enverinada: Serveri 15; envinagrada: Serveri 15; esmerada: Marcabr. 30; formada: Bern. de Vent. 30; irada: Joan Est. 7; 461, 137; laissada: Bertr. de la Tor. 1; lauzada: Marcabrun 30; levada: Marcabrun 30; Peire Card. 27; manjada: Serveri 15; membrada: Guir. Riq. 50; menazada: Montan. 2; mostrada: Guir. Riq. 84; 461, 123; nomnada: na Lombarda 1; onrada: Alb. Marg. 1; Serveri 7; passada: Marcabr. 18; portada: Marti de Mons; perjurada: Alb. Marg. 1; pregada: Guir. del Oliv. d'Arle 2; Guir. Riq. 85 (preyada); Raimb. de Vaq. 7; prezada: Raimb. d'Aur. 32; privada: Guir. Riq. 85;

Peire Vid. 20; sagrada: Dona de Villanova; saludada: Guir. Riq. 22; 461,123; senhada: Serveri 15; sercada: Guir. Riq. 49; tocada: Peire Vid. 20; tornada: Montan. 2; trencada: Serveri 15; trobada: Guir. Riq. 22,49.50; Joan Est. 7 (bis).

adas.

Bertr. Carb. 35 (B. D., pg. 48); Folq. Lun. (ed. Eichelkr.: Romans).
-atas: *adj. n. pl.* malvadas: Folq. Lun. (Rom.).
-atas: *s. o. pl.* badas, clergadas, goladas, saladas, sivadas (Folq. Lun.).
-atas: *adj. o. pl.* delgadas (Folq. Lun.).
Part. praet. -atas: *n. pl.* cargadas (F. Lun.); dampnadas (F. Lun.); desarenyadas (F. Lun.); desastradas (F. Lun.); enganadas (F. Lun.); enprenhadas (F. Lun.); restauradas (F. Lun.); sermadas (F. Lun.).
-atas: *obl. pl.*: nur bei Folq. Lun.: afamadas, apparelliadas, dezonradas, dezordenadas, denairadas, enviadas, flessadas, meynadas, onradas, priuadas, soudadas, trancadas.
Ein nicht beweisendes Reimpaar bei Bertr. Carb. 35: *obl. plur.*: corsadas, enamoradas.

ag *(ach, ait, ayt, aich).*

Bertr. Carbonel 65 (B. D. p. 12); Bern. de Rovenac 1 (R. 4,305); Bern. de Vent. 8 (M. G. 691); El. de Barj. 3 (M. G. 210); Folq. Rom., comj.(c[r]); Gui d'Uisel 15 (M. G. 549); Guill. de Berg. (Kell. 6); Guir. de Born. 48 (Arch. 33,324); Guir. del Oliv. d'Arle 44 (B. D. p. 45.46); Guir. Riq. 26 (M.W. 4,4); Marcabrun 24 (Arch. 33,334); Peire Vid. 8 (B. Chr.[4] 107); Ramon Valada (Joyas p. 30); Riq. de Tarasco 2 (M. G. 532).
-accum: *s. o. s.* sag: Bern. de Rovenac 1.
-aciti: *s. n. pl.* plag: Peire Vidal 8 (bis); *vgl.* plat.
-acitum: *s. o. sgl.* plag: Bertr. Carb. 65; Bern. de Vent. 8; El. de Barj. 3; Gui d'Uisel 15; complag: Peire Vidal 8.
-acto: *1. sgl. prs. i.* empag[1]): Guir. Riq. 25; Ricart de Tarasco 2.
-actum: *s. o. sgl.* empag: Guill. del Oliv. d'Arle 44; garag: Peire Vidal 8.
-adium: bag: Peire Vid. 8; Riq. de Tarasco 2; esglag: Peire Vid. 8.
-agio[2]): *1. sgl. prs. i.* ussag: Guir. Riq. 26.
-agium: *s. o. sgl.* assag: Bern. de Rovenac 1.
*-ahtet: *3 s. prs. cj.* gag: Bern. de Rovenac 1.
*-ahto: *1 sgl. prs. i.* gach: Guir. del Oliv. d'Arle 44.
*-ahtum: *s. o. sgl.* agag: Bern. de Vent. 2 (bis); Guill. de Berg. (aguait); Peire Vidal 8.
*-ahum: *s. o. sgl.* escag[3]): Peire Vidal 8.
-ajum: *s. o. sgl.* mag: Peire Vidal 8.
*-aide: *adv.* lag: Bern. de Vent. 8; Peire Vidal 8.
*-aidi: *adj. n. pl.* lach: Folq. Rom. comj.
*-aidum: *adj. o. sgl.* lag: Bertr. Carb. 65; Gui d'Uisel 15; Guir. Riq. 26; Peire Vidal 8. — *adj. n. neutr.*: lag: Bern. de Rovenac 1.
Part. praet. -actum: atrag: Bern. de Rovenac 8; Guill. del Oliv. d'Arle 44; atrazag *(adv.)*: Bern. de Rovenac 1; Bern. de Vent. 8; Gui d'Uisel 15; Peire Vidal 8; benfag: El. de Barjols 3; Folq. Rom. comj. (benfach); Guir. del Oliv. d'Arle 44 (ter: benfach, befach, befach); Marcabrun 24 (benfaich); contrag: Peire Vid. 8; fag: Bertr. Carb. 65; Bertr. de Rovenac 1; Bern. de Vent. 8; El. de Barj. 3; Gui d'Uisel 15; Guill. de Berg. (fait); Guir. Riq. 26; Ram. Valada (: fayt); *vgl.* fat;

forfag: Bertr. de Rovenac 1; Bern. de Vent. 8; El. de Barj. 3; Gui d'Uisel 15; Guir. de Born. 48 (ter: -aich, -ait, -aich); Guir. Riq. 26; Ricart de Tarasco 2; frag: Gui d'Uisel 15; Guir. del Oliv. d'Arle 44 (frach); Marcabr. 24 (frait); malfag: Ricart de Tarasco 2; maltrag: Bern. de Vent. 8; Guir. Riq. 26; retrag: Bertr. Carb. 65; Bern. de Vent. 8; El. de Barj. 3; Guir. del Oliv. d'Arle 44; Peire Vid. 8; trag: Guir. del Oliv. d'Arle 44 (-ach); Guir. Riq. 26; Peire Vid. 8; Ramon Valada (trayt); sostrag: Bern. de Vent. 8.

Anmerkungen:

1) Für *empag* setze ich mit Diez: Et. Wtb. I, 231 *impactare* an. Der »Donatz« glossiert p. 44: *enpahtz i. impedias*. In der That könnte es scheinen -- wenigstens für frz. *empêcher* — als ob *impedicare* die Grundlage gewesen ist. Dass dies aber ebenso wenig, wie das von Muratori vorgeschlagene *impactiare*, die vorliegende prov. Form und namentlich die Nebenformen *empaig, empaitar* erkläre, hat bereits Diez a. a. O. des Näheren ausgeführt. Dass gerade *empaig, empaitar* aus der vorliegenden Untersuchung nicht bewiesen werden können, ist wohl zufällig, da ja sonst *ag, ait* etc. promiscue gebraucht werden.

2) Für *assag* nehme ich als Etymon das bereits im Vulgärlatein belegte *exagium* und ein davon abgeleitetes *exagiare* gegenüber dem ganz hypothetischen *exsapiare* an. Cf. Diez: Et.Wtb. I, 279.

3) vom ahd. *scâh* (= Schach, Schachfigur), welches allmählich die Bedeutung »Raub« annanm.

aitz (ays).

El. Cair. 5 (Cop.); Guill. de la Tor 9 (M. G. 653); Guir. de Born. 32 (M. G. 241); Mönch 11 (ed. Phil.); P. d'Alv. 9 (M. G. 223), 16 (M. G. 1320); Raimb. d'Aur. 4 (Cop.).

-**acitus**: *s. n. sgl.* plaitz: Mönch 11.
-**acitos**: *s. o. pl.* plaitz: P. d'Alv. 9,16.
-**acti**: *s. n. pl.* pays: Guir. de Born. 32.
-**actium**: *(nom. prop.: o. sgl.)* Lamays: Guir. de Born. 32.
-**actus**: *s. n. sgl.* enpaitz: Mönch 11.
*-**ahtos**: *s. o. pl.* guaitz: P. d'Alv. 9.
*-**ahtus**: *s. n. sgl.* agaitz: El. Cair. 5; Guir. de Born. 32 (aguays).
*-**aidus**: *adj. n. sgl.* laitz: Mönch 11.

Part. praet. -**actos**: *o. pl.* benfaitz: Mönch 11; estraitz: Guir. de Born. 32 (-ays); P. d'Alv. 9; faitz: El. Cair. 5; P. d'Alv. 9; forfaitz: P. d'Alv. 16; fraitz: El. Cair. 5; Guir. de Born. 32 (-ays); P. d'Alv. 16; refraitz: El. Cair. 5; trazaitz: El. Cair. 5.

-**actus**: *n. sgl.* affraitz: El. Cair. 5; attraitz: El. Cair. 5; contraits: Mönch 11; defraitz: Mönch 11; estraitz: El. Cair. 5; forfaitz: El. Cair. 5; maltraitz: El. Cair. 5; refraitz: El. Cair. 5; sofraitz: El. Cair. 5; trays: Guir. de Born. 32.

Die betreffenden Reimreihen bei Guill. de la Tor. 9 und Raimb. d'Aur. 4 enthalten nur Participia. Diese, unter sich gebunden, sind nicht beweisend. Es sind folgende:

-**actos**: atraig: Raimb. d'Aur. 4; maltraich: Guill. de la Tor 9; traiz: Guill. de la Tor 9; trasaig: Raimb. d'Aur. 4.
-**actus** = faitz: Raimb. d'Aur. 4; forfagtz: Raimb. d'Aur. 4.

ars.

Aim. de Peg. 45 (M. G. 1171); Guir. de Born. 10 (M. G. 865), 74 (Arch. 33,317); P. d'Alv. (R. 4,297); Raimb. d'Aur. 18 (P. O. 49); Raim. Mir. 19 (Arch. 33,439), 25 (M.W. 4,120); Raim. de las Salas 2 (B. L. 101); Serveri 14 (Milá 378).

*-aceros: *subst. inf. o. pl.* afars: Guir. de Born. 10,74; Raim. Mir. 19.
*-acerus: *subst. inf. n. sgl.* affars: Raim. Mir. 25; Serveri 14.
-ares: *s. o. pl.* nars: Raimb. d'Aur. 18.
-aris: *s. n. sgl.* joglars: Peire d'Alv. 11; Raimb. d'Aur. 18.
-ars: *s. n. sgl.* pars: Guir. de Born. 10; Raimb. d'Aur. 18; Raim. Mir. 19.
-aros: *adj. o. pl.* avars: Raimb. d'Aur. 18; cars: Guir. de Born. 10; Raim. Mir. 25; clars: Raim. Mir. 25.
-aros: *subst. inf. o. pl.* chantars: Raim. Mir. 25; cuidars: Raim. Mir. 25; parlars: Raim. Mir. 25; esgars[1]): Raim. Mir. 19.
-arus: *adj. n. sgl.* amars: Guir. de Born. 74; avars: Guir. de Born. 74; Raim. Mir. 25; cars: Aim. de Peg. 45; P. d'Alv. 11; Raimb. d'Aur. 18; Raim. Mir. 19; Serveri 14; clars: Aim. de Peg. 45; Guir. de Born. 74; Raim. Mir. 19.
-arus: *nom. prop.* Gausmars: P. d'Alv. 11; Navars: Guir. de Born. 74.
-arus: *subst. inf. n. sgl.* amars: Serveri 14 (bis); anars: Guir. de Born. 74; chantars: Guir. de Born. 74; Raim. Mir. 19; coindegars: Aim. de Peg. 45; comensars: Guir. de Born. 74; domnebars: Guir. de Born. 10; Raim. Mir. 19; esperars: Guir. de Born. 74; estars: Raim. Mir. 19; gardars: Raim. Mir. 19; onrars: Aim. de Peg. 45; parlars: Aim. de Peg. 45; Guir. de Born. 10; Raimb. d'Aur. 18; preiars: Raim. Mir. 19; trobars: Guir. de Born. 74.

Part. praet. -arsos: espars: Raim. Mir. 19; Serveri 14; pars: Raim. Mir. 25.
-arsum: espars: Guir. de Born. 10.
-arsus: ars: P. d'Alv. 11; Raimb. d'Aur. 18; Raim. Mir. 19; pars: Aim. de Peg. 45; Guir. de Born. 74.

Anmerkungen:

1) *esgartz* ist zu scheiden von dem hier vorliegenden *esgars*. Beide kommen in der Bedeutung überein; ersteres hat aber seinen Ursprung im ahd. *wartên*, letzteres ist auf das ahd. *warôn* zurückzuführen. Beide sind ferner Bildungen vom Verbalstamm. Im »Donat« p. 43 findet sich die Glosse: *esgars i. aspectus.*

ás[1]).

Fortunier 1 (Arch. 34,415); Garin. d'Apchier 2 (R. 4,249); Marcabrun 22 (M.W. 1,48); Raim. Mir. 40 (B. Chr.⁴ 151); 461,123 (B. D. p. 68).

-abes: *2 sgl. fut.* anaras: Garin d'Apchier 2; diras: Raim. Mir. 40; menaras: 461,123.
-acet: *3 sgl. prs. i.* plas*): Garin d'Apchier 2.
-ans[2]): *adv.* atras: Marcabrun 22; detras: Garin d'Apchier 2.
-as: *s. indecl.* vas: Garin d'Apchier 2; Marcabrun 22; Raim. Mir. 40; 461,123.
-as: *2 sgl. impf. i.* avias: Garin d'Apchier 2; cuidavas: Garin d'Apchier 2.
-aset: *3 sgl. prs. cj.* abras: Raim. Mir. 40.
-assi: *adj. n. pl.* bas: Raim. Mir. 40.

-assicum: *s. o. sgl.* clas: Raim. Mir. 40.
-asso: *1. sgl. prs. i.* amas: Raim. Mir. 40; pas: Raim. Mir. 40.
-assus: *adj. n. sgl.* las: Garin d'Apchier 2.
-assus: *s. n. sgl.* compas: 461,123; pas: 461,123.
-asum: *s. o. sgl.* nas: Garin d'Apchier 2; Raim. Mir. 40.
-asus: *s. n. sgl.* cas: 461,123.
-atis': *2 pl.* eutratz, rebuzas; cuidavas, avias, fermiatz; anaras: Garin d'Apchier 2.
-atis: *adv.* assatz: Garin d'Apchier 2.
-atos: *s. obl. pl.* datz; (?) *adj.* malvatz: Garin d'Apchier 2.
-atus(?): *n. sgl.* malvas: Garin d'Apchier 2.
-axo: *1. sgl. prs. i.* las: Raim. Mir. 40.
-?: *nom. pr. o.* Burlas, Carlas, Solas: Garin d'Apchier 2.
Part. praet. -ansi: *n. pl.* remas: Raim. Mir. 40.
-ansus: *n. sgl.* remas: Marcabr. 22; 461,123.
-arpsus: escas: Garin d'Apchier 2; Raim. Mir. 40.
-asum: ras: Raim. Mir. 40.
-asus: ras: Garin d'Apchier 2.

as estreit haben:
-anes: as: *2 sgl. prs. i.* remas: Fort. 1.
-*anos: *s. o. pl.* demns, mas: Fort. 1.
-anus: *adj. n. sgl.* certas: Fort. 1.

Bemerkungen:

1) Der Donatz p. 45 unterscheidet zwischen »*as larg*« und »*as estreit*«. Stengel bemerkt p. 114,45[1], 1 ff. dazu, dass bei ersterem *s* zum Wortstamme gehöre, während es bei letzterem flexivischer Natur ist und ihm ausserdem ein ursprüngliches *n* voraufgeht. Part. praet. finden sich nur in den Reihen auf »*as larg*«. Dass dieser Unterschied von den Dichtern ebenso empfunden wurde, wie beispielsweise bei der Reimsilbe *-es*, beweist der Umstand, dass Fortunier 1 (was K. Meyer A. u. A. XII 38 f. verkennt, der ausserdem die meisten Reimworte falsch bestimmt) lauter *as estreit*, sonst nur *as larg* unter einander gebunden werden.

2) »*plas*« steht für »*platz*« (ebenso die Worte auf -at-). Über *s* st. *tz* vgl. Bertr. de Born (ed. Stimming), Anm. auf pg. 241; Romania VIII, 111; Diez: Jahrbuch I, 364. Hier zeigt nur Garin d'Apchier 2 die Verwechselung, sonst noch Ross; vgl. K. Meyer 1. c.

3) Die hierher gehörigen Wörter werden vom Donat nicht aufgeführt. Da jedoch das *s* stammhaft ist, so muss *as larg* vorliegen, *n* also schon im Vulgärlatein geschwunden sein, wie bei »*remas*«, vgl. fr. »*tres*«, »*remes*«.

4) Streiche S. 48: -as: *2 sgl. impf. i.* etc. Es liegt -atis *2 pl.* vor, ebenso unter -abes: anaras = *2 pl. cond.* (fehlt bei K. Meyer).

at.

Alb. de Sestaro 11 (M. G. 782); Arn. de Marv. 6 (M. W. 1,171), 24 (R. 3,219); Berenguier de Palazol 1 (M. G. 3); Bernart 4 (Arch. 34,380); Bern. Arnaut (Joyas p. 93); Bern. de Vent. 6 (R. 3,88), 30 (M. G. 119), 32 (M. G. 710); Bert. Zorgi 12 (R. 4,234); Bertr. d'Alam. 4 (R. 4,218), 16 (Arch. 34,392); B. de B. 14 (ed. Stimm.), 16, 21; Bert. Carb. 24 d (B. D. p. 12), 32 d (B. D. p. 12), 45 b (B. D. p. 9), 47 a (B. D. p. 7), 54 a (B. D. p. 25), 68 a (B. D. p. 23), 81 a (B. D. p. 22); Bertr. e Javare (Arch. 50,263); Bort del rei d'Arago (dern. troub. X, 11 n); Caden. 22 (M. G. 94); Daspols 2 (dern. troub. IV, 11); Daude de Pradas 6 (R. 3,414); Folquet 2

(M.W. 4,253); Folq. Lunel (Rom., ed. Eichelkr.); Folq. Rom. 12 (R. 4,123); Gauc. Faid. 27 (M. G. 60); Gui de Cavaillo 2 (R. 4,207); Guillem 5 (Arch. 34,381); Guill. Adem. 7 (R. 4,327); Guillem Augier 2 (Azaïs 122); Guill. de Cabstg. 4 (ed. Hüffer); Guill. de Mont. 8 (Arch. 33,298); Guill. Rain. d'At. 4 (M. G. 955); Guir. del Oliv. d'Arle 23 (B. D. p. 33), 31 (B. D. p. 36), 40 (B. D. p. 27), 45 (B. D p. 43), 77 (B. D. p. 43); Guir. Riq. 1 (M.W. 4,12), 13 (M.W. 4,21), 15 (M.W. 4,92), 17 (M.W. 4,78), 36 (M.W. 4,241), 86 (M. W. 4,76), 89 (M. W. 4,47); Guir. de Born. 13 (R. 3,304); Guir. lo Ros 4 (R. 3,10); Guiraut 1 (Arch. 34.410); Lanfr. Cig. 24 (Arch. 34,416); Marti de Mons (Joyas p. 105—107); Mönch von Mont. 10,14 B, 21 (ed. Phil.); Marcabrun 25 (M. G. 507); P. d'Alv. 10 (M. G. 226), 21 (M. G. 1022); Peire Card. § 32,3 (Una ciut.), 42 (M. G. 941); Peire de Cols 1 (R. 5,309); Peire Trabust. 1 (dern. troub. 25,1); Peire Vidal 35 (ed. Bartsch 22); Raimb. d'Aur. 5 (M. G. 356); Raim. Mir. 4 (Arch. 51,243); Raimon Vidal 5 (M. G. 2,35); Rich. de Berb. 10 (Arch. 35,435); Ric. de Tarasco 1 (P. O. 385); Rost. Bereng. 6 (dern. troub. 10,1); Taurel 1 (Arch. 34,383); Torcafol 1 (R. 4,253); Trucs Malecs 1 (Arch. 34,200); Sifre 1 (M. G. 1020); Uc de Valat (Joyas p. 16—19); 461,7 (M. G. 278), 68 (dern. troub. 22,1), 95 (Arch. 50,280), 137 (Arch. 50,274), 189 (Arch. 50,275), 151 (Arch. 50,281), 186 (Arch. 50,274), 190 (Arch. 34,375), 203 IIa (Arch. 34,378), 249 (Arch. 50,280).

-aciti: *s. n. pl.* plat: Mönch v. M. 14 B 2.

-atem: *s. o. sgl.* alegretat: Guir. Riq. 17; amistat: Arn. de Marv. 6; Bereng. de Palazol 1; Bern. de Vent. 32; Bertr. Carb. 24d, 32d, 47a, 68a; Guillem 5; Guill. de Cabestg. 4; Lanfr. Cig. 24; Mönch 21; Peire Trabust. 1; Peire Vidal 35; Raim. Vid. 5; Ric. de Tarasco 1; Sifre 1; auersitat: Rost. Bereng. 6; beutat: Alb. de Sest. 11; Arn. de Marv. 6,24; Bereng. de Palaz. 1; Bertr. Carb. 54a; Daude de Pradas 6; Guill. de Cabestg. 4 (bis); Guill. de Mont. 8; Guir. de Born. 13; Guir. lo Ros 4; Peire Vid. 35; Raim. Mir. 4; Rich. de Berb. 10; bontat: Guill. de Mont. 8; Guir. Riq. 17; Rost. Bereng. 6; 461,168; caritat: Guir. Riq. 17,86; Peire Card. 42; Peire Trabust. 1; Raimb. d'Aur. 5; castetat: Uc de Valat; ciutat: Peire Card. § 32,3; Sifre 1; clardat: Bereng. de Palaz. 1; Peire de Cols; Peire Trabust.; Ric. de Berb. 10; 461,68; cobeitat: Peire Card. 42; crestiandat: Bert. Zorgi 12; Folq. Lunel (Rom.); Folq. Rom. 12; 461,151; deitat: Guill. Augier; enemistat: Guill. de Cabstg.4; estat: Bereng. de Palaz. 1; Bern. Arnaut; B. de B. 4,14; Rich. de Berb. 10; 461,190; fezeutat: Guill. Augier; Guir. de Born. 13; foudat: Bereng. de Palaz. 1; Bern. de Vent. 6,32; B. de B. 14; Bertr. Carb. 68a, 81a; Daspols 2; Gauc. Faid. 27; Guill. Augier; Guill. de Mont. 8; Guir. lo Ros 4; Trucs Malecs 1; franquetat: Lanfr. Cig. 24; heretat: B. de B. 14; Folq. Rom. 12; humanitat: P. d'Alv. 21; humilitat: Aim. de Peg. 53; Arn. de Marv. 6,24; Daude de Pradas 6; Guill. Augier; Guill. de Cabstg. 4; Guir lo Ros 4; Peire Trabust (bis); Rich. de Berb. 10 (bis); Rost. Bereng. 6; Uc de Valat; largetat: B. de B. 4,14; lealtat: Caden. 22 (des-); Peire Trabust; 461, 151, 190; liberalitat: Rost. Bereng. 6; maiestat: Guill. Rain. d'At. 4; malvestat: Bern. Arnaut; Guir. de Born. 13; Guir. Riq. 17; Peire Vid. 35; meitat: Arn. de Marv. 24; Bern. de Vent. 6; Bertr. Carb. 47a; Guill. 5; 461,203 IIa; nativitat: Rost. Bereng. 6; paor: Peire Trabust.; 461, 203 IIa; paupertat: Bern. Arnaut; B. de B. 16; Daspols 2; pietat: Arn. de Marv. 6; Bern. de Vent. 30; Bert. Zorgi 12; Guir. Riq. 17; potestat: Bern. Arnaut; Folq. Rom. 12; rictat: Guill. de Mont. 8; 461,203 IIa (bis); santat: Guiraut 1; trinitat: Guill. Augier; Rost. Bereng. 6; unitat: Guir. Riq. 17; voluntat: Alb. de Sest. 11; Arn. de Marv. 6,24; Bernart 4;

Bern. de Vent. 30; B. de B. 4,14; Bert. Zorgi 12; Caden. 22; Daspols 2; Folq. Rom. 12; Gui de Cavaillo 2; Guill. de Cabstg. 4; Guiraut 1; Guir. del Oliv. d'Arle 23; Guir. Riq. 13,86; Peire de Cols; Peire Trabust.; Raim. Mir. 4; Raim. Vid. 5; Rich. de Berb. 10; 461, 7, 190, 203 II a; vertat: Bern. de Vent. 6,32; Bertr. Carb. 54 a, 81 a; Folquet 2; Guir. Riq. 86; Raim. Mir. 4; Ricart de Tarasco 1; Rost. Bereng. 6 (bis); Sifre 1; 461; 137,151.

-ati: *n. pl. adj.* dalghad: Guill. de Mont. 8.

-atti: *n. pl. adj.* mat: Torcafol 1.

-attit: *3 sgl. prs. i.* bat: Aim. de Peg. 53; B. de B. 14 (com-); Daude de Pradas 6; Rich. de Berb. 10 (de-); 461,203 II a (con-).

-attum: *adj. o. sgl.* mat: Marcabrun 25; Peire Card. 42.

-atui: *n. pl. adj.* fat: Arn. de Marv. 24; B. de B. 21; Guill. de Mont. 8; Guir. de Born. 3.

-atum: *adj. o. sgl.* cornat: Trucs Malecs 1; delgat: Bereng. de Palazol 1; Ric. de Tarasco 1; senat: Peire Card. § 32,3 (des-: ter), § 32,3 (for-), § 32,3; Taurel 1; 461,139.

-atum: *s. o. sgl.* barat: Bertr. e Javare; Folq. Lun. (Rom.); Guir-Riq. 17; Peire Trabust.; Raimb. d'Aur. 5; Torcafol 1; Trucs Malecs 1; barnat: Bereng. de Palaz. 1; Peire Vid. 35; blat: Bern. Arnaut; Guiraut 1; Torcafol 1; comjat (cognat, conhat): B. de B. 14; Gauc. Faid. 27, Guir. lo Ros 4; comtat: B. de B. 14,21 (ves-); dat: Peire Trabust.; grat: Aim. de Peg. 53; Arn. de Marv. 6,24; Bereng. de Palaz. 1 (bis); 1 (des-); Bernart 4 (bis); Bern. de Vent. 6,32; Bert. Zorgi 12; Bertr. d'Alam. 16; Bertr. e Javare; Guill. de Cabstg. 4; Guill. d'Al. 4; Guir. de Born. 13; Guir. Riq. 1, 13, 15, 36 (bis), 89; Guir. lo Ros 4 (bis); Mönch 14 B; Marcabr. 35; P. d'Alv. 10; Peire Card. 42 (bis); Peire Vidal 35; Raimb. d'Aur. 5; Rich. de Berb. 10; Trucs Malecs 1; 461, 151; mercat: Guir. Riq. 15; Guir. de Born. 13; Raimb. d'Aur. 5; Sifre 1; prat: B. de B. 16; sendat: Raimb. d'Aur. 5.

-atum: *nom. propr. o. sgl.* Moncat: Guir. 1; Monferat: Taurel 1 (bis); Noumercat: B. de B. 14; Pilat: Guill. Augier.

-atuum: *adj. o. sgl.* fat: Folquet 2; Guill. Mont.; Guir. de Born. 13; Peire Vid. 35.

Ausserdem finden sich folgende Reimwörter auf -*atz*, gebunden mit solchen auf -*at*[1]):

-ates: *s. o. pl.* vertatz: Peire Card. 42.

-atis: *2 pl. prs. cj.* sapchatz: Peire Vid. 42.

-atus: *n. sgl.* falsatz: Guill. 5; honratz: Aim. de Peg. 53; paguatz: Aim. de Peg. 53.

Part. praet.: -ati: acabat: Guir. Riq. 13; acordat: Bert. Zorgi 12; B. de B. 14; ajustat: Bern. de Vent. 6; B. de B. 14; Daude de Pradas 6; Folq. Rom. 12; Rich. de Berb. 10; albergat: 461, 203 II a; amat: Daude de Pradas 6; Raim. Mir. 4; armat: B. de B. 14; aterrat: Guir. Riq. 17; auistat: Rich. de Berb. 10; asenblat: 461, 203 II a; azirat: Guir. Riq. 17; basat: Rich. de Berb. 10; blasmat: Ric. de Tarasco 1; cochat: B. de B. 16; comtat: Arn. de Marv. 6; crozat: Folq. Rom. 12; dat: Rost. Bereng. 6; daurat: B. de B. 14; deliurat: Bert. Zorgi 12; deshonrat: Bertr. d'Alam. 16; deualat: B. de B. 16; discipat: Guir. Riq. 17; donad: Guill. Mont.; Rich. de Berb. 10; enamorat: Guill. del Oliv. d'Arle 40; enujat: B. de B. 14; envezat: B. de B. 14; esfredat: B. de B. 14; faissat: Guill. Rain. d'At. 4; forsat: B. de B. 14; honrat: Guill. Augier; irad: Guill. Montan.; iutiat; Guir. Riq. 86 (bis); Folq. Lun. (Rom.); laissat: Torcafol 1; lauzat: Rost.

Bereng. 6; levat: Mönch 10; Peire Vid. 35; lognad: Guill. Montan.; malaurat: Folq. Rom. 12; menat: B. de B. 14; mendat: Rich. de Berb. 10; mesclat: Arn. de Marv. 24; Mönch 14 B; otracujat: Bertr. Carb. 45 b; pagat: Bert. Zorgi 12; passat: Guir. Riq. 13; Mönch 10; Rost. Bereng. 6 (tras-); penchenat: B. de B. 21; perjurat: B. de B. 21; priuat: Raim. Mir. 4; regnat: Guir. 1; 461, 203 II a; remembrat: Rost. Bereng. 6; revelat: B. de B. 14; scorchat: Bertr. d'Al. 16; sobrat: Peire Vid. 35; Torcafol 1; tormentat: Folq. Rom. 12; tornat: B. de B. 14; transgitat: 461, 203 II a; trebalhat: Daspols 2.

-atum: abdurat: Ber. de Pal. 1; B. de B. 14; abrassat: Rost. Bereng. 6; acabat: Folq. 2; Folq. Lun. (Rom.); acampat: Guir. del Oliv. d'Arle 77; acordat: Ber. de Pal. 1; Gauc. Faid. 27 (bis); Guir. Riq. 1; Sifre 1; acostumat: Bern. de Vent. 32; Daude de Pradas 6; adobat: Guill. 5; Mönch 14 B; adrechurat: Guir. Riq. 1; afiat: B. de B. 14; afilat: 461, 203 II a; afinat: B. de B. 14; ajustat: Rost. Bereng. 6; 461, 186; aleuiat: Caden. 22; alinhat: B. de B. 16; amat: Arn. de Marv. 6; Ber. de Palaz. 1; Bern. de Vent. 6; Folq. Rom. 12; Guir. Riq. 1, 15, 89; Peire d'Alv. 10; Raimh. d'Aur. 5; amorat: Taurel 1; amparat: Guir. Riq. 13; Peire Vid. 35 (des-); anat: B. de B. 14; Bern. Arnaut; Caden. 22; apellad: 461,7; apoderad: 461,7; arribat: Sifre 1; asaborat: Guill. de Cabstg. 4; atemprat: Guir. Riq. 89; Peire de Cols; augurat: Guiraut 1; auzat: Raimb. d'Aur. 5; basat: Rich. de Berb. 10; biaisat: Torcafol 1; blasmat: Raim. Mir. 4; 491, 249; camjat: Arn. de Marv. 24; B. de B. 16; Bertr. Carb. 24 d, 32 d; Gauc. Faid. 27; Guir. del Oliv. d'Arle 45; Guir. Riq. 1; 461,137; carguat: Raimb. d'Aur. 5; cassat: B. de B. 14; cellat: Guill. Rain. d'At. 4; Guir. Riq. 1; chantat: Bern. de Vent. 32; Mönch 10; chastiat: Guir. Riq. 15; clavellat: Folq. Rom. 12; cobrat: B. de B. 14; Folq. Rom. 12; cochat: Arn. de Marv. 6; B. de B. 16; colcad: Folquet 2; comensat: B. de B. 14; comprat: Ber. de Palaz. 1 (bis); Caden. 22; Raimb. d'Aur. 5; comtat: Arn. de Marv. 6; Ber. de Palaz. 1; Bort. del rei d'Arago 3; conjat: Guill. de Cabstg. 4; coronat: Bertr. d'Al. 4; Folq. Rom. 12; 461,7; cosselhat: B. de B. 14; crozat: Folq. Rom. 12; cujat: Marcabrun 25; dat: Aim. de Peg. 53; Gauc. Faid. 27; Guill. de Cabstg. 4; Ric. de Tarasco 1; Uc de Valat; daurat: Raimb. d'Aur. 5; declarat: Bern. Arnaut; 461, 68; desirat: Bort del rei d'Arago 3; desliurat: B. de B. 14; dezeretat: Bern. de Vent. 6; dessenhat: Bertr. Carb. 45 b; doblat: Bern. Arnaut; Bern. de Vent. 6; Peire Vid. 35; donat: Arn. de Marv. 6; Bern. de Vent. 32; B. de B. 14, 16 (ran-); Daude de Pradas 6; Guir. Riq. 13, 17; Guir. de San Circ. 1; Rost. Bereng. 6; emblat: Gauc. Faid. 27; Guir. de Born. 13; enamorat: Bernart 4; Guill. de Cabstg. 4; enbargat: Guir. Riq. 86, 89; enflat: Peire Card. 42; enganat: B. de B. 14; Guir. Riq. 86; Peire Trabust.; 461,151; ensenhat: B. de B. 14; Guir. lo Ros 4; Raimb. d'Aur. 5; entaulat: B. de B. 14; Bort del rei d'Ar. 3; envidat: 461; 203 II a; escampat: Daspols 2; Folq. Rom. 12; esguarat: Bort del rei d'Ar. 3; esmerat: Arn. de Marv. 6; Guill. de Cabstg. 4; Guill. Rain. d'At. 4; esperat: Alb. de Sest. 11; esserat: Gui de Cavaillo 2; estat: Aim. de Peg. 53; Bereng. de Palaz. 1; Bern. de Vent. 32; Daude de Pradas 6; Folq. Rom. 12; fermat: Rost. Bereng. 6; forsat: Bern. de Vent. 6; Caden. 22; Guir. Riq. 1, 17; fosat: Taurel 1; fulhat: B. d. B. 16; gabat: Bern. de Vent. 32; galiat: Guir. Riq. 89; Ric. de Tarasco 1; gardat: Guill. Montan.; Guill. Ademar 7 (es-); Guir. Riq. 1: Peire Card. § 32,3; gazanhat: Bern. de Vent. 32; Folq. Lun. (Rom.); Guir. Riq. 1 (bis); Raimb. d'Aur. 5; 461,139; gazantat: B. de B. 14; gazardonat: Guir. Riq. 89; gittat: Folquet 5; Ric. de Berb. 10; guizat: B. de B. 14;

honrat (onrat): Arn. de Marv. 6,24; Bern. de Vent. 6; Caden. 22; Daude de Pradas 6; Gauc. Faid. 27; Guillem 5; Guir. Riq. 1 (bis), 13; Mönch 21; Sifre 1; irat: Bern. de Vent. 30; B. de B. 14; Guir. Riq. 36; Mönch 10; Raimb. d'Aur. 5; Trucs Malecs 1; issarat: Sifre 1; jogat: B. de B. 14; jutiat: Aim. de Peg. 53; Daude de Pradas 6; Folquet 2; Guill. Augier; Guir. Riq. 36; 461,203 IIa; laissat: Bereng. de Palaz. 1; Bern. de Vent. 32; B. de B. Folq. 16 (bis); Lun. (Rom.); Marti de Mons (a-); Peire Card. § 32,3; Raimb. d'Aur. 5 (bis); lauzat: 461,249; levat: Bertr. d'Alam. 46; Peire de Cols; liat: 461,7; lonhat: B. de B. 14; Gauc. Faid. 27; mandut: B. de B. 14 (bis); Ric. de Tarasco 1; Sifre 1 (de-); matat: B. de B, 14; meliorat (-luy-, -lhu-): Aim. de Peg. 53; Bertran e Javare; Guir. Riq. 13; membrat: Bern. de Vent. 6; Folq. Rom. 12; merchat: Bertr. e Javare; mescabat: Bereng. de Palaz. 1; mesclat: Guir. de Born. 13; Mönch 14 B; Peire Vid. 35; minjat: Bernart Arnaut; montat: Guir. Riq. 89; Peire Trabust.; mostrat: Guir. lo Ros 4; Marti de Mons (de-); mudat: Bern. de Vent. 32; oblidat: Bereng. de Palaz. 1; Bert. Zorgi 12; Folquet 2; Guir. Riq. 17; Guir. lo Ros 4; obrat: Folq. Lun. (Rom.); ocaizonat: Guir. lo Ros 4; orat: Ric. de Tarasco 1; paguat: Daude de Pradas 6; Folquet 2; parlat: Arn. de Marv. 6; B. de B. 14; Daspols 2; Raimb. d'Aur. 5; passat: Bern. de Vent. 32; Guir. Riq. 13,17; pastat: Mönch 14 B; pausat: Arn. de Marv. 6; Ber. de Pal. 1 (-ad); Bern. Arnaut; Bertr. d'Alam. 16: Guill. Mont. (-ad); peccat: Alb. de Sest. 11; Arn. de Marv. 6; Bereng. de Palaz. 1; Bern. de Vent. 6,30; Bertr. de B. 14; Bert. Zorgi 12; Bertr. d'Alam. 4; Daspols 2; Folq. Rom. 12 (bis); Guir. Riq. 86; Guir. lo Ros 4; Peire d'Alv. 21; Peire Trabust.; Peire Vid. 35; Raimb. d'Aur. 5; Ric. de Berb. 10; pensat (pessat): Arn. de Marv. 6; Bern. de Vent. 6; Gauc. Faid. 27; Guir. del Oliv. d'Arle 23; Marcabrun 25; Raimb. d'Aur. 5; perdonat: Arn. de Marv. 6; Folq. Rom. 12; plaguat: Guir. del Oliv. d'Arle 31; plorat: Guill. Augier; portat: B. de Vent. 6; pregat: B. de B. 14; presistat: Guill. Raim. d'At. 4; prezat: Gauc. Faid. 27; Guill. Augier; Guir. Riq. 1,13; Rost. Bereng. 6; priuat: Bern. de Vent. 6; Marcabr. 25; Trucs Malecs 1; prout: Folquet 2; Guiraut 1; Raimb. d'Aur. 5; Ric. de Tarasco 1; puiat: Bert. Zorgi 12; recomandat: Peire Trabust.; regnat: Guir. 1; Mönch 21; 461,203 IIa; renegat: 461,195; rengat: Guill. Raim. d'At. 4; renumerat: Bertr. Arnaut; reparat: Guir. del Oliv. d'Arle 45; restancat: Peire Trabust.; restaurat: Guill. Mont. (-ad); Guir. Riq. 13,89; sanat: Guir. del Oliv. d'Arle 31; semenat: Guir. del Oliv. d'Arle 40; sercat: Ric. de Berb. 10; serrat: Bern. de Vent. 32 (bis); B. de B. 16 (en-); soanat: Raim. Mir. 4; sobrat: P. Vid. 35; sofertat: Bereng. de Palaz. 1; talhat: Torcafol 1; tardat: Cad. 22; tastat: Bern. de Vent. 32; temprat: Mönch 14 B; turbat (torbat): Bern. Arnaut; Folq. Rom. 12; tornat: Cad. 22; Lanfr. Cig. 24; Torcafol 1; trepat: Guill. Rain. d'At. 4; trobat: Bereng. de Palaz. 1; Bern. de Vent. 32; Daude de Pradas 6; Guir. Riq. 13; Lanfr. Cig. 24; Sifre 1; trufat: Guir. Riq. 15; vedat (vezat): Cad. 22; Guill. Augier; Guill. Rain. d'At 4; veniad: 461,7; virat: Arn. de Marv. 24; Guill. Adem. 7.

Von Participien der archaischen Flexionsart gehören hierher:

-actum: fat: Guir. Riq. 1,13; Mönch v. M. 14 B 1; Raimb. d'Aur. 5; Trucs Malecs 1.

Anmerkung. Bezüglich der Reimwörter auf -atz, die sich mit solchen auf -at gebunden finden, ist zu bemerken, dass sie sich sämmtlich bis auf honratz (Aim. de Peg. 53: M. G. 1218/19) emendieren lassen.

In diesem einen Falle, *et er de pensamens honrats*, wo *honrats* der nom. sgl. ist, liegt ein offenbarer Fehler vor.

Die übrigen Stellen lauten folgendermassen:

vertatz: Peire Card. 42 (M. G. 941):

»digatz vertatz | et auretz grat |«.

Statt *vertats* ist hier *vertat* einzusetzen. Der Sinn bleibt dadurch unverändert; überdies ist in syntaktischer Beziehung der obl. sgl. vor dem obl. pl. bei einem Abstractum vorzuziehen.

sapchatz: Peire Card. 42 (M. G. 941):

»qar so sapchatz | non hi pot hom mal mercedeiar«.

Statt der gewöhnlichen Form der 2. pl. prs. cj. auf *-atz* besteht eine solche auf *-at*. Hentschke: Verbalflexion im Girart de Rossilho; Bresl. Diss. 1883, p. 8, hat dieselbe nicht nur für den Girart nachgewiesen, sondern er bemerkt, dass sich dieselbe auch in streng prov. Denkmälern: Anc. Poés. rel., Johannis-Evangelium, Myst. des vierges sages (Rom. Stud. IV, 106) finde. Man wird sie also auch für diesen Fall annehmen dürfen.

Wir werden daher, ohne den Sinn zu ändern, für *sapchatz* die Schreibart *sapchat* einsetzen können.

falsatz: Guillem 5 (Arch. 34,381):

»Segner adreg uitiamen [*ändere:* iutiamen] tieng dompnei per falsatz«,

paguatz: Aim. de Peg. 53 (M. G. 1218/19):

»me ten be per paguatz«

zeigen die bekannte, von Stimming: Anm. zu B. de B. p. 230, und von Tobler: dis dou vrai aniel p. 26 erörterte Erscheinung, dass bei *se tener per* häufig κατὰ σύνεσιν construiert wird. Wenn wir von dieser constructio ad sensum hier absehen und statt derselben die ebenso gebräuchliche, streng grammatische einführen, erhalten wir die Reimwörter *falsat* und *paguat*.

atz (as).

Aimeric (8), 1 (B. D. 134); Aim. de Bel. 10 (M. G. 893), 18 (M. G. 904); Aim. de Peg. 4 (M. G. 904), 6 (R. 4,36), 34 (P. O. 171), 45 (M. G. 1171), 50 (B. Chr. 161); Aim. de Sarl. 2 (M. G. 142); Albert de Sestaro 11 (M. G. 782), 14 (M. G. 294), 17 (R. 4,38); Alegret 1 (M. G. 18); Anfos d'Arago 1 (B. Chr. 85); Arn. de Braucal. 1 (R. 5,26); Arn. Catalan 2 (M. G. 207); Arn. d'Entrev. 1 (R. 5,40); Arn. de Marv. 1 (M. W. 1,156), 19 (M. W. 1,170), 21 (M. W. 1,167), 22 (M. W. 1,161); Augier Novella 3 (M. G. 577); Bernart Sicart (R. 4,191); Bernart de Rovenac 1 (R. 4,305); Bern. de Vent. 16 (M. W. 1,26), 35 (M. G. 122); Bert. Zorgi 2 (ed. Levy), 10 (ed. Levy). 11 (ed. Levy), 12 (ed. Levy); Bertran d'Alaman 4 (R. 4,218), 8 (R. 5,72), 11 (R. 4,330), 17 (Arch. 34,411); Bertr. Albaric 1 (dern. troub. 34,1), 2 (dern. tr. 24,2b); B. de B. 6 (ed. Stimm.), 11 (ed. Stimm.), 30 (ed. Stimm.); Bertr. Carbonel 14 (dern. troub. 8,2), 65 (Arch. 50,268); N 11d (B. D. 8), N 26c (B. D. 12), N 29a (B. D. 13), N 32d (B. D. 14), N 34a (B D. 15), N 53a (B. D. 20), N 57d (B. D. 22), N 62d (B. D. 23), N 64d (B. D. 24), N 68a (B. D. 25), N 70d (B. D. 25): Bertran e Javare 4 (Arch. 50,263); Bertr. del Pog. 1 (Arch. 34,374); Bertr. de la Tor 1 (R. 5,104); Bieiris de Roman (P. O. 376); Blacasset 6 (R. 4,215), 8 (Arch. 34,412); Blacatz 6 (R. 3,337); Bonif. Calvo 4 (P. O. 206), 6 (M. G. 553), 7 (R. 4,226); 8 (M. G. 614), 10 (R. 4,378), 11 (P. O. 208), Bonif. de Castel 1 (R. 5,108), 2 (P. O. 144); Cadenet 7 (M. G. 25), 12 (Arch. 34,172), 13 (R. 4,281),

18 (M. G. 275), 21 (Arch. 34,170), 22 (M. G. 94), 24 (R. 5,111), 25 (M. G. 99); Dalf. d'Alv. 8 (R. 4,256); Elias de Barjols 7 (R. 3,354); Elias Cairel 1 (M. G. 186), 6 (R. 3,431), 8 (Arch. 33,444), 13 (Arch. 33,443), 14 (Arch. 33,441); Elias de Solier (Joyas 148—151); Folquet de Lunel (Rom. 472 b. 539, ed. Eichelkr.), 4 (ed. Eichelkr.); Folquet de Mars 9 (M. G. 59), 16 (M. G. 80), 20 (M. W. 1,324), 26 (M. W. 1,335), 27 (M. G. 106); Folq. Rom. 4 (Arch. 34,405); Fraire Menre 1 (R. 4,469); Gauc. Faid. 7 (M. G. 31), 12 (M.G. 450), 15 (Arch. 35,400), 32 (Arch. 51,276), 47 (M.W. 2,97), 56 (Arch. 51,275), 61 (Arch. 33,453), 62 (Arch. 35,399); Gausb. de Poic. 3 (Arch. 33,457); Gavauda 10 (R. 4,85); Geneys lo Joglar 1 (M.G. 988); na Gorm. de Monpesl. 1 (R. 4,319); Graf von Rodes 2 (Arch. 34,185); Gui de Cavaillo 4 (P. O. 270); Gui d'Uisel 16 (M. G. 580); Guill. Anel (Gisi, p. 31); Guillem d'Autpol 1 (R. 4,473); Guill. Augier 1 (M. G. 534); Guill. de Berg. 6 (Kell. 7), § 29,7 (Jahrbuch 6,237); Guill. Fig. 2 (R. 4,309), 5 (P. O. 243); Guill. d'Ieiras 1 (M. G. 7); Guill. Magret 4 (R. 3,423); Guill. de Montaignagout 2 (M. G. 321), 10 (Arch. 34,200); Guill. Peire de Cazals 7 (Arch. 34.401); Guill. de San Leid. 1 (M. W. 2,50), 10 (M. W. 2,44); Guill. de la Tor 2 (M. G. 650); Guir. de Born. 3 (M. W. 2,51), 5 (M. W. 1,189), 9 (M. G. 864), 12 (M.W. 1,194), 15 (M. G. 832), 23 (M. G. 824), 25 (M. G. 227), 30 (M. G. 239), 31 (M. G. 240), 33 (M. G. 836), 35 (M. G. 837), 42 (M. G. 847), 48 (Arch. 33,324), 40 (Arch. 33,318), 39 (Arch. 36,418), 36 (Arch. 33,312), 53 (Arch. 33,321), 56 (Arch. 33,327), 62 (M. G. 947), 65 (M. G. 126), 70 (Arch. 33,331). 73 (L. R. 379), 81 (Arch. 36,451); Guiraut Riquier 4 (B. Chr.⁴ 282), 9 (B. Chr.⁴ 282), 12 (M.W. 4,61), 15 (M.W. 4,92), 23 (M.W. 4,22), 36 (M.W. 4,241), 39 (M.W. 4,240), 43 (M.W. 4,234), 47 (M.W. 4,72), 48 (M.W. 4,38), 52 (M.W. 4,60), 56 (M.W. 4,30), 62 (M.W. 4,53), 65 (B. Chr.⁴ 281), 67 (M.W. 4,25), 72 (M.W. 4,69), 81 (M. W. 4,77), 83 (M.W. 4,6); Guir. de Sal. 4 (B. Chr.⁴ 207); Guizo 2 (M. G. 355); Joan Esteve 5 (Azaïs p. 97), 7 (Azaïs, p. 92), 8 (Azaïs, p. 110); Lais non par (Ztschr. 1,69 ff.); Mönch 1 (ed. Philipps.), 3 (ed. Philipps.), 4 (ed. Philipps.), 9 (ed. Philipps.); Marti de Mons (Joyas p. 105); Marques 2 (M. W. 4,240); Marcoat 1 (M. G. 678); Marcabrun 40 (M.W. 1,54); Lanfr. Cigala 15 (Arch. 34,416), 17 (R. 4,438), 18 (M. G. 714), 23 (R. 5,245); Liguaure 1 (M. G. 336); Marcabrun 1 (R. 3,875), 18 (Arch. 33,336), 40 (M.W. 1,54); Mönch 10 (ed. Phil.), 14 A, 14 B, 15, 19; Montan 4 (Arch. 34,414); Palais 1 (R. 5,274); P. d'Alv. 17 (M. W. 1,92), 21 (M. G. 1022); Peire de Bussignac 2 (R. 4, 268); Peire de la Caravana 1 (R. 4,197); Peire Card. § 32,3 (B. Chr.⁴ 177), 26 (M. G. 982); 32 (M.W. 2,180), 33 (M. G. 973), 34 (M. G. 643); 43 (M. G 980), 52 (M. W. 2,186), 62 (M. W. 2,236), 69 (M. W. 2,237); Peire Mula 1 (Arch. 34,192); Peire Rogier 4 (M.W. 1,123), 7 (M.W. 1,124); Peire Raim. de Tol. 15 (Arch. 35,420); Peirol 2 (M.W. 2,1), 6 (M.W. 2,12), 7 (M.W. 2,35), 26 (M.W. 2,24), 30 (M.W. 2,32), *bei Bartsch nicht angegeben* (M. W. 2,29); Peire Vidal 3 (ed. Bartsch), 10, 16, 30, 31; Peire Guill. de Tol. 1 (Arch. 34,379; Perdigo 9 (Arch. 35,436); Pistoleta 1 (M. G. 304), 2 (M. G. 743), 5 (P. O. 381), 6 (M. G. 1080); Ponz de la Garda 4 (P. O. 325), 6 (M. G. 934), 7 (M. G. 1026); Raimb. d'Aur. 3 (M. G. 630); Raimb. de Vaq. 7 (P. O. 75), 19 (R. 4,427), 29 (M. G. 76), 32 (B. Chr.⁴ 128); Raim. Gaucelm 5 (Azaïs p. 16); Raim. Jordan 1 (M.G 17); Raim. Mir. 14 (M. G. 1098), 16 (Arch. 34,184), 29 (Arch. 34,196), 34 (Arch. 33,437); Raim. de las Salas 5 (R. 5,394); Raim. Valada (Joyas p. 29); Ralmenz 3 (R. 5,399); Ricart de Barb. 9 (M. G. 286); Rodrigo 1 (M. G. 322); Savaric de Mauleon 2 (B. Chr.⁴ 155); Serveri 2 (Milá 384), 9 (Milá 373), 13 (Milá 389), 14 (Milá 378); Simon Doria 3 (Arch. 34,384); Sordel 12 (Arch. 34,392), 25 (M. G. 1273), 26 (M. G. 1274), 29 (M. W. 2,249),

31 (Arch. 34,393), 35 (M. G. 554), 36 (M. G. 1280); Uc 1 (M. G. 458); Uguet 1 (Milá 323); Uc de la Bac. 4 (Arch. 34,432); Uc Bonnet 3 (P. O. 112); Uc de Mataplana 1 (Arch. 34,195); Uc de San Circ. 20 (Arch. 34,176), 29 (Arch. 50,275).
Anonym: 461,4 (Arch. 50,275), 60 (Arch. 50,275), 76 (dern. troub. 16,5), 115 (B. D. 141), 123 (B. D. p. 61), 185 (Arch. 35,109), 139 (Arch. 50,275), 170 (Arch. 50,262), 174 (dern. troub. 22,2), 188 (Arch. 50,284), 211 (Arch. 50,274), 213a (Riv. di fil. rom. 1,44), 214 (Arch. 50,283), 217 (Arch. 50,279), 220a (Riv. di fil. rom. 1,40), 226 (M. G. 98), 237 (Riv. di fil. rom. 1,40).

-acem: *s. sgl.* patz: Aim. de Bel. 10; Aim. de Peg. 45; Alegret 1; Anfos d'Arago 1; Arn. de Marv. 21 (paz); Bern. de Rov. 1; Bern. de Vent. 35; Bert. Zorgi 2 (bis); B. de B. 6; Blacatz 6; Bonif. Calvo 6; Bonif. de Cast. 2; Cadenet 12; Elias Cair. 6, 8, 13, 14; Folq. de Lunel (Rom.); Folq. de Mars. 20,26; Gauc. Faid. 18, 32, 47, 61; Gausb. de Poic. 3; na Gorm. de Monpesl. 1; Gui de Cavaillo 4; Guill. d'Autpol 1; Guill. Fig. 5; Guill. de San Leid. 10; Guir. de Born. 5, 12, 15, 25, 30, 33, 35, 39, 81; Guir. Riq. 48, 52 (bis), 56, 81; Joan Est. 5,8; Lanfr. Cig. 23; Mönch 1, 4, 14B; Montan. 4; P. d'Alv. 17; P. Card. 52; Peire Mula 1; Peirol 26,30 (M.W. 2,29); Pistoleta 1; Ponz de la Garda 6; Raimb. de Vaq. 32; Raim. Jord. 1; Sordel 25.

-aceo: *1. sgl prs. i.* platz: Lais non par; Marques 2; Mönch 4; Peire Vidal 30; Pistoleta 6.

-acet: *3. sgl. prs. i.* platz: Aimeric 1 (bis); Alegret 1; Anf. d'Arago 1; Anfos d'Arago 1 (des-); Arn. d'Entrev. 1; Arn. de Marv. 21 (plaz); Bern. Sicart; Bern. de Vent. 35; Bert. Zorgi 2 (bis), 12; Bertr. d'Alam 11 (ter); B. de B. 6; Bertr. Carb. (N. 57d); Bertran 4; Bertr. del Pog. 1; Bieiris de Roman; Blacatz 6 (bis); Bonif. Calvo 4 (des-), 7 (des-), 11; Bonif. de Castel 2 (bis); Cadenet 12, 18, 21; El. Cair. 1, 6, 8, 13 (bis), 14; Folq. de Lun. 4; Folq. de Mars. 20, 27 (bis); Fraire Menre 1; Gauc. Faid. 7, 18, 32, 47 (bis), 56, 61; na Gorm. de Monpesl. 1; Graf v. Rodes 2; Guill. Anel. 2; Guill. d'Autpol 1; Guill. de Cavaillo 4; Guill. d'Ieiras 1; Guill. Magr. 4; Guill. de Montagn. 2; Guill. Peire de Caz. 7 (bis); Guir. de Born. 5, 9, 12, 15, 25, 30, 33, 36, 40, 48, 53, 62, 65, 70, 81; Guir. Riq. 9, 15, 23, 39, 43, 47, 65, 67, 67 (des-), 72 (bis), 83; Guir. de Sal. 4; Joan. Est. 8; Lanfr. Cig. 17, 18, 18 (des-); Liguaure 1; Marcabrun 1; Mönch 9, 14 A, 14 B; Montan 4; Peire Card. 52; Peire Rogier 4; Peire Raim. de Tol. 15; Peirol (M. W. 2,29), 2 (bis), 26 (plaz), 30; Peire Vidal 3, 10, 16; Peire Guill. de Tol. 1; Ponz de la Garda 4, 6 (bis); Raim. Mir. 16; Savaric de Mauleon 2; Serveri 2, 14; Sordel 25, 26, 31, 35; Uc de Matapl. 1.

-achios: *s. o. pl.* bratz: Arn. de Marv. 21 (braz), 22 (braz); Bern. de Vent. 35; Bert. Zorgi 11; B. de B. 6; El. de Cair. 1; Gui d'Uisel 16; Guir. de Born. 48.

-aciem: *s. sgl.* fatz: Aim. de Peg. 6; Bern. de Vent. 16 (faz); glatz: Anfos d'Arago 1; El. Cair. 1; Mönch 19; Peire Card. 26; Peirol 7; Serveri 13,14.

-acio: *1 sgl. prs. i.* fatz: Aim. de Peg. 34; Arn. d'Entrev. 1 (fuz); Arn. de Marv. 21 (faz); Bern. de Vent. 35; Bertr. del Pog. 1 (faz); Bonif. Calvo 11; Elias Cair. 14; Folq. de Mars. 27; Gauc Faid. 7, 12, 32, 47; Gausb. de Poic. 3; Guill. de la Tor 2 (fats); Guir. de Born. 9, 25, 30, 48, 70, 81; Lanfr. Cigala 18; Peirol (M.W. 2,29); Ponz de la Garda 4.

-acius: *adv.* viatz: Aim. de Bel. 10; Anf. d'Arago 1; El Cairel 1, 6, 13; Folq. de Mars. 20,27; Gauc. Faid. 18; Gausb. de Poic. 3; Guir. de Born. 3,48; Lanfr. Cigala 23; Mönch 9; Sordel 29.

-*atem+s: *s. n. sgl.* amistatz: Anfos d'Arago 1; Bern. de Vent. 16; Bonif. Calvo 7,8; Gauc. Faid. 7, 12, 15 (-az), 61; Gausb. de Poic. 3; Guir. de Born. 9 (amiztatz), 31, 42, 81 (amiztatz); Peire Card. 33; Peire Rog. 4; Peire Raim. de Tol. 15 (-az); Peirol 26; Raimb. de Vaq. 7; Ric. de Barb. 9 (bis); Savaric de Mauleon 2; 461,170 (amistaiz); beutatz: Aim. de Bel. 18 (-az); Alb. de Sest. 11; Anfos d'Arago 1 (bis); Arn. de Marv. 19 (beltaz), 22 (beltaz); Bern. de Vent. 16; Bieiris de Rom. 1; Blacatz 6; Bonif. Calvo 10; Cadenet 18 (beltaz); El. Cair. 6, 8, 14; Folq. Rom. 4; Gauc. Faid. 12, 15 (beltaz); Guill. Magret 4; Guill. de Mont. 2; Guir. de Born. 25,70; Guir. Riq 23; Guir. de Sal. 4; Mönch 1,3; Peire Raim. de Tol. 15 (beutauz); Peirol 7; Peire Vidal 16,30,31; Ponz de la Garda 6; Raimb. de Vaq. 26, 32; Raim. Mir. 29, 34; Ric. de Barb. 9 (beltaz); Sordel 12 (beltaz); bontatz: Anfos d'Arago 1; Serveri 9; 461,188; caritatz: Arn. de Brancal. 1; Guill. d'Autpol 1; Guir. Riq. 18,67; Peire Card. 33, 43, 52; castitatz: Guill. de Mont. 2; ciutatz: Peire Card. (§ 32,3); Raimb. de Vaq. 7; clartatz: Anfos d'Arago 1 (clardatz); Arn. de Braucal. 1 (clardatz); Folq. Lun. (Rom.); Peire Vidal 30; cobeitatz: Guill. Anel. 2 (cobeytatz); Guill. Fiq. 2; Guir. Riq. 83 (cobetatz); Peire Card. 34,52; Serveri 9 (cobeytatz); Sordel 29; crestiantatz: Aim. de Bel. 10 (crestiandatz); Folq. Lun. (Rom.); Guir. de Born. 15; eretatz: El. Cair. 8; estatz: Anf. d'Arago 1; Guir. de Born. 15; Raimb. d'Aur. 3; falsetatz: Guill. de Mont. 10; Peire Card. 52; Serveri 9; Uc de San Circ 20; fermetatz: Arn. de Brancal 1; Cadenet 7; Guir. de Born. 62; Guir. Riq. 67; foudatz: Aim. de Peg. 15; Anf. d'Arago 1; Bertr. Carb. de Mars. 14; Folq. Lun. (Rom.: foldatz); Gauc. Faid. 61; Graf v. Rodes 2; Guill. Fig. 2 (foldatz); Guir. de Born. 5, 15, 30 (foldaz), 31, 33, 42 (foldatz), 48, 56, 65; Guir. Riq. 56; Mönch 1 (foldatz); Peire Card. 34; Peire Rog. 7 (foldatz); Peirol 6 (foldatz); Peire Vid. 3; Raimb. de Vaq. 26; frevoltatz: Guir. de Born. 5,40; humilitatz: Aim. de Sarl. 2; Arn. de Brancal. 1; Arn. de Marv. 1 (-az), 21, 22; Bieiris de Rom. 1 (humelitatz); Blacatz 6 (umelitatz); El. de Barj. 7 (humelitatz); El. Cair. 8; Folq. de Mars. 9 (humelitatz), 16, 27 (omilitatz), 27; Gauc. Faid. 7, 12, 62 (humeiltatz); Guill. d'Ieiras 1; Guir. de Born. 12, 25, 33, 81; Pistoleta 2; Perdigo; largetatz: El. Cair. 13 (larguetatz); Guir. de Born. 62, 65; lialtatz: Guir. Riq. 12, 18, 67 (leyaltatz); Peire Card. 33 (desleotatz), 62 (leyaltatz: bis), 69 (des-); Serveri 9; 461,76 (anon.); malvestatz: Bern. Sicart; Peire Card. 52,62; Peirol 7; Sordel 29; meitatz: Aim. de Peg. 50; Guir. de Born. 12; Raim. Mir. 34; necietatz: Folq. de Mars. 27; nobletatz: 461,188; paubretatz: Folq. de Mars. 16; Peire Card. 34; Sordel 26 (paupretatz); Uc de la Bac. 4; pietatz: Aim. de Bel. 10; Bert. Zorgi 2, 12; Folq. de Mars. 26; Guill. Magret 4; Guir. Riq. 18; Peire Card. 33, 48, 52; Peirol 7; Peire Vidal 31; Pistoleta 1; podestatz: Guir. de Born 15, 73 (poestatz); Mönch 3 (poestaz); rictatz: Aim. de Bel. 18 (-az); Guill. de Mont. 10; Guill. Peire de Caz. 1; Guir. de Born. 56; Sordel 26 (-az), 29; sanctitatz: Guill. d'Autpol. 1; santatz: Lanfr. Cigala 15; trinitatz: Aim. de Bel. 10; Fraire Menre 1; Guill. d'Autpol 1; Lais non par; Lanfr. Cig. 15; Peire d'Alv. 21; unitatz: Arn. de Brancal. 1; Lais non par; Peire d'Alv. 21; vanitatz: Bert. Zorgi 12; Guir. Riq. 62; Peire Card. 33; vergenitatz: Gencys lo Joglar 1; Lanfr. Cig. 17; vertatz: Aim. de Peg. 34; Arn. de Brancal 1; Bert. Zorgi 2; Bertr. de la Tor 1; Cad. 25; Fraire Menre 1; Folq. de Lun. 4; Folq. de Mars. 27; Gauc. Faid. 15 (-az), 61; Guir. de Born. 12, 15, 30 (-az), 30, 33, 42, 62; Mönch 14 B; Peire Card. 33; Peire Rogier 4; Peire Vidal 3; Raim. Mir. 34; Sordel 26, 35; 461,213a; Rodrigo 1; uiutatz: Lignaure 1; voluntatz: Aim. de Bel. 18 (-az); Arn. de Marv. 21; Bertr. d'Alam. 11;

B. de B. 6 (volontatz); Bertr. del Pog. 1; Bon. Calvo 8; Cad. 12; Gauc. Faid. 61; Graf v. Rodes 2; Guill. de Mont. 10; Guir. de Born. 12 (volontatz); Lanfr. Cig. 15; Mönch 4 (volontatz), 14 A; Peire Card. 26, 33, 43; Peirol 2, 6; Peire Vidal 10; Ric. de Barb. 9 (-az); Sordel 25 (volontatz); Uc de San Circ. 20.

-ates: *s. pl.* amistatz: Bern. de Vent. 35; Gauc. Faid. 62 (-az); Guir. de Born. 12; Pistoleta 1; Raim. Mir. 29; Sordel 12; Uc 1; beutatz: Aim. de Bel. 18; Aim. de Sarl. 2; Alegret 1; Arn. de Marv. 21 (beltatz); Bern. de Vent. 35; Bertr. d'Alam. 1; Caden. 21; El. Cair. 1; Gauc. Faid. 61; Guill. d'Autpol 1; Guill. de Mont. 10; Guir. de Born. 35 (beltatz); Guir. Riq. 47; Peire de Bussignac 2; Peire Vidal 3, 10; Ponz de la Garda 4, 7 (beltatz: bis); Raim. Jord. 1 (bis); Ralmenz 3; Serveri 2 (bis); Sordel 35; bontatz: El. Cair. 13; Guill. d'Autpol 1; Guir. de Born. 65; Guir. Riq. 47, 81; Joan Est. 8; Marcabrun 40; Ponz de la Garda 4; Serveri 2; Sordel 26; 461,188; clartatz: Guir. de Born. 12; Ric. de Barb. 9 (-az); cobeytatz: Bernart Sicart; dignetatz: Fraire Menre 1; Gausb. de Poic. 3 (deignatz); Pistoleta 2 (dintatz); estatz: Serveri 2; foudatz: Aim. de Bel. 10; Aim. de Peg. 4 (foldaz); Cadenet 25; El. Cair. 8; na Gorm de Monpesl. 1 (foldatz); Guill. Peire de Cazals 7; Pistoleta 5; Ponz de la Garda 4; Raimb. de Vaq. 19 (bis); Raim. Mir. 29; Uc Bonnet 3 (foldatz); 461,214 (foldaz); heretatz: Bern. Sicart (bis); Bonif. de Cast. (eretatz); Dalfi d'Alv. 8; Gavauda 10; Lanfr. Cig. 23; Peire Card. 33 (critatz); largetatz: Pistoleta 1; lieltatz: Ric. de Barb. 9; malvestatz: Bonif. Calvo 10; Gauc. Faid. 15 (malvistatz); Guir. Riq. 48; Peire Card. 43; Peire de Bussignac 2 (malvistatz); meitatz: Mönch 3; orretatz: Peire de Bussignac 2; paubretatz: Guir. Riq. 48, 52 (bis), 56, 81; Lanfr. Cigala 23; Mönch 1, 4, 14 B; P. d'Alv. 17; Peire Card. 52; Peirol 26, 30 [M.W. 2,29]; 461,123; poestatz: Bern. de Rovenac 1 (postatz); El. Cair. 13; Guir. de Born. 31, 56; Guir. Riq. 48 (pozestatz); Peire Card. 26 (pozestats), 33; proprietatz: Guir. Riq. 67; rictatz: Bern. Sicart; Gausb. de Poic. 3; Guir. de Born. 35, 65; Guir. Riq. 47, 67; Sordel 25; viltatz: Peire Vidal 3; voluntatz: Anfos d'Arago 1; Bern. de Vent. 35; Blacatz 6; El. Cair. 1; Gauc. Faid. 15 (voluntaz), 61; Guir. de Born. 23; Guir. Riq. 81; Joan Est. 8; Mönch 1, 8; Peire Vid. 10, 31; Raim. Jord. 1; Ralmenz 3; Sordel 35; Uguet 1; 461,170.

-atis: *adv.* assatz: Aim. de Peg. 34; Bertr. Carb. 14, N 64 d, N 70 d; Bonif. Calvo 10; Cadenet 7, 12, 22, 25; El. Cair. 6; Folq. Lun. 4; Fraire Menre 1; Gauc. Faid. 18, 32; Gausb. de Poic 3; Guill. Peire de Cazals 7; Guir. de Born. 12, 30, 36, 39, 42, 53; Guir. Riq. 23, 43, 65, 67; Lanfr. Cigala 18, 23; Marcabrun 1; Mönch 1, 14 A; Peire Card. 52; Peire Raim. de Tol. 15 (asaz); Peire Vid. 30 (bis); Ponz de la Garda 6, 7 (-az); Raim. Mir. 16, 29; Serveri 13; 461,213 a (asntz).

-atis: *2 pl. prs. i.* aconseillatz: Mönch 1; acordatz: Guir. de Born. 9; Guir. Riq. 43; Mönch 14 B; aidatz: Guir. Riq. 9; amatz: Aim. de Peg. 4 (-az); Cadenet 21; El. Cair. 13; Folq. de Mars. 26; Gauc. Faid. 47; Guir. de Born. 39; Guir. Riq. 39, 67; Marques 2; Raimb. de Vaq. 7; Rodrigo 1; anatz: Aim. de Peg. 6; Peire Mula 1; Raim. Mir. 29; asseguratz: Raim. Mir. 29; baissatz: Gui de Cavaillo 4; blasmatz: Aim. de Peg. 34; compratz: El. Cair. 13; cuiatz: Bertr. del Pog. 1; Guill. Pcire de Caz. 7; Guir. de Born. 39 (cuyatz), 42; Mönch 15 (cuidatz); datz: Guir. de Born. 33, 65; Serveri 13; demostratz: Guir. Riq. 39; Marques 2; esfredaz: Arn. de Marv. 21; estatz: Guir. de Born. 35; Mönch 1; Peire de la Carav. 1; fiatz: Alb. de Sest. 17; ocaisonatz: Aim. de Sarl. 2; Blacatz 6 (ochaizonatz); onratz: Caden. 7 (-az); Guir. Riq. 67; 461,115;

passatz: Peire Vid. 31; portatz: Joan Est. 7; Raim. Mir. 16, 29 (-en); pregatz: Bertr. del Pog. 1; prezatz: Raim. Mir. 29; razonatz: Aimeric 1 (raçonatz); Aim. de Peg. 6; Gauc. Faid. 47; Guir. Riq. 39; Graf v. Rodes 2 (raçonatz); Marques 2; Peire Mula 1; Raim. Mir. 16; Rodrigo 1; Savaric de Mauleon 2; Sordel 26 (raisonatz); seruatz: Guir. Riq. 71; tardatz: El. Cair. 13.

-atis: *2 pl. prs. conj.* aiatz: Aim. de Peg. 6 (ayatz); Cad. 7; Folq. de Mars. 9; Fraire Menre 1; Guill. de Mont. 10; Mönch 1, 4, 15; Raim. Gauc. 5; aujatz: Mönch 14 A; crezatz: Bert. Zorgi 2; Bonif. Calvo 4; Cad. 21; Pistoleta 1 (credatz); deiatz: Bert. Zorgi 10; digatz: Bertr. d'Alam. 17 (diiatz); Cad. 7, 21; Folq. Rom. 4; Gauc. Faid. 47; Guill. Peire de Caz. 7; Guir. de Born. 3 (dijatz); Guigo 2; Lignaure 1; Peire Rog. 4 (diguatz); Raim. Mir. 29, 34 (bis); entendatz: Cad. 25; El. Cair. 8; Guir. Riq. 67; fussatz: Cadenet 21; Guill. d'Ieiras 1; Guir. de Born. 39 (fatsatz); Guir. Riq. 39; Marques 2; Raim. Mir. 29; Sordel 12; Uc de San Circ 20; iscatz: Raim. Mir. 29; metatz: Bertr. d'Alam. 17; Guir. Riq. 39 (entre-); Marques 2 (entre-); perdatz: Guigo 2; Mönch 2; poscatz: Guigo 2; Lanfr. Cigala 15; prendatz: Aim. 1 (-az); Raim. Mir. 29 (bis); respondatz: Aim. 1; Aim. de Peg. 6; supchatz: Aim. 1 (bis); Aim. de Bel. 18 (-az); Arn. de Marv. 19, 21; Bertr. Albaric; B. de B. 6; Bonif. Calvo 11; El. Cair. 13; Folq. Lun. (Rom.); Folq. Rom. 4 (sapçatz); Gauc. Faid. 33, 47; Gausb. de Poic. 3; Graf v. Rodes 2; Guill. Fig. 2; Guill. de la Tor 2; Guir. de Born. 12 (bis), 39 (sapxatz), 48; Guir. Riq. 39; Joan Est. 5; Marques 2; Mönch 2, 4; Peire Raim. de Tol. 15 (-az); Peire Rogier 7; Peire Vid. 31; Pistoleta 6; Ponz de la Garda 4, 7 (sapchaz); Raimb. de Vaq. 26; Raim. Mir. 29; Uc de Mataplana 1; 461,220a; siatz: Caden. 17; Guir de Born. 3; Guigo 2; Peire de la Car. 1; Peirol 2; Raim. Mir. 29 (ter); socorratz: Gavauda 10; suffratz: Caden. 25; Folq. de Mars. 27; Fraire Menre 1 (sofratz); Sordel 12; tengatz: Caden. 12 (re-); Gui d'Uisel 16 (teniatz); Guir. Riq. 23; Raim. Mir. 29 (re-); vallatz: Fraire Menre 1; venjatz: B. de B. 6; vivatz: Lanfr. Cig. 15; voillatz: Aimeric 1 (vueilhatz); Caden. 21; Gui d'Uisel 16; Guir. de Born. 12 (volhatz); Joan Est. 7 (vulhatz); Raimb. de Vaq. 7.

-atis: *2 pl. impf. i.* amavatz: Guir. de Born. 39; Peirol 26; auziatz: Mönch 8; Sordel 12 (bis); auiatz: Gavauda 10; Guir. de Born. 65; Pistoleta 1; cresciatz: Guir. de Born. 39, 65; creziatz: Mönch 1; diziatz: Dalf. d'Alv. 8; eratz: Guir. de Born. 12; faziatz: Gausb. de Poic. 3; Mönch 4; laysavatz: Dalfi d'Alv. 8; respondiatz: Aim. de Peg. 6; seruiatz: Guir. de Born. 15; veziatz: Guir. Riq. 15.

-atis: *2 pl. cond. I.* aperceubratz: Guir. de Born. 56; daratz: Guill. Peire de Caz. 7; graziratz: Raim. Jord. 1.

-atis: *2 pl. cond. II.* auziriatz: Guir. Riq. 15; fariatz: Guir. Riq. 15; penriatz: Joan Est. 5; poiriatz: Guir. Riq. 15; respondriatz: Aim. de Peg. 6; seriatz: Cad. 7; tenriatz: Guill. Peire de Caz. 7.

-atium: *s. sgl.* solatz: Aim. de Bel. 18 (-az); Aim. de Peg. 34; Alb. de Sest. 17; Anfos d'Arago 1; Arn. de Marv. 1 (-az), 21 (-az), 22 (-az: bis); Bern. de Vent. 35 (-az); Bert. Zorgi 2; Bertr. d'Alam. 11; B. de B. 6; Beiris de Rom. 1; Blacatz 6; Bonif. Calvo 8; Cad. 18 (-az); El. de Barj. 7; El. Cair. 1 (bis), 6, 8, 13 (bis), 14; Folq. Lun. 4; Folq. de Mars. 27 (-az); Folq. Rom. 4; Gauc. Faid. 7, 15 (sollaz), 56, 62 (-az); Gausb. de Poic. 3 (-az); Guill. Anel. 2; Guill. Augier 1; Guill. de Mont. 2; Guill. Peire de Caz. 7; Guir. de Born. 5, 9, 12, 15, 25, 30 (bis), 31, 33, 36, 39, 40, 42, 48, 53, 56, 62, 65 (bis), 70, 81; Guir. Riq. 15, 23 (bis), 83; Guir. de Sal. 4; Joan Est. 7; Marcabrun 1; Mönch 1, 3, 4, 19; P. d'Alv. 17; Peire de Buss. 2;

Peire Rogier 7; Peirol 2, 7, 26 (-az) [M.W. 2,29]; Peire Vid. 3, 10, 30; Pistoleta 1, 5 (bis), 6; Ponz. de la Garda 4, 6, 7 (-az); Raimb. d'Aur. 3, 3 (-az); Raim. Mir. 14 (bis), 34; Raim. de las Salas 5; Ralmenz 3; Rodrigo 1; Sordel 26, 29; Uc 1 (-az); Uc Bonnet 3; Uc de Matapl. 1; Uc de San Circ. 20; 461,135 (-az), 188, 213a.

-atos: *s. o. pl.* baratz: Peire Card. 26,34; Uc de San Circ. 20; 461,188; barnatz: Gauc. Faid. 62; Guir. Riq. 48; Guir. de Born. 73; Raim. Mir. 16; blatz: Bern. de Rovenac 1; Raim. Mir. 29; clergatz: Guill. Fig. 5; costatz: Alb. de Sest. 11; Geneys lo Joglar 1; datz: Bern. de Vent. 35; Mönch 19; Peire Card. 34; Uc 1 (daz); dugatz: Guir. Riq. 52 (bis); gratz: Aim. de Bel. 10; Bern. de Vent. 16, 35; Folq. de Mars. 27 (graz); Guir. de Born. 12; Guir. Riquier 43; Joan Est. 8; Peire Card. 33 (graz); Serveri 2; pratz: Anf. d'Arago 1; Arn. d'Entrev. 1 (praz); Bern. de Rovenac 1; Bertr. d'Alam. 11; Gavauda 10; Guill. de Mont. 2; Guir. de Born. 12, 62; Mönch 4.

-atos: *adj. o. pl.* delgatz: El. Cair. 6; senatz: Aim. de Peg. 4; Cad. 18 (sennaz), 25; Folq. de Mars. 16; Guir. de Born. 12; Peire Card. § 32,3 (for-); Raim. Mir. 29; Sordel 26.

-atus: *s. n. sgl.* amiratz: Bert. Zorgi 11; Guir. de Born. 35; Lanfr. Cigala 23; embaissaz: Anf. d'Arago 11; gratz: Aim. de Peg. 45; Cad. 22; Gauc. Faid. 12, 61; Gausb. de Poic. 3; Guill. Peire de Caz. 7; Guir. de Born. 15, 25, 42, 62, 81; Guir. Riq. 9, 23, 62, 67; Peire Rogier 4; Peirol 2, 26; Serveri 13; pratz: Guir. de Born. 39, 42; Serveri 14.

-atus: *nom. pr.* Alvergnatz: Bern. de Vent. 16; Mönch 10; Blacatz: Arn. d'Entrev. 1 (bis); Cad. 13, 24; Burlatz: Cad. 13; Castiatz: Peire Vid. 10; Dalmatz: Mönch 19; Monferratz: Cad. 13; El. Cair. 1, 6; Gauc. Faid. 18.

-atus: *adj. n. sgl.* delgatz: Guill. de Mont. 2; senatz: Aim. de Peg. 45; Bonif. Calvo 8; Gauc. Faid. 47; Guill. de la Tor. 2; Guir. de Born. 15,31; Raimb. de Vaq. 19; Raim. Mir. 29.

-atus: *subst. [meist präpos. gebraucht]*: latz: Aim. de Bel. 10; Aim. de Peg. 6; Alb. de Sestaro 14; Arn. de Marv. 19; Bertr. d'Alam. 11; B. d. B. 6; Bonif. de Cast. 2; El. Cair. 8 (bis), 13 (bis); Folq. de Mars. 9, 27; Gauc. Faid. 7, 56, 61, 62; Guill. Anel. 2; Guill. Fig. 5; Guill. de Mont. 2 (laz); Guir. de Born. 12, 30, 36, 40, 42 (bis), 48, 53; Guir. Riq. 4, 81; P. d'Alv. 17; Peire de Buss. 2; Peire Vidal 3, 10, 30, 31 (bis); Peirol 2; Ponz de la Garda 6; Raimb. d'Aur. 3; Raimb. de Vaq. 32; Raim. Mir. 14; Uc 1.

-atuos: *adj. o. pl.* fatz: Peir. Rog. 7; Raim. Mir. 29.

-atuus: *adj. n. sgl.* fatz: Aim. de Peg. 45; Bert. Zorgi 2; Guill. Peire de Caz. 7; Guir. de Born. 15, 30; Guir. Riq. 43.

Part. praet.: **-atos**: *o. pl.* abastatz: Bertr. Carb. (N. 34a); abrassatz: Joan Est. 5; acesmatz: Bert. Zorgi 11; acordatz: Bert. Zorgi 12; Gauc. Faid. 32; Guir. Riq. 48; Lanfr. Cigala 15 (des-); acusatz: Peire Mula 1; afiatz: Mönch 14B; afinatz: Serveri 2; Uc de la Bac 4; afrenatz: Bert. Zorgi 10; ajostatz: Blacasset 6; Gavauda 10; Mönch 14B; Peire de Buss. 2; alegoratz: Caden. 7; amatz: Guir. de Born. 53; Guir. Riq. 43; Peire Card. 62; Raimb. d'Aur. 3; Serveri 2; apellatz: Peire Card. 34 (bis); apoderatz: Raimb. de Vaq. 19; armatz: Bern. de Rovenac 1; Bertr. d'Alam. 8; B. de B. 6 (des-); Bon. Calvo 4; Bon. de Cast. 2 (R. 5,108); Gui de Cav. 4; assemblatz: P. d'Alv. 21; assermatz: Guir. de Born. 33; batejatz: B. de B. 30; bauzatz: Bern. Sicart; bayssatz: Guill. de San Leid. 10; camjatz: 461,170; capdellatz: Guir. de Born. 56; celatz: Guir. de Born. 40; clamatz: Guir. Riq. 72, 72 (re-); Peire Card. 34;

cogitatz: Fraire Menre 1; colgatz: Mönch 14 A; conhatz: Gauc. Faid. 7; conortatz: Bon. Calvo 4 (des-); coronatz: Guill. de Berg. 6; Lanfr. Cig. 23; crozatz: Gavauda 10; Guill. de San Leid. 10; dastellatz(?): Guir. de Born. 48; datz: Fraire Menre 1; Raimb. d'Aur. 3; Uc 1; Uguet 1; desamatz: Gui Anel 2; desbateiatz: Aim. de Bel. 10; descossolatz: Gui d'Autpol 1; deseretatz: Folq. de Mars. 20; desesperatz: Guill. de San Leid. 10 (dez-); Marcabr. 40; dictatz: Serveri 13; disnatz: Alb. de Sest. 17; enamoratz: Gauc. Faid. 32; Guill. de Mont. 2; Guir. Riq. 47; Raimb. de Vaq. 26; Savaric de Mauleon 2; Serveri 2; enbregatz: B. d. B. 6; encolpatz: Peire Card. 26; Peire Vid. 31; encoratz: Lanfr. Cig. 23; encoraillatz: Guir. de Born. 73; enderrocatz: Bertr. de Rovenac 1; enganatz: Raim. Mir. 34; enraziguatz: Peire Card. 62; enrazonatz: Uc Bonnet 3; 461,4; ensenhatz: Bertr. Carb (N 53a); Bon. Calvo 10 (enseingnatz); Bon. de Cast. 2; Guir. de Born. 9 (essejnatz), 36 (enseingnatz), 65 (enseingnatz); enviatz: Savaric de Mauleon 2; escogossatz: Marcabr. 40; escontatz: Bert. Zorgi 2; escuyssatz: Bertr. d'Alam. 11; esmendatz: Bertr. Zorgi 2; esservelatz: Bertr. Carb. (N 53 a); figuratz: Arn. de Braucal. 1; folhatz: Arn. d'Entrev. 1 (foillatz); Bon. Calvo 4; Guir. de Born. 12, 53; formatz: Serveri 2; forsatz: Anf. d'Arago 1; fossatz: Raimb. de Vaq. 32; frenatz: El. Cair. 13 (des-); gardatz: Guir. de Born. 9; Peire Rogier 7 (guardatz); giratz: Guill de San Leid. 10; iratz: B. d. B. 6; Guir. de Born. 9, 33; Mönch 14 B; Peire Card. 62; Serveri 9; juratz: Anf. d'Arago 1; Mönch 14 B; jutgatz: Guill. de San Leid. 10; levatz: Peire Card. 26; liatz: Guill. Augier 1; malmenatz: Bert. Zorgi 2; malvatz: Aim. 1; Bern. Sicart; Bert. Zorgi 11; El. Cair. 13; Gauc. Faid. 12, 32 (bis), 62; Guill. de Mont. 2; Guir. de Born. 15, 86; Guir. de Sal. 4; Lanfr. Cigala 23; Marcabrun 18; Mönch 14 A; Peire de Buss. 2; Peire Card. 62; Peire Vid. 10; Peirol 2; Raim. Mir. 29 (bis); Serveri 9; Sordel 26; Uc Bonnet 3; mandatz: Aim. de Bel. 10; Gavauda 10; membratz: Guir. de Born. 65; Raim. Mir. 29; menatz: Guir. de Born. 35; mercaz: Aim. de Peg. 4; mermatz: Bon. de Cast. 2; mesclatz: Guill. de San Leid. 10; mesuratz: B. d. B. 6 (des-); Mönch 9 (a-); nafratz: Bern. de Rovenac 1; Blacasset 6; Joan Est. 5; Lanfr. Cig. 18; onratz: Aim. 1; Alb. de Sest. 17; Bert. Zorgi 10 (honratz), 11 (honratz); Caden. 22; Folq de Mars. 20; Gauc. Faid. 12 (honratz), 32 (honratz); Guill. Peire de Caz. 7; Guir. Riq. 23, 81; Lanfr. Cig. 23; Peire Card. 26 (desh-); Serveri 2, 13; paratz: Aug. Novella 3; parlatz: Guir. de Born. 12; passatz: Aim. de Bel. 10; Bertr. Albaric (pasatz); Guill. de San Leid. 10; Guir. de Born. 70, 81: Peirol, M.W. 2,29; Serveri 2; pauzatz: Aim. de Peg. 34; Bert. Zorgi 10; peccatz: Aim. de Bel 10; Arn. de Braucal. 1; Helias de Solier (Joyas p. 148 - 151); Folq. Lunel (Rom. 472—539); Folq. de Mars. 26; Fraire Menre 1; Gauc. Faid. 47; Gavauda 10; Geneys lo Joglar 1; na Gorm. de Monpesl. 1; Guill. d'Autpol 1; Guill. Fig. 2, 5; Guill. de San Leid. 10; Guir. de Born. 15; Guir. Riq. 48; Joan Est. 8; lais non par (Ztschr. I,69); Lanfr. Cig. 18; Peire Card. 52, 69; Raim. Gauc. 5; Raim. Mir. 29; Sordel 25; 461,123 u. 226; peceiatz: Blacasset 6; pensatz: Arn. de Braucal. 1; Bert. Zorgi 2; Geneys lo Joglar 1; Lignaure 1; pezatz: Dalf. d'Alv. 8; prelatz: Bon. de Cast. 2; Fraire Menre 1; Guir. Riq. 48; Marti de Mons (Joyas p. 105); Uc Bonnet 3; prezatz: Bert. Zorgi 10, 11; B. d. B. 30; Gauc. Faid. 12 (bis); Gui de Cavaillo 4; Gui Anel 2; Guill. de Mont. 2; Guir. de Born. 9 (des-), 25, 30, 36; Peire de Buss. 2; Peire Vidal 10; Raim. Mir. 29; Rodrigo 1; Serveri 2, 13; Sordel 31; prezicatz: Guill. Fig. 5; priuatz: Bern. de Vent. 35; Gui de Cavaillo 4; Guir. de Born. 5, 9, 65; 461,170 (priuaiz); proaz: 461,170; puiatz: Guir. de Born. 12;

Serveri 9; rebuzatz: Bern. Sicart; regnatz: Blacasset 6 (rengatz); Bon. Calvo 4; Gui de Cavaillo 4; revellatz: Guir. de Born. 15, 70 (revelatz: bis).
-atus: abrazatz: Peire Card. 62; abrigatz: Folq. Lun. (Rom.); acabatz: Folq. Lun. (Rom.); Folq. de Mars. 27; Fraire Menre 1; Guir. Riq. 36; aconselbatz: Aim. de Bel. 10; Bert. Zorgi 10; Lanfr. Cig. 23; Peire Card. 34; adautatz: Alb. de Sest. 14; adoratz: Folq. de Mars. 26; adonssatz: Bern. de Vent. 16; aflaioatz: 461,174; afrenatz: Gauc. Faid. 32; afrevolatz: Raim. Gauc. 5; aisinatz: Mönch 4; albergatz: Guir. Riq. 15; Peire Vid. 30; albrigatz: Folq. Lun. (Rom.); alegratz: Bert. Zorgi 2; Guir. de Born. 33; amatz: Arn. Cat. 2; Bern. de Vent. 35; Bert. Carb. (N 68a); Bertr. del Pog. 1; Blacatz 6; Cad. 18, 22; El. Cair. 13, 14; Folq. de Mars. 9, 27; Gauc. Faid. 32, 61; Graf v. Rodes 2; Guill. de Mont. 10; Guir. de Born. 5, 12, 15, 25, 31 (bis), 35, 36, 70; Guir. Riq. 9, 47, 56, 67; Lignaure 1; Marcabrun 18, 67; Mönch 3, 14 A; P. d'Alv. 17; Peire Card. 34; Peirol (M.W. 2,29), 30; Pistoleta 6; Raimb. d'Aur. 3; Sordel 25, 31; Uc de la Bac. 4; aparellatz: Guir. Riq. 46; Marcoat 1; apensatz: Alegret 1; El. Cair. 8; Guir. de Born. 15 (apessatz); Lanfr. Cig. 18; Ponz de la Garda 6 (apessatz); Sordel 12; 461,213a (apensatz); apellatz: Aimeric 1; Aim. de Bel. 10; Aim. de Peg. 34; Bern. Sicart; Bertr. d'Alam. 8; Fraire Menre 1; Guill. Anel. 2; Guir. Riq. 67; Mönch 3; P. d'Alv. 21; Peire Card. 26; Peire Rogier 7; Pistoleta 5; apoderatz: Aim. de Peg. 50; Bern. de Vent. 35; Guir. de Born. 15, 31; Guir. de Born. 15, 81; Peire Card. 26 (des-); Pistoleta 2; Ponz de la Garda 7; Raimb. de Vaq. 19; Raim. Mir. 34; apropchatz: Folq. de Mars. 26; aribatz: Guir. de Born. 15, 62; armatz: Guir. de Born. 73; Mönch 1, 19; Peire Vid. 30; Uc de San Circ. 29; assaiatz: Guir. Riq. 9; asseguratz: Lanfr. Cig. 18; Peire Card. 69; Raimb. de Vaq. 26; atempratz: Guir. Riq. 81; atizatz: Peire Card. 43; autreiatz: Arn. de Marv. 1, 21; Blacatz 6; El. Cair. 8; Guill. de Berg. (§ 29,7); Guir. de Born. 12, 48; Guir. Riq. 4, 23, 43; Mönch 14B (otrejatz); Peirol 2; Raimb. de Vaq. 7; auenturatz: Bern. de Vent. 35; Peire Raim. de Tol. 15; Peire Vid. 30; avisatz: Raim. Gauc. 5; bastatz: Fraire Menre 1; Joan Est. 7; benbauratz: Raim. Valada (Joyas 29); blasmatz: Bert. Zorgi 10; Bert. d'Alam. 11; Bertr. Carb. (N 64d); Cad. 13, 25; Folq. Lun. 4 (Rom.); Gauc. Faid. 47; Guill. Anel. 2; Guill. de Mont. 10; Guir. de Born. 73, 81; Guir. Riq. 56; Lanfr. Cig. 18; Mönch 4; Raimb. Vaq. 34; Sordel 25; 461,60; camjatz: Bertr. d'Alam. 11; Caden. 13; Folq. Lun. (Rom.); Guill. Anel. 2; Guir. de Born. 62; Marcabrun 1; Raimb. d'Aur. 3 (bis); Uc de Matapl. 1; capdellatz: Bon. Calvo 8; Guill. Peire de Caz. 7; Guir. Riq. 81; cardatz: Caden. 13; cargatz: Bert. Zorgi 12; Gauc. Faid. 47; Guir. de Born. 12; Peire Rog. 7; Sordel 29; Raimb. de Vaq. 19; casatz: Guir. de Born. 23, 62, 73; Peire Card. 34; Peire Raim. de Tol. 15 (chassaz); Peire Vid. 16; Raim. Jord. 1; castratz: Guizo 2; celatz: Bern. de Vent. 35; Bertr. del Pog. 1; Blacasset 8; Caden. 18; Gauc. Faid. 15; Gui de Cavaillo 4; Guill. de Berg. 6; Guir. de Born. 30, 36; Mönch 1; Serveri 2; chastiatz: Bon. Calvo 8; Peire Card. 26; Peirol 6 (castiatz); clamatz: Aim. de Bel. 10; Bertr. Carb. 14; Gauc. Faid 32; Gui de Cavaillo 4; Guill. d'Ieirus 1; Guir. de Born. 30, 40; Guir. Riq. 67, 72; Mönch 14 A; Peire Raim. de Tol. 15 (re-); cobratz: Gavauda 10; Sordel 25; cochatz: Guir. de Born. 42, 62; Guir. Riq. 4, 62; Mönch 14 A; cofessatz: Folq. Lun. (Rom.); 461,123; colgatz: Ain. de Marv. 21; El. Cair. 1; Guir. de Born. 25, 70; 461,135; comandatz: El. Cair. 8; comensatz: Bertr. Carb. (N 32d); Folq. Lun. (Rom.); Guir Riq. 81; compratz: Aim. de Peg. 6; Gauc. Faid. 32; Peire de la Car. 1; Peire

Raim. de Tol. 15; condampnatz: Bertr. d'Alam. 11; conortatz: Bert. Zorgi 11; Bertr. d'Alam. 11; Guir. de Born. 31, 58, 65; Sordel 25; convidatz: Raim. Mir. 16; coronatz: Aim. de Bel. 10; Bert. d'Alam. 8; Dalfi d'Alv. 8; Folq. de Mars. 26; Gui de Cavaillo 4; Guill. Magret 4; Peire Vid. 16; Pistoleta 2; corteiatz: Uc de Matapl. 1; cosseillatz: Guir. de Born. 73; Uc 1 (acosscillatz); creatz: Guill. d'Autpol 1; Guir. de Born. 39; crozatz: Aim. de Bel. 10; B. de B. 30; cuitatz: Marcabr. 18; Ponz de la Garda 4; dampnificatz: Hel. de Solier (Joy. p. 148—151); datz: Aim. de Peg. 45; Aimeric de Sarl. 2; Alegret 1; Anf. d'Arago 1; Bert. Zorgi 2; Bon. Calvo 6, 11; El. Cair. 1: Folq. de Mars. 9; Guill. d'Ieiras 1; Guir. Riq. 4, 23, 43, 47; Joan Est. 8; Marcoat 1; Peire Raim. de Tol. 15; Peirol 2; Pistoleta 2; Raimb. de Vaq. 19 (bis); Sordel 12 (bis), 25 (bis), 31, 35; Uc Bonnet 3; dauratz: 461,174; derrocatz: Lanfr. Cig 23; desamatz: Aim. de Peg. 34, 45; Aim. de Sarl. 2; Arn. Cat. 2; Caden. 12; Guir. de Born. 40; Guir. Riq. 39; Marques 2; Pistoleta 2, 5; Ponz de la Garda 7; 461,170 (-aiz); desamparatz: Guir. Riq. 52, 67; Lanfr. Cig. 23; desaventuratz: Guir. de Born. 5; desbaratatz: Raimb. de Vaq. 19; desconortatz: Arn. de Marv. 21; Guir. de Born. 30, 33, 53; desconvidatz: Mönch 14 A; deseretatz: Raimb. de Vaq. 19; desesperatz: Alb. de Sest. 14; Arn. de Marv. 22 (-az); Bertr. Albaric; Caden 12; El. Cair. 6, 14; Folq. de Mars. 27; Gauc. Faid. 15; Guir. de Born. 25, 65, 70, 81; Guir. Riq. 39, 83; Lanfr. Cig. 18; Marques 1; Peire Raim. de Tol. 2; Peirol 2, (M. W. 2,29); Peire Vidal 13; desiratz: El. de Barj. 7; Guir. Riq. 12; desliuratz: Aim. de Bel. 10; Guill. de San Leid. 10; desmesuratz: Guill. de Mont. 10; Guir. de Born. 26; desreiatz: Guir. de Born. 40; destinatz: Bern. de Vent. 35; desviatz: Aim. de Peg. 34; disnatz: Marcabr. 18; doblatz: Aim. de Peg. 4 (-az); B d. B. 30; Folq. de Mars. 27; Guir. de Born. 3; domenjatz: Bertr. del Pog. 1 (domenzatz); Peire Vidal 31; donatz: Aim. de Peg. 34; Bert. Zorgi 2, 11; Bertr. d'Alam. 11; El. de Barj. 7; El. Cair. 6; Fraire Menre 1; Gauc. Faid. 12, 32 (bis), 56; Gausb. de Poic. 3; Guill. d'Autpol 1; Guill. de Berg. (§ 29,7); Guill. Peire de Caz. 7; Guill. de Mont. 10; Guill. de San Leid. 1, 10; Guir. de Born. 9, 12; Guir. Riq. 39, 65, 83; Marques 2; Peire Card. 34; Peire Vid. 16; Pistoleta 6; Raim. Jord. 1; Serveri 2 (bis); Sordel 31; doptatz: Bert. Zorgi 10; Guir. Riq. 81 (duptatz); 461,176; eissaussatz: Aimeric 1; Arn. de Marv. 19 (essaucaz); Fraire Menre 1; embargutz: Guir. Riq. 12; emblatz: Mönch 14 B; Uc Bonnet 3 (bis); empreyzonatz: Blacatz 6; enamoratz: Aim. de Bel. 10 (-az); Aim. de Peg. 34; Alb. de Sest. 14; Bertr Albaric 2; Blacatz 6; Bon. Calvo 6; Caden. 22; El. Cair. 1; Folq. Lun. 4; Folq. de Mars. 9, 27; Gauc. Faid. 47, 56, 61; Guill. de Mont. 10; Guill. de la Tor. 2; Guir. de Born. 25, 70; Guir. Riq. 39, 43, 47; Lanfr. Cigala 15; Marques 2; Peire Vidal 10, 16, 31; Pistoleta 2, 6; Ponz de la Garda 4, 7; Raimb. de Vaq. 26; Serveri 2; Uc de la Bac. 4; Uc de San Circ. 20; enansatz: Aim. de Peg. 4 (-az); Aim. de Sarl. 2; Gauc. Faid. 18; Guir. Riq. 81; Raim. Jord. 1; 461,220a; encaussatz: Guir. Riq. 39; Marques 2; encavalgatz: Bertr. Carb. 14; Bonif. Calvo 4; enchantatz: Arn. Cat. 2; B. d. B. 6; Folq. de Mars. 20; Guir. Riq. 52 (bis); encolpatz: Aimeric 1; Aim. de Bel. 10; Bon. Calvo 10; Caden. 25; Folq. de Mars. 16; Fraire Menre 1; Gauc. Faid. 1, 32, 47; Guill. d'Ieiras 1; Guill. de San Leid. 1; Guir. de Born. 42; Peire Card. 39, 69; Peire Mula 1; Perdigo; Raim. Mir. 34; encombratz: Aim. 1; Uc de la Bac. 4: encusatz: Guir. de Born. 9; endomenjatz: Alegret 1; Peire Vid. 16; Raimb. de Vaq. 7; enflamatz: 461,174; enganatz: Bern. de Rovenac 1; Bertr. del Pog. 1; El. Cair. 1, 8, 13; Folq. de Mars. 16; Gauc. Faid. 7, 62;

Guir. de Born. 42; Peire Vidal 16, 31; Ponz de la Garda 7; engenratz: Arn. de Branc. 1; enoiatz: Pistoleta 5; enraumatz: Lignaure 1; enrazonatz: Bert. Zorgi 10; ensegatz: Aim. de Peg. 6; entalentatz: Dalfi d'Alv. 8; El. Cair. 1; enuezatz: Bern. de Vent. 35; Guir. de Born. 12; Raim. de las Salas 5; enviatz: Folq. Lun. (Rom.); Guir. de Born. 73 (enveiaz); escorgatz: Marcabr. 18; escoutatz: Raim. Mir. 34; escoutellatz: Marcoat 1; escumenjatz: Guill. Fig. 5; escuzatz: Guir. Riq. 12; esforsatz: Bert. Zorgi 11; esfredatz: Guir. de Born. 39; eslaisatz: Gauc. Faid. 32; esmendatz: Bert. Zorgi 11; esmeratz: Peire Vidal 30; espaventatz: Arn. de Marv. 19; estatz: Guir. de Born. 12; examinatz: Folq. Lun. (Rom.); Guir. Riq. 56; faidatz: Guill. Magret 4 (fadatz); Pistoleta 1; faissonatz: Aim. de Peg. 34; Bern. de Vent. 35; Peire Vid. 30; fatoejatz: Bertr. Carb. 14; fermatz: Aim. 1; Folq. de Mars. 27; Guir. de Born. 53; Raimb. de Vaq. 7; 461,127; floratz: Serveri 14; forlinatz: Guir. de Born. 9; formatz: Peire Vid. 3; forsatz: Arn. de Marv. 21 (forchaz); Bertr. d'Alam. 11; Caden. 22; Dalfi d'Alv. 8; El. Cair. 13; Folq. de Mars. 27; Gauc. Faid. 47, 56 (forssatz); Guir. de Born. 9, 25, 39, 53, 65, 70, 73; Guir. Riq. 52, 52 (es-), 56 (es-); Mönch 1, 14 A; Peire Vidal 3, 16; Raimb. de Vaq. 26; galiatz: Folq. de Mars. 16; Guir. Riq. 48; gardatz: Geneys lo Joglar 1; Guill. de San Leid. 10; Guir. Riq. 83; Savaric de Mauleon 2 (es-); gastatz: Marcabrun 18; gitatz: Raim. de las Salas 5; Raim. Valada (re-); greuatz: B. d. B. 30; Bon. Calvo 11; Folq. de Mars. 20; Guir. de Born. 15; guerreiatz: Guir. Riq. 48; guiatz: Bon. Calvo 8; Gui de Cavaillo 4; Marcabr. 40 (guidatz); (guizerdonatz; Guill. Peire de Caz. 7; Peire Vidal 31 (gazardonatz); Guir. Riq. 23 (gazardonatz); intratz: El. Cair. 6; Guir. de Born. 40; Marcabr. 1; iratz: Anf. d'Arago 1; Arn. de Marv. 21; Bern. de Vent. 16, 35; Bert. Zorgi 2 (bis); Bertr. d'Alam. 11 (bis); Bertr. del Pog. 1; Blacasset 6; Bon. Calvo 8; Caden. 13; El. de Barj. 7; El. Cair. 13; Gauc. Faid. 7, 12, 32; Guill. Anel 2; Guir. de Born. 9, 12, 15; Marques 2 (adz-); Mönch 1; Peire de Buss. 2; Peire Rogier 4; Peirol 7 (M.W. 2,29); Peire Vid. 3; Perdigo; Pistoleta 5; Ponz de la Garda 4, 6; Raimb. d'Aur. 3; Raimb. de Vaq. 19 (az-); Sordel 25 (bis); jogatz: El. Cair. 1; juratz: Anf. d'Arago 1; Dalfi d'Alv. 8; Gui de Cavaillo 4; Peire Card. 33 (a-); jutgatz: Aim. 1; Bert. Zorgi 2; Bon. Calvo 11; Gauc. Faid. 47, 56; Guir. de Born. 36; Mönch 3; Perdigo; Raim. Gauc. 5; Sordel 3; iustiziatz: Guir. de Born. 25, 70; laboratz: Guill. Fig. 5; laissatz: Anf. d'Arago 1; Bertr. Carb. (N 32 d); El. Cair. 13; Fraire Menre 1; Gauc. Faid. 12; Gausb. de Poic. 3; Guir. de Born. 12, 25, 30, 70; Guir. Riq. 62; Peire Vid. 16; Ponz de la Garda 6 (en-); Sordel 35; Uc de la Bac. 4; 461,226; lauzatz: Aim. de Bel. 10; Bert. Zorgi 12; Bon. Calvo 10, 11; Caden. 13, 25; El. Cair. 13; Folq. Lun. (Rom.); Folq. de Mars. 26; Guir. de Born. 9, 42, 56, 73; Guir. Riq. 12, 39, 81 (bis); Lignaure 1; Marques 2; Mönch 14 A; Peire Card. 52; Peire Raim. de Tol. 15; leuatz: Aim. de Bel. 10; Folq. Lun. 4 (Rom.); Folq. de Mars. 26; Geneys lo Joglar 1; Guir. de Born. 15, 40; Guir. Riq. 48; Lignaure 1; liaz: Blacasset 8 (ligatz); Guill. Magret 4; Guill. de San Leid. 10; Guir. de Born. 39; Guizo 2; liuratz: Guir. de Born. 25, 70; Lanfr. Cigala 23 (des-); Peire Card. 33; loignatz: Bert. Zorgi 2; El. Cair. 14; Guir. de Born. 9 (lujnatz), 30, 36, 39 (luinatz), 48, 62; Marcabrun 1 (a-); Mönch 1; Peirol 7 (lunhatz); Raimb. de Vaq. 26; Raim. de las Salas 5; Serveri 2 (lunhatz); malmenatz: Bon. Calvo 9; Caden. 12; Mönch 14 A; Raim. Mir. 34; malvatz: Aim. 1; Aim. de Bel. 10; Bertr. de la Tor. 1; Gauc. Faid. 7, 32, 47; na Gorm. de Monpesl. 1; Guir. de Born. 9, 56; Guir. Riq. 48; Peire Card. 52; Peire Rogier 7; Sordel 29 (bis); mandatz:

Caden. 18; Guir. Riq. 4; Mönch 14 A; Palais 1 (de-); martiriatz: Arn. de Braucal. 1; moillcratz: Gauc. Faid. 47; Mönch 4; Peire Rogier 7; meitadatz: Bert. Zorgi 11; Folq. de Mars. 27; Uc de San Circ 20; membratz: Aim. de Sarl. 2; Bert. Zorgi 11; Caden. 18; Guir. de Born. 56; Peire Vid. 30; Pistoleta 5; Raim. Gauc. 5 (re-); menatz: Guir. de Born. 9, 30, 36, 53, 62; meravilhatz: Bert. Zorgi 10; Guill. Magret 4; Guir. Riq. 15, 52, 67; mercatz: Sordel 29; merceiatz: Guill. Peire de Caz. 7; mermatz: Guir. Riq. 83; Perdigo; Sordel 35; 461,170; mesclatz: Anf. d'Arago 1; Bert. Zorgi 11; moillatz: Guir. Riq. 15 (mullatz); Raimb. d'Aur. 3; montatz: Alb. de Sest. 11; Guir. Riq. 62, 67; Peire de Buss. 2; mostratz: Guir. de Born. 5; mudatz: Lanfr. Cig. 18; Mönch 3; nafratz: Geneys lo Joglar 1; Guill. d'Ieiras 1; Raimb. d'Aur. 3; natz: Aim. de Peg. 45; Anf. d'Arago 1; Bert. Zorgi 11; El. Cair. 8, 13; Folq. Lun. (Rom.); Folq. de Mars. 27; Gauc. Faid. 7; Geneys lo Goglar 1; Guir. de Born. 9, 25, 33, 48, 65, 70; Guir. Riq. 48, 67; Lanfr. Cig. 17; Lignaure 1; P. d'Alv. 17; Peire de Buss. 2; Peire Vid. 30; Peire Guill. de Tol. 1; Raimb. d'Aur. 3; Sordel 29; nomnatz: Bert. Zorgi 12; Guill. d'Autpol 1; Guir. Riq. 56; oblidatz: Aim. de Bel. 10; Aim. de Sarl. 2; Folq. de Mars. 20; Guill. de San Leid. 10; Guir. de Born. 42, 65; Raim. Gauc. 5; Raim. Mir. 29; Rodrigo 1; obratz: Folq. Lun. (Rom.: bis); ochaisonatz: Pistoleta 1; ondraz: Gauc. Faid. 15; onratz: Aim. 1 (bis); Aim. de Bel. 10; Arn. de Marv. 1; Aim. de Sarl. 2; Alb. de Sest. 14 (-az), 17; Bern. Sicart; Bern. de Vent. 16; Bertr. d'Alam. 11; Bertr. de la Tor 1; Blacasset 6 (des-); Blacatz 6; Bon. Calvo 6, 7, 8, 10, 11 (des-); Caden. 22 (bis), Dalfi d'Alv. 8; El. Cair. 14; Folq. de Mars. 20, 26; Gauc. Faid. 7 (-az), 12, 15, 32 (bis), 47, 56; Gausb. de Poic. 3; Guill. de Mont. 2 (bis); Guill. de San Leid. 10; Guir. de Born. 15, 42; Guir. Riq. 23 (sobr-), 47, 67, 83; Peire de Buss. 2; Peire Card. 33; Peire Raim. de Tol. 15 (-az); Peire Vidal 16; Pistoleta 2; Ponz de la Garda 6; Raim. Mir. 34; outracuiatz: Bon. Calvo 10; Folq. de Mars. 27; Raimb. de Vaq. 19; pagatz: Aim. de Sarl. 2; Alegret 1; Bertr. Carb. (N 57d), (N 62d); Dalfi d'Alv. 8; El. Cair. 1, 13, 14; Folq. de Mars. 16, 27; Gauc. Faid. 32, 56; Gausb. de Poic. 3; Guill. de Mont. 2; Guir. de Born. 15, 35, 42, 56; Guir. Riq. 36, 52 (bis), 56; Mönch 9 (bis); Ponz de la Garda 6; Raimb. de Vaq. 7; Raim. Jord. 1; Sordel 12; 461,135; passatz: Bertr. d'Alam. 17; Bertr. Albaric 2; Caden. 24, 24 (tres-); El. Cair. 13; Fraire Menre 1; Guill. de Mont. 10; Guir. de Born. 15, 30, 33, 62; Peire Card. 33, 34 (tres-); Ponz de la Garda 7; Raimb. de Vaq. 19; Sordel 29; Uc de San Circ. 29; pauzatz: Aim. de Bel. 10; El. Cair. 14; Gauc. Faid. 47 (bis); Geneys lo Joglar 1; Guill. Magret 4; Guir. de Born. 56; Perdigo; peccatz: Aim. de Peg. 4 (-aç); Aim. de Sarl. 2; Bertr. Carb. 14; Bon. Calvo 7; El. Cair. 14; Guill. de Mont. 2; Guir. de Born. 30; Mönch 14 B; P. d'Alv. 17; Peire Card. 26; Peire Raim. de Tol. 15; Peirol 7; Peire Vid. 3, 31; Raim. Mir. 14, 29; Ric. de Barb. 9; Sordel 25; pensatz: El. de Barj. 7; Guir. de Born. 12; Guir. Riq. 47; Mönch 15; Serveri 3; perdonatz: Gauc. Faid. 15; Gavauda 10; Guill. d'Ieiras 1; Guir. Riq. 12; plantatz: 461,237; pregatz: Aim. de Peg. 4; Gauc. Faid. 12; Guir. de Born. 30, 36; Guir. Riq. 12, 47; Mönch 9; portatz: Mönch 10; preiatz: Aim. de Bel. 18 (-az); Aim. de Peg. 34; Bertr. Carb. (N 29a); Blacatz 6; Bon. Calvo 4, 7, 10, 11; Caden. 13; El. Cair. 8, 13, 14; Folq. de Mars. 16; Fraire Menre 1; Gauc. Faid. 32; Gui de Cavaillo 4; Guill. de Mont. 10; Guill. Peire de Caz. 7; Guill. de San Leid. 10; Guir. de Born. 12, 53 (mes-), 56, 70; Guir. Riq. 23, 47, 56; Lanfr. Cig. 15; Lignaure 1; P. d'Alv. 17; Peire Card. 52; Peire Raim. de Tol. 15; Peirol 7; Ponz de la Garda 4; Raimb. de Vaq. 19, 26;

Raim. Mir. 34; Sordel 29, 29 (mes-), 35 (bis); Uc de la Bac. 4; 461,139 (-aiz) prezentatz: Folq. Lun. 4; prezicatz: Gavauda 10; priuatz: Alb. de Sest. 17; Bern. de Vent. 16; Bon. Calvo 11; El. de Barj. 7; Folq. de Mars. 20; Gauc. Faid 32, 56; Gui de Cavaillo 4; Guir. de Born. 5, 9, 23, 53, 56, 65; Guir. Riq. 23, 47, 48, 56, 62; Marcabrun 18; Mönch 1, 4, 14 A; Peire Card. 33; Peire Vid. 30; Pistoleta 2; Raimb. de Vaq. 19; Raim. Mir. 34; proatz: Bertr. d'Alam. 4; Guir. de Born. 30, 36; puiatz: Aim. 1; Arn. de Brauc. 1; Arn. de Marv. 21; Bert. Zorgi 12; Bertran 4; Bon. Calvo 7; Folq. de Mars. 16, 20, 27; Gauc. Faid. 32; Guill. de Mont. 2; Peire Rog. 7; Raimb. d'Aur. 3; Sordel 35; 461,217; purgatz: 461,174; quitatz: Bert. Zorgi 10; razonatz: Serveri 13; recobratz: Guir. Riq. 48; refrescatz: Anf. d'Arago 1; renegatz: Bert. Zorgi 12; rengatz: Lanfr. Cig. 23; Mönch 14 B; renovellatz: Aim. de Bel. 10 (-az); Pistoleta 2; restauratz: Arn. de Braucal. 1; Guir. Riq. 12, 83; Sordel 29; sagelatz: Folq. de Mars. 9; saludatz: Joan. Est. 5; salvatz: Geneys lo Joglar 1; Guir. Riq. 48; sanatz: Marcabrun 18; sazatz: Caden. 22; segnaiz: 461,139; seguratz: Peire Guill. de Tol. 1; Perdigo (as-); Ric. de Barb. 9 (as-); sententiatz: Bertr. d'Alam. 8; sercatz: Sordel 25; sermatz: na Gorm de Monpesl. 1; serratz: Guir. Riq. 72, 72 (es-); Guizo 2; soanatz: Bon. Calvo 6; Guir. Riq. 39; Marques 2; sobratz: Alegret 1; Bert. Zorgi 2; El. Cair. 8; Guir. de Born. 12; Guir. Riq. 9, 12, 47; Mönch 9; sobretarzatz: Guir. de Born. 5; sobreversatz: Peire Card. 62; sonatz: Aim. de Peg. 6; sordeiatz: Mönch 10; Peirol 2; sospiratz: Serveri 2; sosterratz: Folq. de Mars. 20; Sordel 25 (-az); tallatz: Blacatz 6; tarzatz: Gauc. Faid. 18; Guir. de Born. 25, 33, 40, 70; Guir. Riq. 83; Lanfr. Cigala 23; torbatz: Guir. Riq. 4; Peire Card. 26; tornatz: Bern. de Vent. 16; Bertr. d'Alam. 11; Bertr. Carb. 14; Dalfi d'Alv. 8; Gauc. Faid. 62 (-az); Guir. de Born. 15, 31; Lanfr. Cig. 15; Peire de Buss. 2; Peire Card. 33; Peire Vid. 31; Uc de San Circ 20; torneiatz: B. d. B. 11; traslatatz: Folq. Lun. (Rom.); trebalhatz: Guir. de Born. 25, 70; Peire de Buss. 2; Sordel 35; tremolatz: Uguet 1; triatz: Guir. de Born. 15, 62; Uc Bonnet 3; trobatz: Aim. de Peg. 45; Alb. de Sest. 17; Folq. Lun. (Rom); Guir. de Born. 23; Guir. Riq. 62; Lignaure 1; Mönch 14 B; turmentatz: Raim. Gauc. 5; Sordel 31, 35; 461,211 (-aiz); uzatz: Bertr. d'Alam. 11; vanatz: B. d. B. 10; Uc de Matapl. 1; vedatz: Guir. de Born. 42; Raimb. d'Aur. 3; vengatz: Gui de Cavaillo 4; Guir. de Born. 42; vergoignatz: Sordel 25 (des-), 29 (des-); versatz: Guir. de Born. 30; viratz: Bertr. d'Alam. 11; Graf v. Rodes 2; Peire Card. 52; Peire Vid. 16; Ponz de la Garda 7; voiatz: Folq. de Mars. 20.

Neben diesen Participien der a-Conjugation finden sich, durch die Reimreihen sicher gestellt, folgende, der archaischen Flexion angehörige, deren Verbalstamm auf Guttural auslautet:

-actos: fatz: Anf. d'Arago 1; Bertr. d'Alam. 11; Bertr. Albaric; Bertr. Carb. (N 11d); Guir. de Born. 65; Mönch 14 B; Rodrigo 1; faitz: Bertr. Carb. (29a, 70d).

-actus: fatz: El. Cair. 14; Folq. Lun. (Rom.), Folq. Lun. (Rom.: for-); Guill. d'Ieiras 1 (for-); Guir. de Born. 30; Lignaure 1; Serveri 9; retratz: Folq. Lun. (Rom.).

aus.

Bereng. de Palaz. 11 (R. 3,236); B. d. B. 5 (ed. Stimm.); Marcabrun 35 (M. G. 720/21); Rich. de Berb. 3 (P. O. 276); Serveri 1 (P. O. 327); 461,226 (M. G. 98).

-**agos**: *s. o. pl.* esclaus: Serveri 1; faus: Serveri 1.
-**ales**: *adj. o. pl.* coraus: Rich. de Berb. 3; leiaus: Rich. de Berb. 3; ostaus: Marcabrun 35; venaus: B. d. B. 5. — *pron. pl.*: aitaus: B. de B. 5; caus: B. d. B. 5.
-**alis**: *adj. n. sgl.* captaus: Marcabr. 35; Rich. de Berb. 3; comunaus: Marcabr. 35; cornus: Marcabrun 35; grazaus: Rich. de Berb. 3; medicinaus: Marcabr. 35; naturaus: Rich. de Berb. 3; jornaus: Rich. de Berb. 3.
-**alis**: *pron. n. sgl.* atretaus: Rich. de Berb. 3; caus: Marcabr. 35; taus: B. d. B. 5; Marcabr. 35; Rich. de Berb. 3.
(?)-**allos**: *s. o. pl.* tretaus: B. d. B. 5 [1]).
-**alos**: *s. o. pl.* maus: Rich. de Berb. 3.
-**alus**: *s. n. sgl.* maus: B. d. B. 5.
*-**alus**: *nom. pr. n. sgl.* Persavaus: Rich. de Berb. 3.
-**alvus**: *s. n. sgl.* saus: Rich. de Berb. 3.
-**audem+s**: *s. n. sgl.* laus: Serveri 1.
-**audes**: *s. o. pl.* laus: Bereng. de Palaz. 11; Marcabrun 35; Rich. de Berb. 3. de fraus: B. d. B. 5.
-**auset**: *3. sgl. prs. cj.* naus: Marcabr. 35; paus: Serveri 1.
-**auso**: *1. sgl. prs. i.* aus: Rich. d. B. 3; paus: Marcabr. 35; repaus: Bereng. de Palaz. 11.
-**avis**: *s. n. sgl.* naus: Serveri 1. — *adj. n. sgl.* braus: Serveri 1; suaus: Bereng. de Palaz. 11; Marcabrun 35; Rich. de Berb. 3; Serveri 1.
-**aves**: *s. n. pl.* naus: B. d. B. 5.
-**aves**: *o. pl.* claus (*s.*): Bereng. de Palaz. 11; 461,226; suaus (*adj.*): Marcabr. 35.
-**avos**: *adj. o. pl.* blaus: B. d. B. 5.
-**avo+s**: *s. n. sgl.* paus: Serveri 1.
-**avus**: *nom. propr. n. sgl.* Peitaus: Marcabr. 35.
Part. praet. -**ausi**: claus: Marcabr. 35.
-**ausos**: enclaus: Serveri 1.
-**ausum**: enclaus: Bereng. de Palaz. 11; Rich. de Berb. 3.
-**ausus**: claus: Rich. de Berb. 3; 461,226; enclaus: B. d. B. 5.

Bemerkungen:

1) tretaus: Diez, Et.Wtbch. IIc, p. 691, sieht die Grundlage für afrz. *trestel*, nfrz. *tréteau* in dem auch bei Ducange belegten mlat. *trestellum*, was aber für prov. *tretal* unmöglich ist. Wir werden daher die ebenfalls bei Diez angeführte Ableitung aus dem Ahd. vorziehen, und zwar die den Umlaut noch nicht zeigende Form *drigistalli* statt *drigistelli*. Da indessen der Sinn der vorliegenden Stelle (B. d. B., ed. Stimm., Nr. 5) durchaus unklar ist, so muss dahingestellt bleiben, ob überhaupt *tretal* hier identisch mit *drigistalli* sein kann. Auch Stimming weiss mit *tretaus* nichts anzufangen. Aus Rayn. führt er das im Lexikon nicht belegte *trertaus* an, ebenso wie aus Guir. Riq. die Stelle: ».... ol coms ol rei tertal«, wo *tertal* adjectivische Natur zu haben scheint. Unsere Stelle lautet:

> bella m'es preissa de blezos,
> cubertz de tenhz vermelhs e blaus,
> d'entresenhs e de gonfanos
> de diversas colors tretaus.

Eine Textemendation (I,K: *tretretaus*, A: *de divers colors entretaus*) ist mir nicht möglich.

Eine interessante Bemerkung zu diesem Worte findet sich: Rev. des langues rom. V, 351 von A. Boucherie gegeben. Er führt auf: engl. *trestle*, niederländ. *driestal*, Sitz mit drei Füssen, kymr. *trestyl* = *tréteau* aus älterem *trawst* = *poutre*, niederbreton. *trenstel* aus *trenst*, *trest* = *poutre*. Unmöglich erscheint mir aber, alle diese Formen, besonders die keltischen, auf lat. *transtellum* (aus *transtillum*, einem Diminutiv zu *transtrum*) zurückführen, wie Boucherie thut. Den Sinn des Wortes giebt er wieder durch: »pièce de bois longue et étroite«.

ausa.

Bern. de Vent. 4 (R. 3,27); Guir. del Oliv. d'Arle 14 (B. D. p. 36); Marcabrun 11 (M. G. 221); Torcafol 2 (R. 5,449); Huc del Valat (Joyas p. 16—19).

-ausa: *s. n. sgl.* bauza: Guir. del Oliv. d'Arle 14; cauza: Marcabr. 11.
-ausam: *s. o. sgl.* causa: Bern. de Vent. 4, 4 (chauza); Huc del Valat; pausa: Bern. de Vent. 4; Guir. del Oliv. d'Arle 14; Marcabrun 11; Huc del Valat.
-ausat: *3. sgl. prs. i.* ausa: Bern. de Vent. 4; pausa: Bern. de Vent. 4.
-aus(e)a: *s. n. sgl.* nausa: Bern. de Vent. 4.
-aus(e)am: *s. o. sgl.* nauza: Marcabr. 11.
-avisat: *3. sgl. prs. i.* asuausa: Bern. de Vent. 4.
Part. praet.: -ausa: clausa: Huc del Valat; enclausa: Bern. de Vent. 4.
-ausam: clauza: Bern. de Vent. 4; Marcabrun 11.

ausas.

Peire Card. 27 (M. W. 2,202).

-ausas: *s. o. pl.* causas.
ausas: *2. sgl. prs. i.* auzas.
Part. praet.: -ausas: *o. pl.* enclausas.

ég, ech (*eig, eich, ieg* etc.*).*[1])

Aim. de Peg. 47 (M. G. 1212); Bertr. Carb. 30b (B. D. p. 15); Folq. Lunel 3 (ed. Eichelkraut); Garin d'Apchier 1; Guill. de Berg. § 29,7 (Jahrbuch VI); Guir. de Born. 70 (Arch. 33,331); Guir. d'Esp. 5 (B. D. p. 1); Guir. del Oliv. d'Arle 30 (B. D. p. 28); Guir. Riq. 13 (M. W. 4,21), 47 (M. W. 4,72); Pujol 3 (M. G. 566); Raimb. d'Aur. 14 (M. W. 1,70), 24 (M. G. 1030); Raimb· de Vaq. 18 (Arch. 32,401).

-ecti: *s. n. pl.* dreg: Guir. Riq. 47.
-ecti: *adj. n. pl.* adreig: Raimb. d'Aur. 24.
-ecto: *1. sgl. prs. i.* endreg: Guir. Riq. 47.
-ectum: *s. o. sgl.* dreg: Bertr. Carb. 30b; Folq. Lunel 3 (ter); Guill. de Berg. § 29,7; Guir. de Born. 70 (dreig); Guir. d'Esp. 5; Guir. Riq. 13 (bis), 47; Pujol 3 (bis); Raimb. d'Aur. 14 (dreig); Raimb. de Vaq. 18 (dreich); lieg: Guir. del. Oliv. 30.
-ectum: *adj. o. sgl.* adreg: Aim. de Peg. 47; Folq. Lunel 3, 3 (des-); Guir. de Born. 70 (dreig); Guir. d'Esp. 5; Guir. Riq. 13; Pujol 3; Raimb. d'Aur. 14 (adreig), 24 (adreig); Raimb. de Vaq. 18 (adreich: bis).
-ēgem: *s. o. sgl.* leich: Aim. de Peg. 47; Folq. Lun. 3 (leg); Guir. Riq. 13 (leg); reg: Pujol 3.
-iciet: *3. sgl prs. cj.* corteg: Pujol 3; pesseig: Raimb. d'Aur. 14; pleg: Pujol 3.

-icito: *1. sgl. prs. i.* espleg: Folq. Lunel 3.
-icitum: apleich: Aim. de Peg. 47; espleig: Guir. de Born. 70;
Guir. de Born. 13, 70; naleg: Folq. Lun. 3; Pujol 3.
-ico: *1. sgl. prs. i.* autreg: Raimb. d'Aur. 24; doneich: Raimb· de
Vaq. 18; fübreich: Aim. de Peg. 47; posseich: Aim. de Peg. 47.
-icto: *1. sgl. prs. i.* deich: Aim. de Peg. 47; Folq. Lunel 3 (deg);
Guir. Riq. 13 (deg), 47 (deg); Raimb. d'Aur. 24 (dejg).
-ideo: *1. sgl. prs. 1.* veg: Aim. de Peg. 47 (ueich); Folq. Lunel 3;
Guir. d'Esp. 5, 5 (en-); Guir. Riq. 13; Raimb. d'Aur. 24.
-igidi: *adj. n. pl.* freig: Raimb. d'Aur. 24.
-igidum: *adj. o. sgl.* freg: Guir. de Born. 70 (freig); Guir. Riq. 13,
47 (bis); Pujol 3; Raimb. de Vaq. 18 (freig).
Part. praet.: -ectum: eleg: Bertr. Carb. 30b; Folq. Lunel 3; Guill.
de Berg. § 29,7; Guir. d'Esp. 5; Guir. Riq. 13; Raimb. d'Aur. 14 (eleich);
Raimb. de Vaq. 18 (eleich); despieg: Guir. del Oliv. 30.
-icti: deich: Raimb. de Vaq. 18.
-ictum: destreg: Aim. de Peg. 47 (destreich); Folq. Lun. 3; Guir.
de Born. 70 (destreig); Guir. d'Esp. 5; Guir. Riq. 13, 47 (bis); Raimb. de
Vaq. 18 (destreich); estrech: Pujol 3.
-ictus: estreig: Guir. de Born. 70.

Anmerkung:

1) Im Donat p. 50 u. 51 finden sich die hierher gehörigen Reimwörter unter
»eths estreit« aufgeführt. In den Erläuterungen zum Donat zu pg. 44ª,19;
50ª,13; 55ª,23) bemerkt Stengel, — was auch durch unsere Untersuchung als richtig erwiesen wird, — dass *athz, ethz, othz* ungewöhnliche
Formen sind. 44ª,19 nimmt Stengel ein *ahz* oder *ahtz* als Orthographie
des Verfassers des im Donat gegebenen Rimariums an. Dasselbe gilt für
eths und *oths*. Wiechmann, pg. 11, schreibt ebenfalls »ehtz« und bemerkt, dass »e larg« = lat. *ē* in offener Silbe sei. Stengel: Donatz
pg. 120 (Anm. zu 50ª,19), nimmt auch Positions-*e* als »e larg« bildend an.
ē macht natürlich eine Ausnahme; daher hat auch das in den Reimreihen stets mit »e estreit« gebundene, vom Donat als solches aber nicht
aufgeführte Part. *electus* geschlossene Aussprache des »e« (cf. Wiechmann: a. a. O. pg. 13).

écha (eicha).

Bertran e Gausbert 3 (Arch. 35, 102); Guir. Riq. 64 (M. W. 4,96);
Marcabr. 18 (Arch. 33, 336), 24 (Arch. 33, 334), 42 (M. G. 802).
-ecta: *adj. n. sgl.* dreicha: Marcabrun 18.
-ectam: *adj. o. sgl.* adreicha: Bertr. e Gausb. 3; dreicha: Marcabr. 42.
-icca: *adj. n. sgl.* secha: Bertr. e Gausb. 3.
-iciat: *3. sgl. prs. i.* espleicha: Bertr. e Gausb. 3.
-ictat: *3. sgl. prs. i.* decha: Guir. Riq. 64.
*-iga: *s. n. sgl.* brecha: Bertr. e Gausb. 3.
*-itsiam: *s. o. sgl.* flecha: Bertr. e Gausb. 3.
Part. praet.: ectam: *o. sgl.* leicha: Marcabr. 18, 24 (lecha), 24 (de-);
fecha: Marcabr. 42.
-icita: *n. sgl.* estrecha: Guir. Riq. 64.
-ictam: *o. sgl.* decha: Bertr. e Gausb. 3; Marcabr. 18 (deicha);
destrecha: Bertr. e Gausb. 3.

Anmerkung:

Der Donatz führt diese Reimendung nicht besonders auf; es liegt
natürlich, wie bei *eg, ech,* geschlossene Aussprache des »e« vor.

ems.

Arn. Dan. 1 (ed. Canello), 5 (ed. Canello); Raimb. d'Aur. 30.
-emis: *adj. n. sgl.* sems: Arn. Dan. 1, 5; Raimb. d'Aur. 30.
-imes: *2. sgl. prs. i.* tems: Raimb. d'Aur. 30.
*-imul+s: *adv.* ensems: Arn. Dan. 1; Raimb. d'Aur. 30.
-irmus: *adj. n. sgl.* ferms*): Arn. Dan. 1, 5.
-? *subst. m. n. sgl.* gems*): Arn. Dan. 5.
Part. praet.: *-emsum: crems: Arn. Dan. 1, 5; prems: Arn. Dan. 5; remdemps: Raimb. d'Aur. 30; tremps: Raimb. d'Aur. 30.

Bemerkungen:

1) Wir haben es hier mit »e estreit« zu thun; denn »e« vor Nasal hat stets geschlossene Aussprache und »i« kann nur solche ergeben.

2) Canello: Anm. zu VIII, 16 bemerkt: »tutti i mss. hanno, come A, ferms, mentre la rima vuole frems«.

Das ist aber durchaus nicht nötig; ein r steht auch sonst vor Nasal oder s im Reime, der kein r zeigt.

Umgekehrt finden sich auch in Reimreihen mit r (z. B. *ers*) Reimwörter ohne r (*es*): cf. die Bemerkung von Philippson zum Mönch von Montaudon p. 90.

Dasselbe findet sich auch im Afrz.; Andresen: Einfluss von Metrum, Reim und Assonanz im Afrz., Bonn. Diss. 1874, pg. 17, 18, weist solche Bindungen nach.

Nach alledem werden wir also das von den hsen. gebotene *ferms* festhalten dürfen und schwache Articulation des r voraussetzen.

3) *gems*, das sich bei Diez nicht findet, übersetzt Raynouard mit lat. *gemitus*. Dies könnte *gemts* ergeben, wofür dann nach einem bereits besprochenen, den Schreibern geläufigen Vorgange *gems* eintreten konnte. Raynouard belegt aber auch den obl. sgl. *gem*, für welchen *gemitus* wohl kaum zu Grunde liegen konnte. Ich möchte daher das vom Verbalstamm gebildete Substantiv *gemus* als Grundlage annehmen.

ērs.

Arn. de Marv. 17 (R. 3,212); Ferrari 1 (Arch. 50, 264); Folq. de Mars. 6 (Arch. 36, 432), 27 (M. G. 106); Gauc. Faid. 33 (M. G. 67); Guir. Riq. 10 (M.W. 4,7); Peire Card. 33 (M. G. 974); Peirol 30 (M.W. 2,32).
*-ēros: *subst. Inf.* avers: Ferrari 1; Peire Card. 33; espers: Gauc. Faid. 33; lezers: Folq. de Mars. 27; plazers: Gauc. Faid. 33; sabers: Arn. de Marv. 17; Peire Card. 33; vezers: Arn. de Marv. 17; volers: Peirol 30.
-ērus: *adj. n. sgl.* vers: Arn. de Marv. 17; Ferrari 1; Folq. de Mars. 6, 27; Gauc. Faid. 33; Guir. Riq. 10; Peire Card. 33.
-ērus: *subst. n. sgl.* sers: Folq. de Mars. 6; Gauc. Faid. 33; Guir. Riq. 10.
*-ērus: *subst. Inf.* avers: Arn. de Marv. 7; Folq. de Mars. 6; calers: Arn. de Marv. 17; Folq. de Mars. 6, 27 (nonch-); dolers: Gauc. Faid. 33; espers: Arn. de Marv. 17; Folq. de Mars. 6, 27; Guir. Riq. 10; Peire Card. 33; legers: Arn. de Marv. 17; Folq. de Mars. 6 (lezers); Gauc. Faid. 33; Guir. Riq. 10; mouers: Gauc. Faid. 33; parers: Gauc. Faid. 33; plazers: Arn. de Marv. 17; Folq. de Mars. 6; Gauc. Faid. 33; Guir. Riq. 10; poders: Arn. de Marv. 17; Ferrari 1; Folq. de Mars. 6, 27; Gauc. Faid. 33; Guir. Riq. 10; Peire Card. 33; sabers: Arn. de Marv. 17; Ferrari 1; Folq. de Mars. 6; Gauc. Faid. 33; Guir. Riq. 10;

temers: Arn. de Marv. 17; Folq. de Mars. 6, 27; Gauc. Faid. 33; Guir. Riq. 10; valers: Ferrari 1; vezers: Folq. de Mars. 6, 27; volers: Arn. de Marv. 17; Ferrari 1; Folq. de Mars. 6, 27; Gauc. Faid. 33; Guir. Riq. 10; Peire Card. 33.

Part. praet.: *-érecsos: aders: Peire Card. 33.
*-érecsus: aders: Arn. de Marv. 17; Folq. de Mars. 6, 27; Gauc. Faid. 33; Peirol 30; ders: Ferrari 1; Guir. Riq. 10; enders: Folq. de Mars. 6; Gauc. Faid. 33; ers: Arn. de Marv. 17.

Anmerkung:

Sämmtliche Reimendungen zeigen ĕ, welches geschlossene Aussprache ergeben muss. Cf. Wiechmann a. a. O.; Donatz p. 48.

èrs.

Augier Novella 3 (M. G. 577); Bon. Calvo 3 (M. G. 615); El. Cairel 1 (M. G. 186); Folq. Rom. (comj.); Guir. de Born. 60 (M. G. 124); Mönch 14 B (ed. Phil.); Peire d'Alv. 9 (M. G. 223); Raimb. d'Aur. 4; Raimon Valada (Joyas p. 30); Trucs Malecs 1 (Arch. 34, 200).

-aeris: *2. sgl. prs. i.* enquers: Trucs Malecs 1.
-arios: *s. o. pl.* gerriers: Guir. de Born. 60: milliers: Trucs Malecs 1; prezoniers: Raim. Valada.
-ĕres: *2. sgl. prs. i.* malmers: Trucs Malecs 1.
*-erhus: *s. n. sgl.* guers: Peire d'Alv. 9 ¹).
-ĕrius: *adj. n. sgl.* estiers: Bon. Calvo 3.
-ĕros: *adj. o. pl.* fers: Trucs Malecs 1.
-erris: *nom. pr. n. sgl.* beders: Guir. de Born. 60 ²).
-erros: *nom. pr. o. pl.* beders: Trucs Malecs 1.
-errus: *s. n. sgl.* fers: Guir. de Born. 60.
-ersos: *s. o. pl.* vers: Trucs Malecs 1.
-ersum: *s. o. sgl.* vers: Bon. Calvo 3; El. Cair. 1; P. d'Alv. 9; Raimb. d'Aur. 4.
-ĕrus: *adj. n. sgl.* fers: Bon. Calvo 3; Guir. de Born. 60.
-ervis: *2. sgl. prs. i.* sers: Trucs Malecs 1.
-ervos: *s. o. pl.* sers: Augier Novella 3.
-ervus: *s. n. sgl.* sers: Bon. Calvo 3; Guir. de Born. 60 (bis).

Mit diesen Endungen auf *-ers* ist gebunden:
est⁴): es: *3. sgl. prs. i.* Mönch 14 B.

Part. praet.: -ersos: covers: Augier Novella 3; envers: Raim. Valada; pervers: El. Cair. 1; ters: P. d'Alv. 9.
-ersum: convers: El. Cair. 1; Folq. Rom. (Comj.); Mönch 14 B; envers: El. Cair. 1; revers: Trucs Malecs 1; travers: Bon. Calvo 3; El. Cair. 1; Peire d'Alv. 9; Raimb. d'Aur. 4.
-ersus: despers: Guir. de Born. 60; ters: Trucs Malecs 1.
-ertus: profers: Guir. de Born. 60.

Anmerkungen:

1) Hier liegt »e larg« vor. Offene Aussprache des »e« tritt im Allgemeinen ein bei zu Grunde liegendem *e* in Position vor *r* (cf. Stengel, Anm. zum Donat: 48¹, 10), bei ĕ in offener Silbe und bei *ae*.

2) Der Donatz glossiert: *guers .i. strabo;* das Wort wird also wohl die Bedeutung »Querbalken« haben und ist vom ahd. *dwerch* abzuleiten.

3) »Bezers .i. ciuitas biterris« in den Anmerkungen zum Donat 48¹, 10 führt Stengel an, was Chab. Rev. II, 195. 196 über die Weiterentwicklung dieses *e* sagt: »nous l'avons diphthongué en *ie*«.

4) Über die Bindung von *es* und *ers* äussert sich Philippson: Anm. zum Mönch von Montaudon pg. 90 in dem oben bereits mitgeteilten Sinne (Anm. zu *ems*).

ersa.

Guir. Riq 58 (M.W. 4,10); Raimb. d'Aur. 16 (M. G. 325).

In beiden Gedichten stehen die betreffenden Reimwörter stets im Refrain, in letzterem Gedichte sind aber bloss Participia mit einander gebunden, weshalb diese Belege als nicht beweisend angesehen werden dürfen.

-**ersat**: *3. sgl. prs. i.* traversa: Guir. Riq. 48 (bis).

Part. praet.: -**ersa**: traversa: Guir. Riq. 48.

-**ersam**: traversa: Guir. Riq. 48 (ter).

Nicht beweisend ist:
-**ersa**: enversa: Raimb. d'Aur. 16.

ert.

Arn. Dan. 10 (ed. Canello); El. Cair. 1 (M.G. 186); Folq. Rom. (B. Chr.' 195); Guir. del. Oliv. d'Arle 4 (B. D. p. 44); Lunel Monteg. 1 (B. D. p. 144); Peire d'Alv. 16 (R. 4,423); Peire Card. 42 (M. G. 941); Tomiers 1 (R. 5,447).

-**erdit**: *3. sgl. prs. i.* pert: Folq. Rom.; Lunel Monteg 1; Peire Card. 42; Tomiers 1; respert: P. d'Alv. 16.

-**erdo**: *1. sgl. prs. i.* espert: El. Cair. 1; pert: Arn. Dan. 10; El. Cair. 1.

-**erti**: *adj. n. pl.* cert: Arn. Dan. 10; Lunel Monteg 1; culvert: Tomiers 1; espert: Lunel Monteg 1.

-**erto**: *1. sgl. prs. i.* acert: El. Cair. 1.

-**ertum**: *adj. n. sgl.* cert: Folq. Rom.; Guir. del Oliv. d'Arle 4.

-**ertum**: *adj o. sgl.* acert: Arn. Dan. 10; cert: P. d'Alv. 16.

Part. praet.: -**ertum**: *o. sgl.* apert: Arn. Dan. 10; Guir. del Oliv. d'Arle 4; descubert: El. Cair. 1; desert: Arn. Dan. 10; El. Cair. 1; P. d'Alv. 16; Peire Card. 42; Tomiers 1; suffert: El. Cair. 1 (sofert); Lunel Monteg 1; ubert: Folq. Rom.

Anmerkung:

Der Tonvocal sämmtlicher hierher gehörigen Participia beruht auf *e* in Position vor *rt*; ihre Aussprache ist daher offen. Dasselbe gilt von *erta, ertz*. Der Donatz p. 49 führt nur *ertz larg* auf. Vergl. Wiechmann a. a. O. pg. 22.

erta.

Bertr. Carb. 89b (B. D. pg. 16¹); Peire d'Alv. 1 (M. G. 812).

-**ertat**: *3. sgl. prs.* acerta: Peire d'Alv. 1; reverta: Peire d'Alv. 1.

Part. praet.: **erta**: *n. sgl.* aperta: Bertr. Carb. 89b; Peire d'Alv. 1. deserta: P. d'Alv. 1; uberta: P. d'Alv. 1.

-**ertam**: *o. sgl.* uberta: Bertr. Carb. 89b (huberta); P. d'Alv. 1.

Anmerkung:

Bei Bertr. Carb. 89b werden zwei Participia (aperta, huberta) unter einander gebunden. Dieselben sind also nicht beweisend.

ertz.

Arn. Dan. 9 (ed. Canello); Bertr. d'Alam. 16 (Arch. 34,392); Raimb. d'Aur. 31 (M. G. 620).
-**ergis**: *s. sgl. prs. i.* somertz: Arn. Dan. 9.
-**ertius**: *n. sgl. num.* tertz: Arn. Dan. 9.
-**ertos**: *nom. pr. o. pl.* Gomberz: Bertr. d'Alam. 16.
-**ertos**: *adj. o. pl.* certz: Raimb. d'Aur. 31; (?) degertz: Raimb. d'Aur. 31.
Part. praet.: -**ertos**: *o. pl.* aperz: Bertr. d'Alam. 16; desertz: Arn. Dan. 9; Bertr. d'Alam. 16.
-**ertus**: *n. sgl.* cubertz: Raimb. d'Aur. 31; desertz: Raimb. d'Aur. 31; offertz: Arn. Dan. 9 (ofertz); Bertr. d'Alam. 16; profertz: Raimb. d'Aur. 31; sufertz: Raimb. d'Aur. 31; ulertz: Bertr. d'Alam. 16.

és.

K. Meyer: a. a. O., Rimarium pg. 64, hat diese Reihe bereits untersucht.

Die von ihm nicht untersuchten Reimreihen, in denen sich Participia praeteriti mit anderen Reimwörtern gebunden finden, sind folgende:
Aim. de Peg. 28 (Arch. 32,409); Alb. Marq. 1 (R. 4,9); Augier Novella 3 (M. G. 577); Bertr. d'Alam. 12 (R. 4,68); B. d. B. 22 (ed. Stimm.); Daude de Pradas 2 (M. G. 351), 4 (Arch. 33,364); El. de Barj. 9 (M. G. 1076); Helias de Solier (Joy. p. 148/51); Folq. Rom. 6 (B. Chr.⁴ 195); Garin d'Apchier 2 (R. 4,249); Gaucelm 1 (Arch. 34,379); Gauc. Faid. 40 (M. G. 272); 63 (M. G. 104); na Gorm. de Monpesl. 1 (R. 4,319); Graf von Foisc 1 (Milá 402); Guill. Ademar 7 (R. 4,327); Guill. de Berg. 12 (Kell. 12); Guill. Fig. 2 (R. 4,309), 4 (R. 4,202); Guill. Magret 4 (R. 3,423); Guill. Peire de Cazals 10 (R. 5,204); Guir. de Cal. 2 (B. Chr.⁴ 165), 5 (Diez, Poes. 357); Guir. Riq. 46 (M.W. 4,35); Lamb. de Bon. 3 (Arch. 35,100); Marcabrun 7 (M. G. 334), 20 (Arch. 33,334), 32 (M. G. 662/63), 40 (R. 4,301), 43 (Arch. 33,335); Mönch 4, 5 (ed. Phil.); Peire d'Alv. 21 (M. G. 1022); Peire Bremon 7 (M. G. 567), 18 (Arch. 34,199); Peire Card. 3 (M.W. 2,213), 6 (M.W. 2,214); Peire Gavaret 1 (Arch. 34,191; Peire Guill. de Luzerna 4; Peire Raim. de Tol. 16 (M.W. 1,136); Peire Vidal 14 A (ed. Bártsch 41), 27 (Bartsch 8); Raimb. de Vaq. 19 (R. 4,427); Raim. d'Avinho 1 (B. Chr.⁴ 209); Raim. de Durf. 1 (Arch. 34,199); Raim. Mir. 15 (P. O. 231), 43 (M. G. 1352); Raim. Vidal 4 (M. G. 2,27); Ralmenz 5 (R. 5,398); Richart 2 (B. L.78); Sordel 21 (M. G. 1053), 24 (B. Chr.⁴ 205), 34 (M. G. 1278); Serveri 13 (Milá 389); Templier 1 (Mey. Rec. 95); Uc 1 (M. G. 458); Uc Brunet 4 (R. 3,315); Uc de San Circ 21 (M.W. 2,150); 461,53 (B. D. p. 141), 129 (Arch. 35,109), 141 (Arch. 33,311), 180 (Arch. 33,310), 203a (Arch. 34,378), 207 (Arch. 50,275), 220a (Riv. 1,40), 247 (P. O. 392).

*-**ēdem+s**: *s. n. sgl.* merces: Aim. de Peg. 28; Daude de Pradas 4; Hel. de Sol.; Guill. Fig. 2; Guir. de Cal. 2, 5; Guir. Riq. 46; Lamb. de Bon. 3; Marcabr. 7; Peire Bremon 18; Peire Guill. de Luzerna 4; Peire Raim. de Tol. 16; Uc 1; Uc Brunet 4.
-**ēdes**: *s. o. pl.* merces: Daude de Pradas 2; El. de Barj. 9; Lamb. de Bon. (quinquies); Mönch 4; Peire Card. 6; Raim. Mir. 15; Serveri 14; Uc Brunet 4; 461,53; ses: Sordel 21.
-**ēdes**: *s. o. pl.* pes: Uc Brunet 4.
-**edos**: *s. o. pl.* palafres: Guill. de Berg. 12.
-**ēnos**: *adj. o. pl.* ples: Guill. Fig. 2; les: Guir. de Cal. 2.

-ĕnos: *s. o. pl.* bes: Bertr. d'Al. 12; Gauc. Faid. 40; Guir. Riq. 46; Peire Card. 8, 6; Serveri 13; Uc Brunet 4; 461,53.

-ensem: *s. o. sgl.* marques: B. d. B. 22; Guir. de Cal. 2; Uc de San Circ 21; mes: Daude de Pradas 2; Gauc. Faid. 40; Marcabr. 32; Peire Guill. de Luz. 4; nescies: Sordel 24; paes; Sordel 21, 34 (pays); 461,141; poges: 461,53.

-ensem: *adj. o. sgl.* cortes: Bertr. d'Alam. 12; B. d. B. 22; Marcabr. 7; Sordel 24; Uc 1.

-ensem: *nom. pr. o. sgl.* Albeges: Peire Vid. 27; Aragones: 461,427; Canaves: Peire Vid. 14 A; Carcasses: Peire Vid. 27; 461,247; Gastines: Peire Card. 6; Plagues: Uc de San Circ 21; Rodes: Serveri 13; Verones: Uc de San Circ. 21.

-enses: *s. o. pl.* fornes: B. d. B. 22.

-enses: *adj. o. sgl.* cortes: Folq. Rom. 6; na Gorm. de Monpesl. 1; Guill. Magret 4; Marcabr. 32; Peire Bremon 18; Peire Card. 3, 6; Peire Raim. de Tol. 16; Peire Vid. 37; 461,129.

-enses: *nom. propr. o. pl.* Aragones: B. d. B. 22; Raimb. de Vaq. 19; 461,141; Cornes: Raim. de Durf. 1; Engles: B. d. B. 22; Peire Vid. 14 A; Frances: Peire Card. 6; 461,141.247; Genoes: B. d. B. 22; Peire Vid. 14 A; Girones: Serveri 13; Luques: 461,180; Milanes: Sordel 24; Paves: Peire Vid. 14 A; Ties: Peire Vid. 14 A; Sordel 24; Tortones: Alb. Marq. 1; Vianes: Augier Novella 3; Bertr. d'Alam. 12; 461,203 a; Vivares: Garin d'Apchier 2.

-enset: *3. sgl. prs. c.* pes: na Gorm. de Monpesl. 1; Peire Brem. 7; Sordel 24, 34; Serveri 14; Uc 1.

*-enset: *3. sgl. prs. c.* (Vgl. Baist in Vollmöllers Rom. Forsch. I, S. 133.) ades'): Guir. de Cal. 2; Raim. de Durf 1.

-ensis: *s. n. sgl.* marques: B. d. B. 22; Folq. Rom. 6; Guill. Magr. 4; Guir. de Cal. 2; Marcabr. 7; Mönch 14; Serveri 13; 461,141; poges: Marcabr. 7.

-ensis: *adj. n. sgl.* cortes: Aim. de Peg. 28; Augier Novella 3; Daude de Pradas 2, 4; Gauc. Faid. 40; Mönch 5; Peire Guill. de Luz. 4; Peire Vid. 14 A; Raimb. de Vaq. 19; Uc 1; Uc Brunet 4; nescies: Aim. de Peg. 28; Uc de San Circ 21.

-ensis: *nom. pr. n. sgl.* Aragones: Guill. Magr. 4; Frances: Sordel 24; Rodes: Daude de Pradas 4; Savartes: Peire de Gavaret 1; Tornes: Mönch 4.

-ensit: *3. sgl. pf. i.* pres: Gauc. Faid. 40; Mönch 5 (mes-).

-enso: *1. sgl. prs. i.* pes: B. de B. 22; Guill. de Berg. 9; Raim. Vidal 4; Sordel 84.

-ĕnus: *s. n. sgl.* bes: Aim. de Peg. 28; B. d B. 22; El. de Barj. 9; El. de Sol.; Folq. Rom. 6; Gauc. Faid. 63; na Gorm. de Monpesl 1; Guill. Fig. 2; Guir. de Cal. 2; Mönch 5; Peire Bremon 7; Peire Raim. de Tol. 16; Uc 1; Uc Brunet 4.

-ĕnus: *adv.* ges: Daude de Pradas 2, 4; El. de Barj. 9; Gauc. 1; Guill. Fig. 2; Guir. de Cal. 5; Marcabrun 7; Mönch 4; Peire Bremon 7 (ies), 18; Peire Vid. 14 A; Raim. de Durf. 1; Sordel 24, 34; Uc 1.

-ĕm: *s. o. sgl.* ren: 461,203a.

-ĕnus: *adj. n. sgl.* ples: Daude de Prad. 4; El. de Sol.; Uc 1; ales: Raim. de Durf 1.

-*cre+s (-ĕrus): *subst. Inf.* avers: Marcabrun 7.

-ēs: *s. n. sgl.* res: B. de B. 22; Daude de Pradas 4; Gaucelm 1; Peire Raim. de Tol. 1; Raimb. de Vaq. 19; Serveri 14; Uc de San Circ 21 (bis).

-ēs: *o. pl.* res (s.): Aim. de Peg. 28; Bertr. d'Alam. 12; Helias de

Solier; Marcabrun 40; Uc 1 (ter); tres: Daude de Pradas 2; Helias de Solier (bis); Folq. Rom. 6; Peire de Gavaret 1; Raimb. de Vaq. 19; 461,207.247.
-ést: *3. sgl. prs. i.*') est: Aim. de Peg. 28; Bertr. d'Alam. 12; Daude de Pradas 4; Hel. de Solier (ter); Folq. Rom. 6; Gauc. Faid. 40; na Gorm. de Monpesl. 1; Graf von Foisc 1; Guill. Ademar 7; Guill. Figueira 2; Guir. de Cal. 2, 5; Guir. Riq. 46; Marcabr. 7, 32; Mönch 4, 5; Peire Card. 3 (ter), 6; Peire de Gavaret 1; Peire Guill. de Luzerna 4 (ter); Peire Raim. de Tol. 16; Peire Vidal 14A; Raimb. de Vaq. 19; Ralmenz 5; Sordel 21 (bis), 24, 34; Serveri 13, 14; Uc 1; Uc Brunet 4 (ter); 461,53. 141.247

-ēsum: *s. o. sgl.* arnes: Gaucelm 1; aufres: Guir. de Cal. 2.

-ētis: *2. pl. prs. cj.* meravilhes: na Gorm. de Monpesl. 1; — *2. pl. fut. I:* creires: Peire Bremon 18; fares: Peire Brem. 18; seres: Sordel 21; verres: 461,203a; volres: Peire Bremon 18; — *2. pl. plusq. cj.:* sobrpreses: Peire Brem. 18; uengues: Guir. Riq. 46.

-ices: *s. o. pl.* ves: Daude de Prad. 2; Guill. de Berg. 12 (vetz); Peire Bremon 18; Raim. d'Av. 1.

-ides: *s. n. sgl* fes: na Gorm de Monpesl. 1; Graf von Foisc 1 (bis); Guill. Magret 4; Guir. de Cal. 5; Guir. Riq. 46; Lamb. de Bon. 3; Marcabrun 32; Mönch 4; Peire d'Alv. 21; Peire Vid. 27; Raim. Mir. 43; Uc Brunet 4 (bis).

-ipsum: *adv.* demanes: B. d. B. 22; Guir. de Cal. 2; — *pron. o. sgl.:* meteis: Peire Card. 6.

-iscos: *s. o. pl.* sirventes: Daude de Pradas 4; Garin d'Apchier 2; Raim. Mir. 43.

-ischm: *s. o. sgl.* sirventes: B. d. B. 22; Folq. Rom. 6; Guill. Fig. 4; Peire Bremon 18 (bis); Sordel 34; Uc de San Circ 21; 461,141.247; — *adj. o. sgl.:* fres: Uc 1.

-isit: *3. p. sgl. pf. i.* mes: Uc 1; comes: Helias de Solier; promes: Peire Bremon 7; remes: Hel. de Sol.; trames: Raim. Mir. 15.

-issem: *1. sgl. plusq. cj.* agues: Peire Raim. de Tol. 16; 461,53; conogues: Daude de Pradas 4; degues: El. de Barj 9; fezes: Mönch 5; paragues: Uc Brunet 4; plagues: Daude de Pradas 4; Peire de Gavaret 1; Peire Raim. de Tol. 16; pogues: Serveri 14; tainges: Mönch 4; tolges: El. de Barj. 9; Garin d'Apchier 2; Mönch 5; vengues: Mönch 5,5 (a-); volges: Lamb. de Bon. 3.

-isses: *2. sgl. plusq. cj.* disses: Garin d'Apchier 2; feysses: Daude de Pradas 2; Garin d'Apchier 2; fosses: Peire Bremon 18; nasques: Guir. Riq. 46; tengues: Garin d'Apchier 2; traysses: Guir. Riq. 46; vengues: Guir. Riq. 46.

-isset: *3. sgl. plusq. cj.* agues: Guill. Magret 4; deses: El. de Barj. 9; mezes: Mönch 5; plagues: Daude de Pradas 4; Mönch 4; Peire Raim. de Tol. 16; pogues: Mönch 4; Peire Card. 3; Uc Brunet 4; saubes: Lamb. de Bon. 3; tengues: El. de Barj. 9; Hel. de Sol.; vengues: Hel. de Sol.; visques: Hel. de Sol.; volgues: El. de Barj. 9; Peire Raim. de Tol. 16.

Part. praet.: Ausser den von Karl Meyer a. a. O. unter *ensi, ensos, ensum, ensus; isri, issos, issum, issus; ïsum, ïsus* aufgeführten Part. praet. kommen noch folgende, durch unsere Untersuchung gefundene, hinzu:

-ensi: pres: Guir. Riq. 46 (a-); Peire Vidal 14A (a-); Serveri 13 (re-); Uc 1 (mes-).

-ensos: ces: Peire Raim. de Tol. 16; pres: Bertr. d'Alam. 12 (a-); B. d. B. 22; na Gorm. de Monpesl. 1 (a-); Guill. Ademar 7 (a-); Raim. d'Avinho 1.

-ensum: ces: Daude de Pradas 2; defes: Peire Vid. 14A; Raim. de Durf 1; Uc Brunet 4; pres: Aim. de Pcg. 28; Alb. de Marq. 1 (mes-); Augier Novella 3; Daude de Pradas 4; Garin d'Apchier 2; Gauc. Faid. 63; Guill. Fiq. 4 (a-); Guill. Magret 4; Guir. de Cal. 5; Lamb. de Bon. 3 (a-); Marcabrun 40, 40 (com-); Mönch 4; Peire d'Alv. 21; Peire Bremon 7, 18; Peire Card. 6 (a-); Peire de Gavaret 1 (per-); Peire Guill. de Luz. 4 (a-); Peire Raim. de Tol. 16; Raimb. de Vaq. 19 (a-); Sordel 21 (a-), 34 (a-); Uc 1 (a-); 461,53.141 (a-).

-ensus: ences: Serveri 14; pres: Augier Novella 3 (a-); Daude de Pradas 2; Gaucelm 1 (a-: bis); Gauc. Faid. 40 (en-), 40 (entre-); Graf von Foisc 1 (a-); Guill. de Berg. 12 (a-); Guir. de Cal. 2 (em-, mala-, mes-); Guir. Riq. 46 (re-); Marcabrun 32 (entre-); Mönch 5; Peire Bremon 18; Peire Guill. de Luzerna 4 (a-); Peire Raim. de Tol. 16 (mes-); Raimb. de Vaq. 19; Raim. de Durf 1 (bis); Raim. Mir. 15 (sobre-); Raim.Vidal 4 (a-); Serveri 13 (re-); Uc de San Circ 21; 461,180 (re-).

-isos: conques: Raimb. de Vaq. 19; Uc 1.

-issi: mes: Raim. de Durf. 1.

-issos: espes: Guir. de Cal. 2; mes: Raim. Mir. 43.

-issum: espes: Marcabrun 32; 461,247; mes: Alb. Marques 1 (esco-); Bertr. d'Alam. 12; El. de Barj. 9; Hel. de Solier; Folq. Rom. 6; Gaucelm 1; Guill. Fig. 2; Guir. de Cal. 2 (pro-); Guir. Riq. 46 (pro-); Marcabrun 7, 20 (entre-), 40 (pro-); Peire Bremon 18; Peire Card. 6 (pro-); Serveri 13; 461,129.247.

-issus: mes: Daude de Pradas 2, 4; Graf von Foisc 1; Guir. Riq. 46 (sos-); Lamb. de Bon. 3; Mönch 4; Peire Card. 3; Ralmenz 5; 461, 203a (re-).

-isum: conques: Bertr. d'Alam. 12; B. de B. 22; Daude de Pradas 2; Folq. Rom. 6; Gauc. Faid. 63; Guir. de Cal. 5; Guir. Riq. 46; Marcabr. 43; Peire Card. 6; Peire Vidal 27; Sordel 24; Uc Brunet 4 (bis); 461,247; enques: Uc 1 (bis).

Bemerkungen:

Über die Unterscheidung von »es larg« und »es estreit« vergl. Wiechmann a.a.O. pg. 23; Donatz pg. 49 llff.

Bezüglich der in dieser Reihe vorkommenden Imperfecta Conjunctivi ist zu vergl. P. Meyer: Romania VIII, 155 ff.

1) Dieses *ades* darf nicht mit dem Adverb *ades* verwechselt werden, das sich im Donat proensal p. 49 unter den vier Wörtern, welche *es larg* haben, findet, und von welchen K. Meyer pg. 51, II Anm. sagt, dass es sich fehlerhaft mit é (= e estreit) bei einigen Dichtern gebunden finde. Baist l. c. p. 134 ist also wohl im Irrthum, wenn er von letzterem sagt: »*Ades* etc. belässt man besser bei *ad ipsum*«. Dieser von Diez: Et. Wtbch. I 129 aufgestellten Etymologie eine dem Lautstand gerechter werdende gegenüberzustellen, ist allerdings noch nicht geglückt.

2) *es* = lat. *ēst* hat geschlossene Aussprache. Canello in seiner Ausgabe des Arnaut Daniel bemerkt zu VI, 28 auf pg. 209: »*Es* = *est* ha, contra le ragioni etimologiche, un e stretto«.

Die obigen Reimwörter auf *-isit*, *-issem* etc., welche Perfecta oder Plusquamperfecta darstellen, bilden eine Ergänzung zu Meyers Arbeit, welcher bei seiner Untersuchung die betreffenden Reimreihen ausser Acht gelassen hat.

ès.

Zu den von K. Meyer a. a. O. pg 52 untersuchten Reimreihen finde ich hier nur nachzutragen: Bertr. Carb. 43b (B. D. pg. 16), wo sich in dem einen Reimpaare folgende Endungen darstellen:
-issem: *1. sgl. prs. plusqu. cj.* queres.
Part. praet.: -essum: *o. sgl.* cofes.

ésa (eza, essa).

Austorc d'Orlac 1 (M. G. 9); Bernart Arnaut (Joyas pg. 93); Bernart de Rovenac 2 (R. IV, 205); B. d. B. 1, 31 (ed. Stimm.); Bertr. Carb. 91a (B. D. p. 11); Folq. Rom. 6 (B. Chr.⁴ 195); Guigo 2 (M. G. 585); Guillem Augier 5 (M. G. 285); Guill. de Cabestg. 5 (ed. Hüffer); Guill. de San Leidier 16 (P. O. 287); Jacme Mote 1 (dern. troub. VII, pg. 55); Joan Est. 2 (Azaïs, pg. 63); Lais non par (Ztschr. I, 70 ff.); Mönch 20 (ed. Phil.); Peire Card. 8 (M. G. 327), 25 (M W. II, 192), 27 (M.W. II, 203); § 32, 3: una ciutatz (B. Chr.⁴ 178); Peirol 4 (M.W. II, 10), 8 (M.W. II, 7), 15 (M.W. II, 14), 20 (M.W. II, 11); Perdigo 15 (R. IV, 420); Raimb. d'Aur. 39 (M. G. 523); Tomier 1 (R. 5,447), 2 (R. 5,275).

-ectiat: *3. sgl. prs. i.* adressa: Tomier 2; dressa: Tomier 2.
-édat: *3. sgl. prs. cj.* descreza: Austorc d'Orlac 1; Peire Card 25.
-ensat: *3. sgl. prs. i.* pesa: Austorc d'Orlac 1; B. d. B. 31; Bertr. Carb. 91a; Guill. Augier 5; Peire Card. 25; Peirol 4, 15; Raimb. d'Aur. 39.
-ensa: *adj. n. sgl.* bersendeza: lais non par; cortesa: B. d. B. 1, 31; Guill. de Cabestg. 5; Jacme Mote 1; Joan Est. 2; lais non par; Mönch 20; Peirol 8, 15, 20; Raimb. d'Aur. 39; engolmesa: B. d. B. 31; francesa: B. d. B. 31; marquensa: Peirol 4, 20; urgaleza: lais non par.
-ensam: *adj. o. sgl.* artesa: B. de B. 31; campanesa: B. d. B. 31; cortesa: Aust. d'Orlac 1; B. de B. 31; Guigo 2; Guill. Augier 5; englesa: B. d. B. 31; franceza: Aust. d'Orlac 1; torneza: Bern. de Rovenac 2.
-esiam: *s. o. sgl.* glesa: B. d. B. 31.
-itia: *s. n. sgl.* alegreza: Jacme Mote 1; cobeesa: Peire Card. 8; drecheza: Peirol 20; falseza: Peire Card. 25; franquesa: Guill. Augier 5; Mönch 20; Perdigo 15; gentileza: Jacme Mote 1; guayeza (gaiesa): B. d. B. 31; Mönch 20; Peirol 8, 20; larguesa: B. d. B. 31; Peire Card. 8; lealesa: Peire Card. 8; maleza: Joan Est. 2; Mönch 20; proesa (proeza): B. de B. 31; lais non par; Mönch 20; riqueza: lais non par.
-itiam: *s. o. sgl.* avaresa: Peire Card. 8; avolesa: B. de B. 31; Folq. Rom. 6; auteza: Perdigo 15; boneza: Perdigo 15; cobezeza: Bernart de Rovenac 2; D. d. D. 31; falseza: Jacme Mote 1; fineza: Joan Est. 2; flaquesa: B. d. B. 31; franquesa: Guill. de Cab. 5; Joan Est. 2; Peirol 20; grineza: Peire Card. 25; guayeza (gaiesa): Joan Est. 2; Peirol 20; largueza: Bern. de Rov. 2; B. d. B. 31; Folq. Rom. 6; Peire Card. 25; lialeza: Jacme Mote 1; Peire Card. 25; maleza: Austorc 1; Jacme Mote 1; Peire Card. 8; § 32,3; nobleza: Bernart Arnaut; Jacme Mote 1; Joan Est. 2; pauresa: Peire Card. 2; pereza: Jacme Mote 1; proesa: B. d. B. 31; Folq. Rom. 6; Joan Est. 2; Peire Card. 8; Peirol 8; riquesa: B. d. B. 31; Joan Est. 2; Peire Card. 8; Peirol 20 (bis); sancteza: Peire Card. 25; simpleza: Peire Card. 25; vileza: Jacme Mote 1.

Part. praet.: -ensa: defeza: Bern. de Rov. 2; Guill. de Cabestg. 5; presa: Bernart Arnaut (a-); Bernart de Rovenac 2 (bis); B. d. B. 31, 31 (a-); Guigo 2 (a-); Guill. Augier 5; Guill. de Cabestg. 5, 5 (em-); Jacme Mote 1 (a-); lais non par (a-); Mönch 20 (a-); Peirol 4 (a-, em-), 15, 20 (a-, em-); Raimb. d'Aur. 39.

-ensam: esdefessa: Tomier 1; presa: Austorc d'Orlac 1 (bis); Bern. de Rovenac 2 (en-), 2; Guigo 2; Joan. Est. 2; Peire Card. 25 (em-), § 32,3 (per-); tensa: B. d. B. 31; Bern. de Rov. 2 (enteza).
-isa: quesa: Bern. de Rov. 2 (con-eza); B. d. B. 1; Guill. Augier 5; Peirol 4 (en-); Tomier 2 (con-eza).
-isam: quesa: B d. B. 31 (con-); Guill. de Cabstg. 5 (en-); Jacme Mote 1 (con-); Joan Est. 2 (con-eza); Peirol 4 (con-eza), 20 (con-); Raimb. d'Aur. 39 (-eza).
-issa: mesa: B. d. B. 1 (tra-); Bertr. Carb. 91a; Guill. de San Leidier (-essa, pro-essa, entre-essa); Jacme Mote 1; Peire Card. 8; Peirol 8 (-eza); Perdigo 15; Raimb. d'Aur. 39 (bis: -eza); Tomier 1 (pro-essa); 2 (entre-essa).
-issam: meza: Austorc d'Orlac 1; Bern. de Rovenac 2; B. d. B. 31; Folq. Rom. 6; Guill. Augier 5; Guill. de San Leid. 16 (-essa, esde-essa, tra-essa); Peirol 4, 15, 20; Tomier 1 (des-essa).

ésas (essas).

Hier liegt nur eine Reimreihe vor:
Peire Cardenal 27 (M. W. 2,203).
-ŏtias: pessas.
Part. praet.: -issas: messas, promessas.

est.

B. d. B. 3 (ed. Stimming); Guill. de San Gregori 4 (M. G. 109).
-estem: s. o. sgl. forest: B. d. B 3; rest: Guill. de San Gregori 4 (bis).
-estem: nom. propr. o. sgl. (?) Est: B. d. B. 3.
-estet: 3. sgl. prs. cj. desvest: B. d. B. 3; rest: B. d. B. 3; Guill. de San Gregori 4 (bis).
-estis: nom. pr. nom. sgl. (?) Susest: B. d. B. 3.
Part. praet.: -aésitum: conquest: B. d. B. 3; Guill. de San Gregori 4; enquest: B. d. B. 3.

Anmerkung.

Über die Qualität der Reimsilbe -est vergleiche die Erörterung unter -esta.

esta.

Arn. Dan. 17 (ed. Canello); B. d. B. 2 (ed. Stimming); Guill. Ademar 2 (Arch. 33,456); Peire Card. 45 (Chr.⁴, 172); Raim. Valada (Joyas, pg. 31).
-esta: s. n. sgl. festa: Arn. Dan. 17; tempesta: Peire Card. 45.
-esta: adj n. sgl. honesta: Guill. Ademar 2; presta: Raim. Valada.
-estam: s. o. sgl. festa: B. d. B. 2; Guill. Ademar 2; Peire Card. 45; gesta: Guill. Ademar 2; testa: Arn. Dan. 17; B. d. B. 2; Guill. Ademar 2 (sexies).
-estam: adj. o. sgl. honesta: Peire Card. 45.
-estat: 3. sgl. prs. i. amonesta: Arn. Dan. 17; B. d. B. 2; envesta: Arn. Dan. 17; entesta: Peire Card. 45; resta: Arn. Dan 17; B. d. B. 2; Peire Card. 45.
Part. praet.: -aésitam: questa: B. d. B. 2; Peire Card. 45; conquesta: Arn. Dan. 17; Guill. Adem. 2; Raim Val.; enquesta: Guill Adem. 2.
-éxītam: elesta: B. d. B. 2.

Anmerkung:

Die Endung -esta (desgl. -est) hat offene Aussprache (cf. Wiechmann a. a. O. pg. 28 ff.).

ich (ieg).

Participia enthält nur:
Guiraut del Olivier d'Arle 24 (B. D. p. 26),
und zwar nur zwei Participia unter sich gebunden, nämlich:
-iotum: *o. sgl.*: dich.
-iptum: *o. sgl.*: escrich.

icha.

Albert de Sestaro 11 (M. G. 782); Guir. de Born. 17 (M. G. 216); Raimon de Tors 2 (M. G. 323).
-ica: *adj. n. sgl.* richa: Alb. de Sest. 11; Guir. de Born. 17; Raimon de Tors 2.
-icam: *o. sgl.* amicha: Guir. de Born. 17.
-icat: *3. sgl. prs. i.* abricha: Guir. de Born. 17; aficha: Guir. de Born. 17; Raimon de Tors 2; picha: Guir. de Born. 17; tricha: Alb. de Sest. 11; Guir. de Born. 17; Raim. de Tors 2.
Part. praet.: -icta: dicha: Guir. de Born. 17; (?) africha: Guir. de Born. 17; Raim de Tors. 2.
-ictam: dicha: Alb. de Sest. 11; maladicha: Raim. de Tors 2.
-ipta: escricha: Alb. de Sest. 11.

ida.

Ademar 1 (Arch. 34,379); Alb. de Sest. 11 (M. G. 294); Arman e Bernart 1 (Arch. 32,414); Arn. Dan. 2 (ed. Canello), 12; Arn. de Marv. 22 (R. 3,207); Azalais de Porcareiguas (P. O. 27); Beatriz de Dia 4 (P. O. 57); Bern. de Vent. 23 (R. 3,91), 30 (Arch. 33,456), 38 (M. G. 123); Bert. Zorgi 8 (ed Levy); Bertr. Carb. 34d (B. D. p. 9), 37d (B. D. p. 19), 56d (B. D. p. 13), 92b (B. D. p. 21); Bischof von Clermont 3 (R. 5,125); Cadenet 12 (Arch. 34,172); Castelloza 3 (P. O. 248); Cercalmon 2 (M. G. 371); Daude de Pradas 4 (Arch. 33,464); El. de Barj. 2 (P. O. 96), 6 (R. L. 420); Folq. Lunel (Rom. ed. Eichelkraut pg. 26 ff.); Gausb. de Poicibot 8 (Arch. 34,396); na Gorm. de Monpesl. 5 (R. 4,319); Gui d'Uisel 12 (M. G. 569), 15 (M. G. 549); Guill. de Cabestg. 4 (ed. Hüffer); Guill. Fig. 2 (R. 4,309); Guill. Magret 2 (R. 3,419); Guir. de Born. 2 (M G. 187); Guir. de Cal. 1 (M G. 284), 5 (Diez, P. 357); Guir. del Oliv d'Arle 3 (B. D. p. 41), 32 (B. D. p. 39), 43 (B. D. p. 47); Guir. Riq. 7 (M.W. 4,15), 15 (M W. 4.92), 26 (M.W. 4,4), 36 (M.W. 4,241), 49 (M.W. 4,88), 50 (M.W. 4,83), 84 (M.W. 4,73); Helias de Solier (Joyas p. 148); Jacme Mote 2 (dern. troub. 26,1); Marcabrun 26 (M. G. 508), 36 (Arch. 33,339); Pastorela (Joyas p. 92); Peire Card. 10 (M. G. 760), 27 (M. W. 2,201); Peire Raim. de Tolosa 12 (M. G. 792); Peire Vidal 6 (ed. Bartsch 16), 42 (ed. Bartsch 43); Perdigo 13 (Arch 34,177); Raimb. de Vaq. 7 (P. O. 75), 9 (M G. 971); Raim. Escrivan 1 (B. Chr.⁴, 317); Raim. de las Salas 3 (Arch. 34,428); Raimon Valuda (Joyas p. 31); Rich. de Berb. 1 (B. Chr.⁴, 167); Rodrigo 1 (M. G. 322); Rost. Bereng. 3 (dern. troub. 10,4); Uc del Valat (Joyas p. 19); Uc de San Circ 18 (P. O. 162); 461,123 (B. D. p. 68), 200 (Arch 33,421).

-ita: *s. n. sgl.* crida: Daude de Pradas 4; Guir. Riq. 49; falbida: Peire Vid. 6; Uc de San Circ 18; gandida: Bertr. Carb. 34d, 56d; guida: Guir. Riq. 26, 36, 49, 84; Marcabrun 26; partida: Arn. Dan. 2; Guir. de Born. 2; retendida: Peire Raim. de Tol. 12; Peire Vidal 42; vida: Arn. Dan. 2; Bertr. Carb. 56d; na Gorm. de Monpesl. 5; Gui d'Uisel 12; Guill. Fig. 2; Guir. de Cal. 5; Peire Card. 10; Raimb. de Vaq. 9 (bis).

-**itam**: *s. o. sgl.* crida: Arn. Dan. 2; faillida: Ademar 1; Alb. de Sestaro 14; Arn. Dan. 2,12; Arman e Bernart 1; Azalais de Porc; Bertr. Carb. 37d (falhida); Cadenet 12; Castelloza 3; Elias de Barj. 2; Gausb. de Poic. 8; Folq. Lun. (Rom. [falh-]); na Gorm de Monpesl. 5 (falh-); Gui d'Uisel 12, 15; Guill. Magret 2 (falh-); Guill. Fig. 2 (fal-); Guir. del Oliv. d'Arle 43 (falh-); Raim. Esc. 1 (falh-); Raim. de las Salas 3 (ter); Rodrigo 1 (failh-); Uc de San Circ 18 (fall-); 461,200 (fall-); gandida: Castelloza 3; Gausb. de Poic 8; Guir. de Cal. 1; Guir. Riq. 7; Marcabrun 26; guida: Arman e Bernart 24; Azalais de Porc; Bischof von Clermont 3; Daude de Pradas 4; Gui d'Uisel 12; Guir. Riq. 49; Rodrigo 1; 461,123; vida: Alb. de Sest. 14 (bis); Arn. Dan. 2; Arn. de Marv. 22; Azalais de Porc.; -Beatritz de Dia 4; Bern. de Vent. 23, 30, 38; Bert. Zorgi 3; Cadenet 12 (bis); Castelloza 3; Daude de Pradas 4; El. de Barj. 2; Gausb. de Poic 8; Folq. Lunel (Rom.); Gui d'Uisel 15; Guill. Magret 2; Guir. de Born. 2; Guir. de Cal. 1; Guir. del Oliv. d'Arle 43; Guir. Riq. 7, 26, 36, 49, 84; Jacme Mote 2; Marcabrun 36; Pastorela (bis); Peire Card. 6,27; Peire Raim. de Tol. 12; Raim. Valada; Rich. de Berb. 1; Rost. Bereng. 3; Rodrigo 1; Uc de San Circ. 18; 461,123.200.

Part. praet.: -**ita**: abelida: Bert. Zorgi 3; Cadenet 12; Cercalm. 2; Guir. de Born. 2; Guir. Riq. 26, 49; Peire Vidal 6; Perdigo 13; Raimb. de Vaq. 9; Uc de San Circ. 18; avelida: Cercalmon 2; adzemplida: Folq. Lun. (Rom.); afortida: Folq. Lun. (Rom.); Guir. Riq. 49, 84; aizida: Arn. Dan. 2; Bern. de Vent. 23; Folq. Lun. (Rom.); Gausb. de Poic. 8; Guir. de Born. 2; Guir. de Cal. 1; Guir. Riq. 84; Rodrigo 1; 461,200; ardida: Rich. de Berb. 1; Rodrigo 1; aunida: Gausb. de Poic. 8; Guir. de Born. 2; Guir. Riq. 49; auzida: Cadenet 12; El. de Barj. 2; Hel. de Solier; Folq. Lun. (Rom.: ausida); na Gorm. de Monpesl. 5; Guir. Riq. 49; bastida: Bertr. Carb. 92b; brugida: Arn. Dan. 2; cauzida (chauzida): Arn. Dan. 2; Azalais de Porc.; Guill. de Cabstg. 4; Guir. de Born. 2; Guir. Riq. 7, 36; Peire Raim. de Tol. 12; Peire Vidal 6, 42; cobida: Bern. de Vent. 23; Guir. Riq. 36; complida: Alb. de Sest. 14; Arman e Bernart 1; Arn. de Marv. 22; Bertr. Carb. 37d; Daude de Pradas 4; Gui d'Uisel 12; Guill. Magret 2; Guir. Riq. 7, 49; Rich. de Berb. 1; Rodrigo 1; Rost. Bereng. 3; Uc del Valat; conquerida: Raim. de las Salas 3; cossentida: Marcabr. 36; delida: Cadenet 12; Folq. Lun. (Rom.); Gausb. de Poic 8; Guir. de Cal. 5; Perdigo 13; deschausida: Bern. de Vent. 23; Cercalm. 2; Hel. de Sol.; Gausb. de Poic. 8; Gui d'Uisel 15; descolorida: Arnaut e Bernart 1; descremida: Marcabrun 26; destruida: 461,123; encharnida: Raim. de las Salas 2; endormida; Rich. de Berb. 1; enfenida: Raim. Valada; enmalezida: El. de Barj. 2; enriquida: Castelloza 3; Uc de San Circ 18; esbaida: Azalais de Porc.; escafida: Arm. e Bernart 1 (eschafida); Bern. de Vent. 38; escarida: Arn. Dan. 2; El. de Barj. 2; Guir. de Cal. 1; Perdigo 13; Rich. de Berb. 1; escarnida: Guir. Riq. 49; espandida: Guill. de Cabstg. 4; faidida: Rodrigo 1; faillida: Bern. de Vent. 33 (fallida); Cadenet 12; Gui d'Uisel 12; Guill. de Cabstg. 4 (falhida); Guir. Riq. 26 (falhida), 36 (falhida), 84 (falhida); fenida: Guir. de Cal. 5; Uc de San Circ 18; ferida: Raim. Escr. 1; florida: Cadenet 12; forbandida: Marcabrun 36; fugida: Marcabrun 36; gandida: Guill. de Cabstg. 4; Guir. Riq. 49; garida: Gui d'Uisel 12; garnida: Guill. de Cabstg. 4; Marcabr. 36 (guarnida); Rost. Bereng. 3 (guarnida); grazida: Arman e Bernart 1; El. de Barj. 2, 6; Gui d'Uisel 12, 15; Guill. de Cabstg. 4; Guir. Riq. 7, 36, 49: Peire Vidal 6; Raimb. de Vaq. 9;

Rost. Bereng. 3; Uc de San Circ. 18; issernida: Alb. de Sest. 14 (eiss-); Arn. de Marv. 22; El. de Barj. 6 (yss-); Guill. Magret 2 (yss-); Guir. de Born. 2 (eiss-); Raimb. de Vaq. 7 (ess-), 9 (eyss-); Rost. Bereng. 3 (eiss-); issida: Bern. de Vent. 30; Folq. Lun. (Rom.); marrida: Azalais de Porc.; Bert. Zorgi 3 (marida); Castelloza 3 (marida); Daude de Pradas 4; Guir. Riq. 15 (marida); Raim. Escriv. 1; Raim. de las Salas 3; Rich. de Berb. 1; Uc de San Circ 18 (marida); obezida: Guir. Riq. 26; partida: Guir. Riq. 49; Marcabr. 26; Rich. de Berb. 1; Rogrigo 1; perida: Arn. Dan. 2; Folq. Lun. (Rom.); Guir. de Cal. 5; Guir. Riq. 7; Rodrigo 1; plevida: Marcabrun 26; polida: Guir. Riq. 84; repentida: Bertr. Carb. 92b; sallida: Bern. de Vent. 23; seguida: Guir. Riq. 84; servida: Bern. de Vent. 23; Guir. Riq. 15; 461,200; trahida: Beatritz de Dia 4; Bern. de Vent. 23; Perdigo 13; veillezida: Ademar 1.

-itam: aisida: Guir. del Oliv. d'Arle 82; Marcabrun 36 (aizida); aunida: Folq. Lun. (Rom.); auzida: Bern. de Vent. 23; Castelloza 3; na Gorm. de Monpesl. 5 (eyssauzida); Marcabr. 26, 36; bastida: Raimb. de Vaq. 9; Rodrigo 1; blandida: Raimb. de Vaq. 9; brugida: Arn. Daniel 2; chauzida: Ademar 1; Albert. de Sestaro 14, 14 (chausida); Arnaut Daniel 2 (causida); Arman e Bernart 1 (chausida); Bern. de Vent. 38 (chauzida); Elias de Barjols 6; Gui d'Uisel 12 (bis: chausida); Guiraut de Calenso 1 (chausida); Guiraut del Olivier d'Arle 82 (chausida); Joan Esteve de Beziers 5; Peire Cardenal 10; Raimbaut de Vaqueiras 9 (chausida); cobida: Arnaut Daniel 12; colorida: Bernart de Ventadorn 23; Peire Raimon de Tolosa 12; complida: Bertolomeo Zorgi 3; Bertran Carbonel 34d; Gui d'Uisel 15; Guiraut Riquier 36, 49; Peire Vidal 6, 42; Rodrigo 1; delida: Arnaut Daniel 2, 12; demezida: Folq. Lun. (Rom.); deschauzida: Folquet Lunel (Romans: descausida); Peire Cardenal 10; enantida: Peire Vidal 6; enbrugida: Guiraut Riquier 49; encobida: Albert de Sestaro 14; Arnaut Daniel 2; Arman e Bernart 1; Bernart de Ventadorn 80; Elias de Barjols 6; Raimon de las Salas 3 (encubida); enquerida: Raimon de las Salas 3; envazida: Marcabrun 26; escarida: Bern. de Ventadorn 23; Cercalmon 2; Gui d'Uisel 15; Guill. Figueira 2; Peire Vidal 6; 461,123; escharnida: Arman et Bernart 1; esclarzida: Marcabrun 26; esjauzida: Cercalmon 2; establida: Daude de Pradas 4; Folquet Lunel (Romans); estanipida: Raimbaut de Vaqueiras 9; fenida: Azalais de Porcareignas; Castelloza 3; Folquet Lunel (Romans); Marcabrun 26; Peire Raim. de Tolosa 12; Raimbaut de Vaqueiras 9; florida: Marcabrun 26; forbida: Marcabrun 36; Peire Raimon de Tolosa 12; garnida: Raimon Escrivan 1; Raimbaut de Vaqueiras 13 (guarnida); gequida: Elias de Barjols 2; Guiraut de Borneil 2 (giquida); grazida: Arnaut Daniel 2; Arman e Bernart 1; Cadenet 12; Guiraut de Calenso 5; Perdigo 13; Rodrigo 1; guerida: Gui d'Uisel 15; Raimon Escrivan 1; Uc de San Circ 18; impunida: Jacme Mote 2; issernida: Daude de Pradas 4; Perdigo 13; Raimon Escrivan 1; jauzida: Bernart de Ventadorn 23; Cadenet 12 (gauzida); Guiraut de Borneil 2; Guiraut del. Oliv. d'Arle 82 (gauzida); Marcabrun 26; marrida: Folquet Lunel (Romans); Peire Cardenal 27; obezida: Elias de Barjols 2; partida: Bernart de Ventadorn; perida: Rich. de Berbezil 1; plevida: Arnaut Daniel 12 Azalais de Porcareignas; Marcabrun 26; sazida: Marcabrun 36; servida; Arman e Bernart 1; Cadenet 12; Elias de Barjols 2, 6; Peire Vidal 42: Raimbaut de Vaqueiras 9; traida: Castelloza 3.

is.

Aim. de Peg. 18 (Arch. 34,165), 45 (M. G. 1171); Arnaut Daniel 16 (M. G. 427); Arnaut Donat (Joyas p. 22); Arnaut de Marv. 7 (M. G. 212), 7 (M. W. 1,162); B. de Born. 8 (ed. Stimm.), 19 (ed. Stimm.); Bertr. de Gordo 1 (Arch. 34,382); Bernart Arnaut (Joyas p 93); Bern. de Pradas 1 (B. D. 142); B. de Vent. 1 (M.W. 1,16), 37 (M.W. 1,22); Bonif. de Cast. 1 (R. 5,108); Bonif. Calvo 17 (M. G. 619); Cadenet 5 (M. G. 303); Cercalmon 4 (Arch. 34,435); Daude de Pradas 17 (Arch. 33,463); Eble d'Uisel 3 (R. 5, 139); Folquet de Mars. 12 (R. 3,155), 23 (M.W. 1,320); Formit de Perpignan (Milá 447); Folquet Romans (Comj. c"[c⸱41]); Gauc. Faid. 2 (Arch. 51,278), 9 (B. Chr.⁴ 145), 50 (M. G. 493), 57 (M. G. 100); Gavauda 10 (R. 4,85); Graf v. Rodes 2 (Arch. 34,185); Guir. de Born. 3 (M. G. 818), 13 (M.W. 1,184), 28 (Arch. 33,330), 54 (B. Chr.⁴ 104); Guiraudo lo Ros (M. G. 209); Guill. Adem. 7 (R. 4,327); Guill. de Berg. 14 (Kell. 14); Guill. de Cabstg. 6 (ed. Hüffer); Guill. Fig. 7 (R. 4,124); Guill. de Marv. 7 (M.W. 4,243); Guill. de la Tor 12 (M. G. 661); Jaufre Rud. 2 (ed. Stimm.); Mönch. 12 (ed. Philipps.); Peire d'Alv. 3 (M. G. 203), 13 (M. G. 232), 15 (P. O. 136); Peire Card. 10 (M. G. 760), 20 (M.W. 2,225), 41 (M.W. 2,187); Peire Milo 9 (M. G. 288); Peire Raim. de Toloza 10 (M.W. 1,141); Peire Rogier 3 (M.W. 1,118), 9 (M. W. 1,122); Peire Vidal 27 (ed. Bartsch 8), 33 (ed. Bartsch 42); Peirol 9 (M.W. 2,4); Perdigo 13 (Arch. 34,177); Ponz de la Garda 4 (P. O. 325); Raimb. d'Aur. 11 (M. G. 1032); Raimb. de Vaq. 11 (R. 4,184); Rambert de Bonarel (Arch. 33,450); Raim. Jordan 4 (P. O. 200); Raim. Mir. 9 (Arch. 51,151); Serveri 6 (Milá 380); Uc de la Bacalaria 3 (P. O. 375), 5 (R. 3,340); 461,232 [anon.] (Arch. 50,108).

-ēnos: *nom. pr. o. pl.* Sarazis: Folq. de Mars. 12; Gauc. Faid. 9; Gavauda 10; Guir. de Born. 28; Guiraudo lo Ros 3; Jaufre Rud. 2; Mönch 12; Peire d'Alv. 3.

-ensem: *s. o. sgl.* pais: B. de B. 19; Bern. Arnaut; Bern. de Vent. 37; Folq. de Mars. 12; Folq. Rom. (Comj.); Gauc. Faid. 2, 9, 50; Guir. de Born. 13,28; Guill. de Cabstg. 6, 8; Peire d'Alv. 3; Peire Vidal 27, 33; Peirol 9; Perdigo 13; Ponz de la Garda 4; Serveri 6.

-icem: *s. o. sgl.* razitz: Folq. de Mars. 23.

-ices: *s. pl.* perdis: Peire Card. 41.

-icos: *s. o. pl.* amis: Bon. Calvo 17; Guir. de Born 3; Mönch 12; Ponz de la Garda 4; enemis: Guill. de Cabstg. 6; Ramb. de Bonarel 6 (-ics).

-icum: *s. o. sgl.* amic: Arn. de Marv. 7.

-icus: *s. n. sgl.* amis: Arn. Dan. 16; Gauc. Faid. 50; Peire Vid. 27; Raimb. de Vaq. 11; Raim. Jord. 4; enemics: Guir. de Born. 13; — *nom. pr.*: Enris: B. de B. 8; Frederis: B. d. B. 8.

-il(i)os: *s. o. pl.* lis: Cadenet 5; Guill. de Cabstg. 8; Guir. de Born. 13; Uc de la Bac. 3.

-il(i)us: *adj. n. sgl.* lis: Gauc. Faid. 57; Guiraudo lo ros 3 (bis).

-inis: *adj. n. sgl.* aclis: Aim. de Peg. 45; B. de B. 8; Bern. de Vent. 37; Folq. de Mars. 12, 23; Formit de Perp.; Gauc. Faid. 2, 9; Gavauda 10; Graf v. Rodes 2; Guill. de Cabstg. 8; Guill. Fig. 7; Guill. de Marv. 7; Guill. de la Tor 12; Guir. de Born. 28; Mönch 12; Peire d'Alv. 15; Peire Milo 9; Peire Raim. de Tol. 10; Peire Vid. 27, 33; Peirol 9; Perdigo 13; Raimb. d'Aur. 11; Ramb. de Bonarel 6; Uc de la Bac. 5; fis (*s. n. sgl.*): B. de B. 8; Bern. de Vent. 1; Gauc. Faid. 9; Guill. Fig. 7; Guill. de Marv. 7; Peire Milo 9; Peire Vid. 33.

-inos: *s. o. pl.* albespis: Jaufre Rud. 2; bacis: Raimb. de Vaq. 11; barbaris: Bertr. de B. 8; Gavauda 10; camis: Gauc. Faid. 9; Jaufre Rud. 2; Peire d'Alv. 8; Peire Card. 20; cozis: Gavauda 10; esterlis: B. de B. 8; Mönch 12; Raimb. de Vaq. 11; jardis: B. d. B. 8; Gauc. Faid. 50; Guir. de Born. 13; Jaufre Rud. 2; matis: Bertr. de Gordo 1; Guir. de Born. 54; pelegris: Gauc. Faid. 9; Guill. Fig. 7; robis: Gauc. Faid. 57; uezis: Bern. de Vent. 1; Bonif. de Cast. 1; Gauc. Faid. 9; Guill. de Marv. 7; Guir. de Born. 28, 54; Mönch 12; P. d'Alv. 15; Peire Card. 20; Raimb. de Vaq. 11; Raim. Mir. 9. — *adj. o. pl.*: enclis: Gavauda 10; fis: Aim. de Peg. 45; Gauc. Faid. 9; Peirol 9; Raimb. d'Aur. 11; Raim. Mir. 9; Uc de la Bac. 3; latis: Cerc. 4; maris: Guir. de Born. 28; outramaris: Gavauda 10; mesquis: Peire Card. 20. — *nom. propr. o. pl.*: Angeuis: Bertr. de Gordo 1 (Anieuins); Gavauda 10; Cambrezis: Gavauda 10; Chanzis: B. de B. 8; Lemozis: B. de B. 19; Gauc. Faid. 9; Marabetis: Gavauda 10; Peire d'Alv. 13; Peitavis: Gauc. Faid. 9; Gavauda 10.

-inus: *s. n. sgl.* barbaris: Gavauda 10; camis: Gavauda 10; Guill. Fig. 7; Perdigo 13; cosis: Cadenet 5; P. d'Alv. 13; Peire Card. 27; frairins: Bertr. de Gordo 1; maitis: B. de B. 19; margis: Gauc. Faid. 50; pairis: Jaufre Rud. 2; pelegris: Guill. de Cabstg. 6; Jaufre Rud. 2; robis: Cadenet 5; tapis: Jaufre Rud. 2; vezis: Bertr. de Gordo 1 (vezins); Jaufre Rud. 2; P. d'Alv. 8; Peire Card. 27; Peire Rogier 3; Ponz de la Garda 4; vins: Bertr. de Gordo 1. — *adj. n. sgl.*: clis: B. de B. 8; Jaufre Rud. 2; enclis: Arn. Donat; fis: Arn. Donat; Arn. de Marv. 7 (bis), 9; B. de B. 8, 19; Bern. de Pradas 1; Bern. de Vent. 37; Bon. de Cast. 1; Cadenet 5; Gauc. Faid. 9 (bis); Gavauda 10; Graf von Rodes 2; Guill. de Marv. 7; Guill. de la Tor 12 (bis); Guir. de Born. 3, 28 (bis), 54; Jaufre Rud. 2 (bis); P. d'Alv. 3, 13; Peire Card. 41; Peire Rogier 3, 9; Peire Vid. 27, 33; Perdigo 13; Ponz de la Garda 4; Raimb. de Vaq. 11; Ramb. de Bonarel 6; Serveri 6; Uc de la Bac. 5; meschis: B. de B. 8; Gavauda 10; Guill. de Marv. 7. — *nom. pr. n. sgl.*: Amelis (?): Uc de la Bac. 3; Cembelis: B. de B. 19; Dalfis: Graf v. Rodes 2; Safadis: Gauc. Faid. 9; Saladis: Gauc. Faid. 9; Gavauda 10.

-isoit: *3. sgl. prs. i.* abelis: Arn. Dan. 16; Arn. de Marv. 9; Guill. de Berg. 14; Guill. de la Tor 12; P. d'Alv. 3, 15; Peire Raim. de Tolosa 10; Peirol 9; Perdigo 13; Ponz de la Garda 4; Raimb. de Vaq. 11; aborris: Peire Card. 41; acuillis: Daude de Pradas 17; Raim. Jordan 4 (bis); Guir. de Born. 54; adormis: Perdigo 13; adoussis: Peire Card. 41; afortis: Daude de Pradas 17; Guiraudo lo ros 3; Peire Raim. de Tol. 10; Perdigo 13; Raimb. de Vaq. 11; Raim. Mir. 9; Uc de la Bac. 5; agrezis: Peire d'Alv. 15; ais: Mönch 12; aizis: Gauc. Faid. 9; Peire Vid. 33; Raim. Mir. 9; amargis: Cercalm. 4; P. d'Alv. 3; brunezis: Cercalm. 4; P. d'Alv. 15; covertis: Cerc. 4; delis: Arn. de Marv. 9; esbais: Cerc. 4; esbaudis: Folq. de Mars. 12; escarnis: Cerc. 4; Guill. de Marv. 7; Peire Rogier 9; Raim. Mir. 9; enantis: P. d'Alv. 13; Guir. de Born. 54; enfoletis: Cerc. 4; enrequis: Peire Milo 9; Peirol 9; espandis: Raim. Jordan 4; Serveri 6; faillis: Aim. de Peg. 15; Guill. de Marv. 7; fenis: Guill. Fig. 7; floris: Guill. Fig. 7; P. d'Alv. 15; gandis: Aim. de Peg. 18; giquis: Graf v. Rodes 2; grazis: Aim. de Peg. 18 (des-); Folq. de Mars. 12; Graf v. Rodes 2; Guill. de la Tor 12; Guir. de Born. 13; Raim. Mir. 9; guarnis: Peire Card. 41; guuris: Peire Card. 20; gueris: P. d'Alv. 13; languis: Aim. de Peg. 18; Guill. de Marv. 7; Peire Vid. 27; Uc de la Bac 5; mentis: Mönch 12; noiris: Guill. Fiq. 7; Peirol 9; Raim. Mir. 9; pleuis: Guir. de Born. 54; relinquis: Folq. de Mars. 23; Peire Milo 9;

resplandis: Peire Card. 41; reverdezis: Arn. de Marv. 9; servis: Aim. de Peg. 18; sofris: Daude de Pradas 17; Folq. de Mars. 23; Peire Rogier 9; tentis: Guill. de Cabstg. 6; trais: Aim. de Peg. 18; Guir. de Born. 13; Peirol 9; Perdigo 13; Serveri 6.

-isco: *1. sgl. prs. i.* nbelis: Aim. de Peg. 18; Folq. de Mars. 12; Uc de la Bac. 5; aizis: Graf v. Rodes 2; enardis: Daude de Pradas 17; enriquis: P. d'Alv. 15; esbaudis: Arn. de Marv. 9; esbrois: Bern. de Vent. 1; foletis: Aim. de Peg. 18; fremis: Cerc. 4; garis: Cerc. 4; giquis: Folq. de Mars. 23; Peire Milo 9 (gequis); grazis: Gauc. Faid. 9; Mönch 12; Peirol 9; gueris: Guiraudo lo ros 3; jauzis: Cerc. 4 (es-); Graf v. Rodes 2; languis: Folq. de Mars. 23; Gauc. Faid. 9; Ponz de la Garda 4; Raim. Mir. 9; obezis: Folq. de Mars. 23; Graf v. Rodes 2; Mönch 12; ofris: Daude de Pradas 17; partis: Guill. de Cabsteg 6; pleuis: Daude de Pradas 17; Folq. de Mars. 12; servis: Guiraudo lo ros 3 (quater); Mönch 12; sofris: Bern. de Vent. 1; Raimb. d'Aur. 11; trais: Graf v. Rodes 2; tressaillis: P. d'Alv. 15.

-isem: *nom. pr. o. sgl.* Elis: Bern. de Vent. 1; Gauc. Faid. 9.

-isi: *1. sgl. prf. i.* aucis: Peire Rogier 3; conquis: Guiraudo lo ros 3; vis: Guill. de Cabstg. 6, 8.

-isii: *nom. pr. n. pl.* Paris: Mönch 12.

-isios: *nom. pr. o. pl.* Paris: Arn. Dan. 16; B. de B. 8; Bertr. de Gordo 1; Cadenet 5; Guir. de Born. 28; Uc de la Bac. 3.

-isit: *3. sgl. prf. i.* assis: Ramb. de Bonarel 6; aucis: Arn. de Marv. 9; Gauc. Faid. 2; P. d'Alv. 13; promis: Peire Milo 9; ris: Guir. de Born. 28; vis: Guiraudo lo ros 3; Peire Rogier 3; Raimb. de Vaq. 11.

-isium: *nom. pr. o. sgl.* Daunis: Gauc. Faid. 9; Raimb. de Vaq. 11; Paris: Gauc. Faid. 9.

-issem: *1. sgl. plusqu. cj.* aguis: Arn. de Marv. 7; auzis: Graf von Rodes 2; Peire d'Alv. 13; bastis: Peire Card. 10; chauzis: B. de B. 8; cissis: Guir. de Born. 54; endorzis: B. de B. 8; esbaudis: P. d'Alv. 3; esfredezis: P. d'Alv. 3; faillis: Graf v. Rodes 2; Guir. de Born. 13; garnis: Bertr. de Gordo 1 (es-); giquis: P. d'Alv. 3; grazis: Bertr. de Gordo 1; Raimb. d'Aur. 11 (grasis); gueris: Arn. de Marv. 9; mentis: B. de Vent. 1; partis: B. de Vent. 1; Guill. de la Tor 12; sentis: Arn. de Marv. 7; servis: Arn. de Marv. 9; sufris: Aim. de Peg. 45; Gauc. Faid. 2; vis: Folq. de Mars. 12 (bis); Gauc. Faid. 2; Guill. de Berg. 14; Ponz de la Garda 4; Uc de la Bac. 5.

-isset: *3. sgl. plusqu. cj.* abelis: Gauc. Faid. 9; Graf v. Rodes 2; adossis: Serveri 6; afortis: Bern. de Vent. 1; aucis: Bern. de Vent 1; Cerc. 4; Guill. de la Tor 12; auzis: Folq. de Mars. 12; Guir. de Born. 54; chauzis: Guill. de Berg. 14; cobris: Arn. de Marv. 9; coillis: Mönch 12; durmis: Guill. de Berg. 14; enquises: Graf v. Rodes 2; escarnis: Serveri 6; faillis: Guir. de Born. 54; fenis: Guill. de la Tor 12; garis: Guir. de Born. 24; grazis: Guill. Fig. 7; Guir. de Born. 54; gueris: Gnill. de Berg. 14; Guill. Fig. 7; jaucis: Graf von Rodas 2 (gaudis); Guill. de la Tor 12; Guir. de Born. 54 (es-); languis: Guill. de la Tor 12; maris: Guill. de la Tor 12; moris: Cerc. 4; Eble d'Uisel 3; Guill. de la Tor 12; noiris: Arn. Dan. 16; Guill. de Berg. 14; partis: Folq. de Mars. 23; peris: Guill. Fig. 7; prezis: Arn. de Marv. 7; seguis: Serveri 6; sentis: Guir. de Born. 54 (con-); sofris: Graf von Rodes 2; tenguis: Arn. de Marv. 7; trais: Bern. de Vent. 1; Raimb. d'Aur. 11; Raimb. de Vaq. 11; vestis: Arn. de Marv. 9 (des-); vis: Guill. de la Tor 12.

-īsus: *s. n. sgl.* paradis: Gauc. Faid. 9; Peire Milo 9; ris: Folq. de Mars. 12; Peire Card. 20; Ponz de la Garda 4; Raimb. d'Aur. 11; Ramb. de Bonarel 6; Uc de la Bac. 5; vis: B. de B. 19; Bern. de Vent. 1, 37; Peire Card. 41.

-isum: *s. o. sgl.* paradis: Arnaut Donat; Bern. de Vent. 37; Daude de Pradas 17; Gauc. Faid. 57; Guill. de Berg. 14 (bis); Guill. Fig. 7; Mönch 12; P. d'Alv. 13; Peire Card. 20; Peire Raim. de Tol. 10; Peire Vidal 27; Peirol 9; Raimb. d'Aur. 11; Raim. Jordan 4; Serveri 6; ris: B. de B. 19; Daude de Pradas 17; Guill. Adem. 7; Guill. de Marv. 7; Guill. de la Tor 12; Mönch 12; P. d'Alv. 3, 13, 15; Peire Milo 9; Peire Rogier 3; Peirol 9; vis: B. de B. 19; Cadenet 5; Gauc. Faid. 57; Guill. de Marv. 7; P. d'Alv. 13; Ponz de la Garda 4; Serveri 6.

-isti: *2. s. sgl. prf. i.* fezis: Mönch 12; uengis: Mönch 12.

-ities: *adj. o. pl.* querentis: Peire Card. 20.

-itium: *adj. o. sgl.* faitis: Peire Card. 10; fenhtis: Peire Card. 20.

-itius: *adj. n. sgl.* faitis: Peire Card. 41.

-ixi: *1. sgl. prf. i.* dis: Graf v. Rodes 2; Guir. de Born. 28; Peire Rogier 9.

-ixit: *3. sgl. prf. i.* benedis: Gauc. Faid. 9; dis: Arn. de Marv. 7; Bern. de Vent 37; Folq. de Mars. 23; Peire Milo 9 (contra-); Peirol 9; Uc de la Bac. 3.

-yssum: *s. o. sgl.* abis: Peire Card. 41.

Part. praet.: -ensos: apris: Cadenet 5.

-ensum: pris: Bonif. Calvo 17 (en-); Gauc. Faid. 57 (sor-).

-isos: devis: Raim. Mir. 9.

*-īsos: assis: Guir. de Born. 54; Peire Card. 41; conquis: Cadenet 5.

-isum: aucis: Guill. de Cabstg. 6; Peire Vidal 33; devis: Bern. de Vent. 1; Folq. de Mars. 23; Guir. de Born. 13; Peire Rogier 3; Ponz de la Garda 4; Raim. Jordan 4; Uc de la Bac. 5; ris: B. de B. 8; vis: Bern. de Vent. 1; Bonif. de Cast. 1; Bonif. Calvo 17 (a-); Folq. de Marv. 23; Gauc. Faid. 57; Graf v. Rodes 2 (a-); Guill. Adem. 7; Guill. de Berg. 14; Guill. Fig. 7; Guill. de la Tor 12; Guir. de Born. 28, 54; Mönch 12; Peire Milo 9; Ponz de la Garda 4; Raimb. d'Aur. 11; Ramb. de Bonarel 6 (bis); Raim. Jord. 4; Serveri 6.

*-isum: assis: Arn. de Marv. 9; B. de B. 19; Bern. de Vent. 37; Cadenet 5; Folq. de Mars. 23; Peire Rogier 9; Peire Vidal 33; Perdigo 13; Raimb. d'Aur. 11; quis: Folq. de Mars. 23; Guir. de Born. 3; Guiraudo lo ros 3; conquis: Aim. de Peg. 45; Bern. de Pradas 1; Bern. de Vent. 1, 37; Cadenet 5; Cerc. 4; Daude de Pradas 17; Folq. de Mars. 23; Gauc. Faid. 2, 9, 57; Graf v. Rodes 2; Guill. de Marv. 7; Guir. de Born. 13, 28; P. d'Alv. 3, 15; Peire Milo 9; Peire Rogier 3; Peire Vidal 33 (bis); Peirol 9; Perdigo 18; Uc de la Bac. 5; enquis: Raim. Mir. 9; requis: Gauc. Faid. 50; mis: Guill. de Berg. 14; Peire Milo 9; Peire Vidal 27; Uc de la Bac. 5.

-īsus: aucis: Aim. de Peg. 18; Gauc. Faid. 9; devis: Arn. de Marv. 7; B. de B. 8; Cercalm. 4; Graf v. Rodes 2; Guill. de Berg. 14; Jaufre Rud. 2; P. d'Alv. 15; Peire Rogier 9; Peire Vidal 33; Raimb. d'Aur. 11; vis: B. de B. 19.

*-īsus: assis: Arnaut Donat; Arn. de Marv. 7; Bertr. de Gordo 1; Formit de Perpignan; Gauc. Faid. 9, 57; Gavauda 10; Guir. de Born. 13; Peire d'Alv. 13, 15; Peire Card. 10; Raimb. de Vaq. 11; Raim. Jordan 4; conquis: Eble d'Uisel 3; Folq. de Mars. 12; Gauc. Faid. 9; Guiraudo lo ros 3; P. d'Alv. 13; Ponz de la Garda 4; Raimb. d'Aur. 11.

isa (iza).

Arn. de Marv. 24 (M.W. 1,166); Bereng. de Peizreng. (Arch. 34,414); Bern. de Vent. 44 (M.W. 1,23); Guill. Aug. 4 (B. Chr.⁴,71); Guir. del Oliv. d'Arle 59 (B. D. pg. 46); Matheus e Bertran (Arch. 34,415); Marcabr. 11 M. G. 221), 18 (Arch. 33,336); Peire d'Alv. 12 (M. G. 231); Peire Vidal 3 (ed. Bartsch 21), 14 (Bartsch 41); Peirol 8 (M. W. 2,34); Sordel 27; Uc del Valat (Joyas pg. 16—19); 461,90 (Arch. 35,110), 155 (Arch. 35,109).

-ioiat: *3. sgl. prs. c.* esraisa: Bern. de Vent. 44.
-idat: *3. sgl. prs. c.* fiza: Uc del Valat.
-isa: *nom. pr. n. sgl.* Piza: Peire d'Alv. 12.
-isam: *s. o. sgl.* deviza: Bern. de Vent. 44; Marcabr. 18; P. d'Alv. 12; guiza: Arn. de Marv. 24; Bern. de Vent. 44 (guisa); Guill. Aug. 4; Guir. del Oliv. d'Arle 59; Matheus e Bertran; Marcabr. 11 (bis), 18; P. d'Alv. 12; Peire Vid. 3 (sexies), 14; Peirol 18; 461,90.155. — *nom. pr. o. sgl.:* Piza: Marcabrun 11; Peire Vidal 14.
-isat: *3. sgl. prs. i.* briza: Arn. de Marv. 24; Matheus e Bertran (brisza); Marcabr. 11, 18; Peire Vid. 3, 14; deviza: Guill. Aug. 4.
-is(i)a: *s. n. sgl.* camisa: Peire Vidal 14.
-is(i)am: *s. o. sgl.* camisa: Bereng. de Peizreng.; Bern. de Vent. 44; Guill. Augier 4; Marcabrun 11 (bis). — *nom. pr. o. sgl.:* Frisa: Bern. de Vent. 44; Marcabr. 11; Peire Vid. 14; Peirol 18.
-yss(e)am: *s. o. sgl.* biza: Bern. de Vent. 44; Marcabrun 11; Peire d'Alv. 12.

Part. praet.: -ensa: apriza: Guill. Aug. 4; Marcabr. 18.
-ensam: priza: Peire Vidal 3; apriza: Peire Vidal 3.
-isa: anciza: Peire d'Alv. 12; deviza: Arn. de Marv. 24; Guill. Augier 4; Guir. del Oliv. d'Arle 59; Marcabrun 11; viza: Arn. de Marv. 24; Marcabrun 11.
-īsam: devisa: Uc del Valat; visa: Bereng. de Peizreng.; Marcabrun 11 (re-).
*-īsa: assiza: Arn. de Marv. 24; Guill. Aug. 4; Peirol 18; conquisa: Matheus e Bertran; Peire Vidal 14; enquiza: Peire Vidal 14.
*-īsam: assisa: Marcabr. 11; Peire Vid. 3; Uc del Valat; 461,90; conquisa: Bereng. de Peizreng.; Guill. Augier 4; Marcabrun 11; Peire d'Alv. 12; Peire Vid. 3; 461,155; enquisa: Bereng. de Peizreng.; Peire Vid. 3,14; miza: Guill. Augier 4; Peirol 18; quisa: Matheus e Bertran.

ist.

Guill. de Biarn. 1 (R. 5,187); Guir. de Born. 44 (P. O. 127), 49 (M. G. 859); Lais Marbusl. 47/48 (Ztschr. 1,62); Raimb. d'Aur. 3 (M. G. 630), 10 (M. G. 320).

-extum: *num. o. sgl.* sist: Guir. de Born. 49.
-isset: *3. sgl. prs. plusq. ej.* aguist: Raimb. d'Aur. 10; prezist: Guir. de Born. 49; volguist: Guir. de Born. 49.
-istem: *adj. o. sgl.* trist: Guir. de Born. 44, 49; Raimb. d'Aur. 10.
-istum: *nom. pr. o. sgl.* Crist: Guir. de Born. 44, 49; Raimb. d'Aur. 10.
Part. praet.: *-īsitum: conquist: Guill. de Biarn 1; Raimb. d'Aur. 10; enquist: Guir. de Born. 44; quist: Guir. de Born. 49; [Lais Marbusl.;] Raimb. d'Aur. 3, 10 (bis); vist: Guill. de Biarn 1; Guir. de Born. 44, 49; [Lais Marbusl.;] Raimb. d'Aur. 3.

Anmerkung.

Die Lais Marbusl. zeigen ein Reimpaar auf *-ist*, in welchem zwei Participia *(vist, quist)* mit einander gebunden sind. Dieselben können also keine beweisende Kraft haben. Wie wir aber aus obiger Untersuchung ersehen, sind diese beiden Formen durch die betreffenden Reimreihen bei anderen Dichtern zur Genüge sicher gestellt.

ista.

Bertr. Carb. 86e (B. D. pg. 12); Guir. del Oliv. d'Arle 76 (B. D. pg. 42); Peire Vidal 42 (ed. Bartsch, 43); Pons de Prinhac (Joyas p. 11); Peire Cardenal 27 (M.W. 2,204).

-istam: *s. o. sgl.* legista: Peire Cardenal 27[1]); lista: Bertr. Carb. 86 e[2]).
-istam: *adj. o. sgl.* trista: Peire Card. 27; Pons de Prinhac.
Part. praet.: *-isitam: conquista: Guir. del Oliv. d'Arle 76; Peire Vidal 42; quista: Peire Vidal 42; vista: Bertr. Carb. 86e; Guir. del Oliv. d'Arle 76; Peire Card 27; Peire Vid. 42; Pons de Prinhac.

Anmerkungen.

1) Diese Reihe ist im Donat nicht aufgeführt, desgleichen *ist*.

2) *legista* scheint eine Weiterbildung von *legem* zu sein in der Bedeutung: »Gesetzeskundiger«. Die betreffende Stelle bei Peire Card. 27 lautet: »Aus tu que te fas legista | E tols l'antruy dreg a vista | Al partir n'er t'arma trista«. Im Übrigen findet es sich weder bei Diez, noch bei Raynouard.

3) *lista* = ahd. *lista* (schw. fem.) = Leiste; dann der Streifen, der streifenartige Saum, die Borte. Die letzte Bedeutung passt ganz genau zu unserer Stelle: »Cant es als obs sa valor vista | Ben val mais per drap per lista«.

it.

Ademar lo negre 4 (P. O. 359); Daude de Pradas 13 (Arch. 38,462); Folquet de Mars. 5 (Arch. 36,427); Guill. de Berg. 3 (Jahrbuch 8,126); Guill. de San Leidier 8 (M.W. 2,55); Guir. de Cal. 5 (Diez, Poesie 357); Guir. del. Oliv. d'Arle 23 (B. D. pg. 33); Joan Est. de Beziers 5 (Azaïs pg. 97); Pastorella (Joyas pg. 89 ff.); Paulet de Mars 6 (M.G. 514); Peire Card. 42 (M. G. 941), 63 (M.W. 2,198), § 32,3 (B. Chr.[4] 175); Peire Vidal 7 (ed. Bartsch 45); Peirol 29 (M.W. 2,6); Raim. Mir. 16 (Arch. 34,184).

-īdi: *1. sgl. pf. i.* vit: Peirol 27.
*-īdum: *nom. pr. o. sgl.* David: Peirol 29.
-ītet: *3. sgl. prs. cj.* oblit: Guir. del Oliv. d'Arle 23.
-iti: *n. pr. n. sgl.* Arabit: Peirol 29.
-īto: *1. sgl. prs. i.* crit: Guir. de Cal. 5; envit: Raim. Mir. 16; oblit: Daude de Pradas 13.
-ītum: *s. o. sgl.* crit: Daude de Pradas 13; Pastorela; Peire Vid. 7; estrit: Folq. de Mars. 5; guit: Daude de Pradas 13; Folq. de Mars. 5; Peirol 29; samit: Peire Card. 42.
-ītum: *adj. o. sgl.* aibit: Paulet de Mars. 6; envit: Daude de Pradas 13; petit: Daude de Pradas 13; Folq. de Mars. 5; Guill. de San Leid. 8; Guir. de Cal. 5; Peirol 29.
-īvit: *3. sgl. pf. i.* abelit: Peire Vid. 7; Peirol 29; aculhit: Peirol 29; assalhit: Peirol 29; falhit: Peirol 29; noirit: Peire Vid. 7.
Part. praet.: -ectum: descoffit: Pastorela.
-īti: aunit: Paulet de Mars. 6; bastit: Paulet de Mars. 6; complit: Peire Vidal 7; covit: Peire Vidal 7; enrequit: Paulet de Mars. 6; escroisit: Paulet de Mars. 6; faidit: Paulet de Mars. 6; grazit: Paulet de Mars. 6; issernit: Daude de Pradas 3 (essernit); Paulet de Mars. 6 (eissernit); Raim. Mir. 16; issit: Paulet de Mars. 6; obezit: Paulet de Mars. 6; oblit: Paulet de Mars. 6.

-ītum: afreulit: Folq. de Mars. 5; alegrezit: Peire Vid. 7; ardit: Folq. de Mars. 5; Guill. de Berg. 3; auzit: Guill. del Oliv. d'Arle 23; Peire Vid. 7; bastit: Guill. de Berg. 3; chausit: Arman e Bernart 1; Folq. de Mars. 5; Joan Est. 5; Peire Vid. 7; cobit: Daude de Prad. 13; complit: Daude de Prad. 13; delit: Guill. de Berg. 3; dormit: Peire Card. § 32, 3; enriquit: Peire Vid. 7; esbaudit: Paulet de Mars. 6; falhit: Peire Vid. 7; ferit: Ademar lo negre 4; florit: Ademar lo negre 4; gurit: Guill. de Berg. 3; giquit: Peire Card. § 32,3; grazit: Daude de Prad. 13; Guill. de San Leid. 8; Pastorela; Peire Vid. 7; guerit: Paulet de Mars. 6; languit: Guir. de Cal. 5; marrit: Paulet de Mars. 6; Raim. Mir. 16; mentit: Guill. de San Leid. 8; merit: Folq. de Mars. 5; oblit: Folq. de Mars. 5; Peirol 29; partit: Ademar lo negre 4; Daude de Pradas 13; Folq. de Mars. 5; Peire Vid. 7; Peirol 29; saisit: Ademar lo negre 4; Folq. de Mars. 5 (sazit); secorrit: Pastorela; servit: Ademar lo negre 4; Peirol 29; trahit: Daud. de Prad. 13; vestit: Peire Card. 42, 63; yssernit: Guill. de San Leid. 8.

itz.

Aim. de Bel. 4 (M. G. 10); Aim. de Peg. 22 (M.W. 2,159), 34 (P. O. 171), 45 (M. G. 171); Arn. Dan. 8 (ed. Canello); Arn. de Marv. 1 (M.W. 1,156); Bereng. de Poivent (Arch. 34,414); Bernart 4 (Arch. 34,380); Bern. de Rovenac 3 (R. 4,203); Bern. de Vent. 33 (M.W. 1,21), 40 (M. G. 1439); B. de B. 32 (ed. Stimm.), 38 (ed. Stimm.); Bertr. Carb. 30c (B. D. pg. 16), 37c (B. D. pg. 19), 56c (B. D. pg. 13), 71h (B. D. pg. 11), 86c (B. D. pg. 12); Bert. Zorgi 7 (ed. Levy); Bonif. Calvo 4 (P. O. 206); Cadenet 17 (M. G. 75); Castelloza 3 (P. O. 248); Dalfi d'Alv. 6 (Arch. 32, 409); Daude de Pradas 4 (Arch. 33, 464); Folq. Lunel (Rom. 128 - 213: ed. Eichelkraut pg. 26); Folq. Romans 10 (R. L. 488); Gauc. Faid. 9 (B. Chr.⁴ 145), 43 (Arch. 33, 451), 45 (Arch. 51, 279), 54 (Arch. 33, 454); na Gorm. de Monpesl. 1 (R. 4,319); Gui 1 (Arch. 35, 101); Gui d'Uisel 8 (R. 3,379); Guill. 9,7 (ed. Keller); Guill. Anel. 3 (Giai pg. 38); Guill. de Berg. § 29,7 (Jahrbuch 6,238); Guill. de Cabestg. 8 (ed. Hüffer); Guill. de Fig. 2 (R. 4,309); Guill. d'Ieiras 1 (M. G. 7); Guill. Magret 6 (R. 5,201); Guill. de Mur. 2 (Milá 359); Guill. de San Leidier 8 (M.W. 2,55), 14 (M.W. 2,49); Guill. de la Tor 2 (M. G. 650); Guir de Born. 15 (Arch. 34, 399), 23 (M. G. 824), 24 (L. R. 393), 33 (M. G. 836), 46 (M.W. 1,206), 50 (Arch. 33, 305), 55 (M.W. 1,201), 59 (B. Chr.⁴ 106); Guir. de Cal. 6 (R. 4,65), 7 (R. 3,388); Guir. del. Oliv. d'Arle 33 (B. D. pg. 42), 72 (B. D. pg. 32); Guir. Riq. (M. W. 4,252), 6 (M.W. 4,2), 14 (M.W. 4,236), 23 (M.W. 4,22), 33 (M.W. 4,32), 45 (M.W. 4,67), 68 (M.W. 4,46), 73 (M.W. 4,100), 79 (M.W. 4,50); Jaufre Rudel 1 (ed. Stimm.), 4 (ed. Stimm.); Joan Est. 8 (Azaïs 110); Lanfranc Cigala 18 (M. G. 714); Marcabrun 19 (Arch. 33,337); Mönch von Montaudon 7 (ed. Philippson), 10 (ed. Philippson); Oliv. del Temple (Milá 366); Paulet de Mars. 7 (R. 4,74); Peire d'Alv. 11 (M.W. 1,94), 16 (M.W. 1,100), 21 (M.G. 1022); Peire Card. 38 (Arch. 84, 201); Peire Milo 4; Peire Raim. de Tol. 14 (M. G. 942), 17 (R. 5,326); Peire Rogier 2 (ed. Appel); Peire Vidal 17 (ed. Bartsch); Raimb. d'Aur. 2 (Arch. 33, 434); Raimb. de Vaq. 19 (R. 4,427), 24 (P. O. 81), 28 (Arch. 35, 415), 32 (B. Chr.⁴ 130); Raim. Bistortz de Rusillon 1 (R. 5,369); Raim. Gauc. 1 (Azaïs pg. 34); Raim. Menudet (M. G. 153); Raim. Mir. 22 (M. G. 1105), 39 (M. G. 1114); Raim. de las Salas 2 (LB 101); Rahmenz Bistortz d'Arle 1; Sordel 2 (M. G. 1262); Uc de la Bacalaria 1 (R. 4,30); Uc de San Circ. 27 (Arch. 34, 409); 461 (anon.): 10, 68, 123, 179, 223, 226, 248, 250.

-icem: *s. o. sgl.* abetairitz: Raim. Mir. 22; amairitz: Bert. Zorgi 7; camiairitz: Castelloza 3; Guir. de Born. 33; cervitz: Guir. de Born. 23; Raimb. d'Aur. 21; emperairitz: B. de B. 32; Guir. Riq. 6; Raim. Gauc. 1; engannairitz: Cadenet 17; Folq. Lun. (Rom.); Gauc. Faid. 43, 54; Guill. Fig. 2; Raimb. de Vaq. 28; jutjairitz: Bert. Zorgi 7; peccairitz: Folq. Lunel (Rom.); Raim. Menudet; razitz: Aim. de Peg. 34; Bern. de Vent. 40; Bertr. Carb. 37 c; Gauc Faid. 9; Guir. d'Uisel 8; Guill. Anel. 2; Guill. Fig. 2; Guill. de San Leidier 14 (raiz); Guir. de Born. 6, 24; Guir Riq. 6; Jaufre Rud. 4 (raitz); Marcabrun 19; Mönch 7; Paulet de Mars 7 (bis); Peire Rogier 2; Peire Vidal 17; Raimb. d'Aur. 21 (raziz); Raim. Menudet; Sordel 2; 461, 226; soritz: Guill. IX, 7; Marcabrun 19; trichairitz: Guill. Fig. 2.

-icem: *nom. pr. o. sgl.*: Biatritz: Aim. de Peg. 22, 45 (Beatritz); Raimb. de Vaq. 32; Felitz: Uc de la Bac. 1.

-ices: *s. o. pl.* amairitz: Castelloza 8; berbitz: Guill. Fig. 2; Guir. de Born. 55; ensenhairitz: Jaufre Rudel 4; perditz: Folq. Lun. (Rom.); razitz: Guir. Riq. 45; trichairitz: Bereng. de Poivent; Folq. Lun. (Rom.); Peire Vidal 17.

-iciem: *s. o. sgl.* pernitz: Peire Rogier 2.

-icit: *3. sgl. prs. i.* ditz: Aim. de Peg. 34 (contra-), 45; Bern. de Bevenac 3 (contra-); Bern. de Vent. 40, 40 (escon-): Bertr. Carb. 86 c; Bert. Zorgi 7, 7 (contra-); Cadenet 17, 17 (es-); Daude de Pradas 4; Gauc. Faid. 45; na Gorm de Monpesl. 1; Guill. IX, 7; Guill. Anel. 3 (ter); Guill. de Berg. § 29, 7; Guir. de Born. 6, 15, 24, 50; Guir. Riq. 14, 45, 68; Jaufre Rudel 1 (des-), 4; Marcabr. 19; Mönch 7; Peire Vidal 17; Raimb. d'Aur. 21; Raimb. de Vaq. 28, 32; Raim. Mir. 22, 39; Sordel 2; Uc de la Bac. 1 (escon-); Uc de San Circ 27; 461 (anon.), 188, 250.

-idos: *adj. o. pl.* fitz: Bern. de Vent. 40.

-idus: *adj. n. sgl.* fitz: Marcabrun 19.

-idus: *nom. pr. n. sgl.* Davidz: Guir. de Born. 15.

-iscit: *3. sgl. prs. i.* abellitz: Gauc. Faid. 45; afortitz: Guir. de Born. 6.

-istes: *adj. o. pl.* tritz: Gauc. Faid. 9.

-istis: *adj. n. sgl.* tristz: Gauc. Faid. 45.

-istis: *2. pl. pf. i.* vitz: Gauc. Faid. 45 (bis); Guir. de Born. 6, 24.

-istus: *nom. pr.* Critz: Gauc. Faid. 9, 9 (Ante-).

-itis: *2. pl. prs. i.* abelitz: Castelloza 3; auzitz: Guir. de Born. 55; Raim. Gauc. 1; Guir. de Born. 6 (ausitz); chauzitz: Uc de la Bac. 1; mentitz: Guir. de Born. 33; partitz: Bereng. de Poivent; Castelloza 3; plevitz: Castelloza 3; Guir. de Born. 59; segitz: Bereng. de Poivent; yssernitz: Guir. Riq. 33.

-itos: *adj. o. pl.* petitz: Bertr. Carb. 86 c; Guir. de Born. 6, 46, 55; Jaufre Rudel 4; Peire Raim. de Tol. 14.

-itos: *s. o. pl.* critz: Arn. Dan. 8; Bern. de Vent. 40; Dalfi d'Alv. 6; Guill. Anel. 3; Guill. de San Leidier 8; Guir. de Born. 6 (es-), 55; Guir. de Cal. 6; Jaufre Rudel 4; Mönch 10; Oliv. del Temple (es-); esperitz: Bern. de Vent. 40; Folq. Lun. (Rom.); na Gorm. de Monpesl. 1; guitz: Guir. de Cal. 7 (bis); vitz: B. de B. 38.

-ites: *nom. pr. o. pl.* Arabitz: Guir. de Born. 6; Guir. de Cal. 6; Raimb. de Vaq. 24.

-itus: *adj. n. sgl.* aibitz: Sordel 2; convitz: Guir. de Born. 46; envoitz: Bern. de Vent. 40; Folq. Lun. (Rom.); Guir. de Born. 15; petitz: Bern. de Vent. 33; Gui d'Uisel 8; Guir. de Born. 15, 33, 46, 55; Guir. de Cal. 7; Peire Raim. de Tol. 17; Raimb. d'Aur. 21; Raim. Mir. 22.

-ítus: *s. n. sgl.* critz: Bon. Calvo 4; Gauc. Faid. 9, 33, 45; Guir. de Born. 6, 15 (criz), 24, 46; Marcabrun 19; Peire Card. 38, 38 (es-); Peire Raim. de Tol. 14 (bis); Raimb. d'Aur. 21; esperitz: Bern. de Vent. 33; Daude de Pradas 4; Guuc. Faid. 9, 45; Guill. Fig. 2; Guill. de San Leidier 8; Guir. de Born. 6, 24; Guir. de Cal. 7; Guir. Riq. 45, 73; Jaufre Rudel 4; Paulet de Mars. 7; Oliv. del Temple; Peire d'Alv. 21; Peire Card. 38; Peire Raim. de Tol. 14; Peire Rogier 2; Peire Vid. 17; Raim. Mir. 22; Sordel 2; Uc de San Circ 27; guitz: Arn. de Marv. 1; Dulfi d'Alv. 6 (guiz); Daude de Pradas 4; Gauc. Faid. 9, 43, 45; na Gorm de Monpesl. 1; Guill. Anel. 3; Guill. Fig. 2; Guill. de Marv. 2; Guill. de la Tor 2; Guir. de Born. 6, 15, 23 (gitz), 24, 33, 46, 55; Guir. de Cal. 6; Guir. Riq. 6,23 (bis), 14 (bis), 33, 45, 68, 73, 79 (bis); Joan. Est. 8; Marcabrun 19; Mönch 7; Paulet de Mars. 7; Peire d'Alv. 21; Peire Vid. 17; Raim. Gauc. 1; Raim. Mir. 22, 39; Sordel 2; 461 (anon.), 123, 266.

-itus: *nom. pr. n. sgl.* Castrasoritz: B. de B. 32; Ramitz: B. de B. 32; Rozitz: P. d'Alv. 11.

Part. praet.: -ectos: desconfitz: Oliv. del Temple.
-ectus: desconfitz: Raimb. de Vaq. 32; escofitz: Raim. Gauc. 1; eslitz: Guir. de Born. 23.
-ictos: ditz: Aim. de Bel. 4; Bern. de Rovenac 3; Bern. de Vent. 33 (digz); Bertr. Carb. 30 c (bis); Guill. d'Ieiras 1 (digz); Guir. Riq. 33, 79; Joan Est. 8 (mal-); Peire Card. 38; Raimb. de Vaq. 19 (digz), 24; Raim. Bistort. de Russ. 1; Raim. Menudet; Sordel 2; 461 (anon.), 68, 123, 223.
-ictus: ditz: Folq. Lun. (Rom.: mal-); Guill. de San Leidier 14; Jaufre 1 (digz); Paulet de Mars. 7; Peire Raim. de Tol. 14.
-itos: acoillitz: Guir. de Born 55; adormitz: Raim. Gauc. 1; afeblitz: Aim. de Bel. 4; afortitz: Bert. Zorgi 7; Gauc. Faid. 9, 43; Raim. Gauc. 1; aizitz: Folq. Lun. (Rom.); Guir. Riq. 79; Jaufre Rudel 4; arditz: Bertr. Carb. 86 c; Gauc. Faid. 9; Guir. de Born. 55; Guir. Riq. 33, 55; auzitz: Aim. de Peg. 34; Guill. de San Leidier 8; Guir. Riq. 55; blezitz: Folq. Lun. (Rom.); chauzitz: Aim. de Bel. 4; Arn. Dan. 8 (des-); B. de B. 38; Castelloza 3 (causitz); Folq. Lun. (Rom.: descausitz); Gauc. Faid. 9; Guill. de Marv. 2 (descausitz); Guir. de Born. 23 (des-); Guir. Riq. 33; Jaufre 1; Peire Card. 38 (des-); Peire Vidal 17; complitz: Gauc. Faid. 9, 48; Guill. de Berg. § 29,7; Guir. Riq. 14, 23; Raimb. de Vaq. 18; conquitz: Gauc. Faid. 54; convertitz: Guir. Riq. 73; delitz: Bernart 4; Guill. d'Ieiras 1; Oliv. del Temple; elegitz: Guir. Riq. 73; enbronquitz: Guir. de Born. 33; endormitz: Gauc. Faid. 9; endurzitz: Raimb. d'Aur. 21; enfoletitz: Folq. Lun. (Rom.); enrequitz: Bernart 4; Gui 1; Guir. de Born. 6; Jaufre Rud. 4; escaritz: Jaufre Rud. 4; escarnitz: Folq. Lun. (Rom.); Gauc. Faid. 9; Guill. de San Leidier 14; Guir. de Born. 55; Peire Vid. 17; Raim. Menudet; esclarzitz: Folq. Lun. (Rom.); esmaitz: Marcabrun 19; establitz: Peire Vid. 17; faiditz: Mönch 7; Raimb. de Vaq. 24; feritz: Guir. de Born. 55; floritz: Bon. Calvo 9; Peire Raim. de Tol. 14; foillitz: Guir. de Born. 55; Raim. Mir. 39; forbitz: Guill. Anel. 3; fornitz: Guir. de Born. 55; froncitz: Bereng. de Poivent.; Peire Rogier 2; frunitz: Guir. de Born. 24; ganditz: Guir. Riq. 73; garnitz: B. de B. 38; Daude de Pradas 4; Guir. de Born. 55; Oliv. del Temple; Raimb. de Vaq. 24; Raim. Gauc. 1; giquitz: B. de B. 32; Gauc. Faid. 9; Raimb. de Vaq. 24; Raim. Gauc. 1; grazitz: Aim. de Peg. 34; Daude de Pradas 4; Folq. Lun. (Rom.); Gauc. Faid. 54; Sordel 2; gueritz: Lanfr. Cig. 18; issernitz: Bern. de Rovenac 3; Guir. Riq. 55; jauzitz: Guir. Riq. 23 (es-); logaditz: B. de B. 32; marritz: Aim. de Peg. 22; Bon. Calvo 4; Castelloza 3; Folq. Lun. (Rom.); Peire Vidal 17; 461,179;

merits: 461,128; noiritz: Guir. de Born. 24; Raim. Gauc. 1; oblitz: Guir. de Born. 6 (ublitz), 55; partitz: Peire Rogier 2; Uc de la Bac 1; peritz: Guill. Anel. 3; Oliv. del Temple; plaissaditz: Gauc. Faid. 45; Raimb. d'Aur. 21; plevitz: B. de B. 38; reverdezitz: Guir. de Born. 15; sazitz: Gauc. Faid. 9; seguitz: Raim. Gauc. 1; sentitz: Cadenet 17; servitz: Folq. Lun. (Rom.); sordezitz: Marcabrun 19; traditz: Guill. Anel. 3; trahitz: B. de B. 32; vazitz: Guill. d'Ieiras 1 (en-); Peire Vidal 17 (en-); vestitz: Guir. de Born. 55: voutitz: Aim. de Bel. 4; Bert. Zorgi 7; Cadenet 17; Peire Rogier 2 (voltitz).

-itus: abellitz: Aim. de Peg. 22; Guir. Riq. 23, 83 (bis), 68, 79; Peire Raim. de Tol. 14; Raimb. de Vaq. 28; aburzitz: Marcabrun 19; Raimb.d'Aur 21; acaitivitz: Marcabrun 19; acondormitz: Peire Rogier 2; acuillitz: B. de B. 38 (aculhitz); Bertr. Carb. 56 (aculhitz); Dalfi d'Alv. 6; Folq. Lun. (Rom.); Gauc. Faid. 54; Guill. Magret 6; Guir. de Born. 6 (aculhits), 33, 46; Jaufre 1 (aculhitz); Raimb. d'Aur. 21 (aculitz); Raim. Menudet; 461,248; acrupitz: Peire Vidal 17; adurmitz: Bern. de Rovenac 3; Bern. de Vent. 33 (adormitz); Daude de Pradas 4; Folq. Lun. (Rom.); Guir. de Cal. 7; afolitz: Peire Raim. de Tol. 17; afortitz: Aim. de Belenoi 4; Cadenet 17; Gui 1; Guir. Riq. 6,79; aizitz: Bern.deVent.33; Bertr. de B. 38; Guigo 1,1 (aisiz); Folq. Lun. (Rom.); Gauc. Faid. 9, 43, 45 (bis); Guir. de Born. 33; Guir. Riq. 6, 14, 23, 33 (bis), 68, 79; Peire Card. 38; Peire Rogier 2 (aisitz); Raimb. de Vaq. 28; antitz: Gauc. Faid. 45; apostitz: B. de B. 32; Guir. de Born. 23; Peire Vidal 17; arditz: Aim. de Bel. 4 (ardiz); Aim. de Peg. 34; Arn. de Marv. 1; Bern. de Vent. 40; B. de B. 32, 38 (bis); Cadenet 17; Dalfi d'Alv. 6; Guigo 1; Gauc. Faid. 43; na Gorm de Monpesl. 1; Gui d'Uisel 8; Guill. de San Leidier 8; Guir. de Born. 6; Peire Card. 38; Peire Vid. 17 (bis); Raimb. d'Aur. 21; Raimb. de Vaq. 24; Raim. Mir. 39; arramitz: Bern. deVent. 40; assalhitz: Jaufre Rudel 1; aunitz: Bern. de Rovenac 3; B. de B. 32 (bis); Dalfi d'Alv. 6; Gauc. Faid. 43; Guir. de Born. 6, 24, 46, 55, 59; Guir. Riq. 33; Marcabr. 19; Peire Vidal 17; Raimb. de Vaq. 32; Raim. Gauc. 1; Uc de San Circ 27; auzitz: Bern. de Vent. 33, 40 (ausitz); Bert. Zorgi 7; Cadenet 17 (ausitz); Daude de Pradas 4; Gauc. Faid. 9, 43 (bis), 54; Gui d'Uisel 8; Guill. de San Leidier 8, 14; Guill. de la Tor 2; Guir. de Born. 23 (ausitz), 24, 50; Guir. de Cal. 6, 7; Guir. Riq. 14, 33, 68, 78 (eissauzitz), 79 (bis); Marcabrun 19; Mönch 7, 10; Paulet de Mars. 7; Peire Card. 38; Raim. Mir. 22; bailitz: Guir. de Born. 6; Peire Vid. 17 (balbitz); bastitz: Peire Vid. 17; Raimb. de Vaq. 24; cabitz: Folq. Lun. (Rom.); chauzitz: Aim. de Peg. 22, 34 (causitz); Arn. Dan. 8; Bern. de Ruvenac 3; Bern. de Vent. 33, 40 (causitz); B. de B. 38.(des-); Bert. Zorgi 7 (descausitz); Dalfi d'Alv. 6; Gauc. Faid. 48; Gui d'Uisel 8 (causitz); Guir. de Born. 28 (des-), 50, 55 (chausitz); Guir. Riq. 45 (des-); Mönch 7; Peire Card. 38 (des-); Raimb. de Vaq. 19 (descausitz), 28; Raim. Mir. 22; cobritz: B. de B. 38; coloritz: Bern. de Vent. 40 (es-); complitz: Aim. de Bel. 4; Bern. de Rovenac 3; B. de B. 32; Gauc. Faid. 43; na Gorm. de Monpesl. 1; Guill. d'Ieiras 1; Guir. de Born. 59; Guir. de Cal. 7; Guir. Riq. 14, 33, 79; Joan Est. 8; Mönch 7; Paulet de Mars. 7; Peire d'Alv. 21; Peire Raim. de Tol. 14; Peire Vid. 17; Raimb. deVaq. 19; Raim. Mir. 22; Uc de la Bac 1; conquitz: Gauc. Faid. 9; Jaufre Rud. 1; corregitz: Guir. Riq. 45; cossentitz: Bern. de Vent. 40; covitz: Aim. de Peg. 34; Arn. de Marv. 1 (cobitz); Bern. de Vent. 40 (cobitz); B. de B. 38 (cobitz); Castelloza 3 (en-); Gauc. Faid. 45; Guill. de la Tor 2 (cobitz); cobitz: Guir. de Born. 33; Jaufre Rudel 1; Raimb. d'Aur. 21 (cubitz); delitz: Bern. de Vent. 40; Guigo 1; Gauc. Faid. 43, 45; Guill. Magret 6;

Guir. de Born. 46, 55; Paulet de Mars. 7; Peire Vid. 17; Raimb. d'Aur. 21;
desmentitz: Aim. de Peg. 34; Bern. de Vent. 40; despossezitz: Guill. de
Marv. 2; depostaditz: Guill. de Marv. 2; droguitz: Raimb. de Vaq. 24;
elegitz: Guir. de Cal. 6; empaubrezitz: Guir. Riq. 45; empauritz:
Bertr. Carb. 71h; enantitz: Guir. Riq. 45, 49; Jaufre Rudel 4; enarditz:
Gauc. Faid. 9; Peire Vid. 17; enbrugitz: Raimb. d'Aur. 21; endormitz:
Bon. Calvo 4; Gauc. Faid. 45; Guill. IX,7; Guill. de San Leidier 14; Guir.
de Born. 6, 55; Janfre Rud. 1; endurzitz: Guir. de Born. 46, 55; engi-
lositz: Raim. Mir. 22; engrenitz: Bern. de Vent. 40; enquisitz: Gauc.
Faid. 54; enrequitz: Gauc. Faid 45 (enriquitz); Guir. de Born. 23, 50
(enriquitz); Raimb. de Vaq. 19, 24; Raim. Mir. 39; envilitz: Raimb.
d'Aur. 21; esbahitz: Bern. de Vent. 33; Cadenet 17; Daude de Pradas 4;
Folq. Lun. (Rom.); Gauc. Faid. 45; Guir. de Born. 6, 55, 59; Jaufre Rud. 1
(esbaitz); Lanfr. Cig. 18; Sordel 2 (esbaitz); esbauditz: Paulet de Mars.7;
escaritz: Castelloza 3 (bis); Gauc. Faid. 45; Gui d'Uisel 8; Jaufre Rud. 1
(escharitz); escarnitz: Bern. de Vent. 40; Guir. Riq. 68; Peire Raim. de
Tol. 17; Raimb. de Vaq. 19; 461,223; esclarzitz: Guir. Riq. 14; Jaufre
Rud. 4; 461,68; establitz: Bern. de Vent. 40; B. de B. 38; Guir. de
Born. 23; Raimb. de Vaq. 24; faiditz: Aim. de Peg. 34; B. de B. 38;
Guigo 1; Gauc. Faid. 54; Guir. de Born. 24, 55; Guir. Riq. 14 (faizitz);
faillitz: Aim. de Peg. 45 (falbitz); Bern. de Vent. 40 (falhitz); Bert.
Zorgi 7; Cadenet 17; Gauc. Faid. 9 (falhitz), 43, 45; na Gorm. de Mon-
peal. 1 (falbitz); Gui d'Uisel 8 (falbitz); Guill. de San Leidier 14 (falhitz);
Guir. de Born. 6, 15, 24 (falhitz), 33, 46, 55; Guir. Riq. 6; Marcabr. 19
(bis); Mönch 7; Paulet de Mars. 7; Raimb. d'Aur. 21 (bis); Raimb. de
Vaq. 24; fatssitz: Folq. Lun. (Rom.); feblezitz: Bern. de Vent. 40;
fenitz: Gauc. Faid. 45; Guill. de San Leidier 14; Guir. de Born. 6; Guir.
de Cal. 6; Raimb. d'Aur. 21; Sordel 2; feritz: Bern. de Rovenac 3;
Bern. de Vent. 40; Gauc. Faid. 45; Guill. d'Ieiras 1; Guill. de San Leid. 8;
Guir. de Born. 6; Joan Est. 8; Peire d'Alv. 11; Peire Vidal 17; Sordel 2;
flebezitz: Guir. de Born. 59; floritz: Arn Dan. 8; Bern. de Vent. 40;
B. de B. 32, 38; Gauc. Faid. 45; Guill. de San Leid. 14; Jaufre Rud. 1;
Oliv. del Temple; folliz: Raimb. de Vaq.28 (en-); formitz: Peire d'Alv. 11;
frevolitz: B. de B. 38; frezitz: Bern. de Vent. 40; B. de B. 38; fugitz:
Raimb. de Vaq. 24; garitz: Aim. de Peg. 22; Bert. Zorgi 7; Gauc. Faid.
43, 45, 54; Guir. de Born. 55; Peire Vidal 17; garnitzi Bern. de Vent. 33;
B. de B. 38; Gauc. Faid. 9; Gui d'Uisel 8; Guill. de Marv. 2; Guir. de
Born. 6, 15, 46; Guir. Riq. 6; Mönch 7; Oliv. del Temple (des-); Peire
d'Alv. 11 (guarnitz); Peire Raim. de Tol. 14; Peire Vidal 17; Raimb. de
Vaq. 19; Uc de San Circ 27; giquitz: B. de B. 32; Dalfi d'Alv. 6; Guir.
de Born. 15 (gequitz), 55; Paulet de Mars. 7; Peire Vid. 17; grazitz:
Aim. de Peg. 22; Arn. Dan. 8; Bern. de Rovenac 3; Bern. de Vent. 40;
B. de B. 38; Gauc. Faid. 9 (bis), 43, 45; Gui d'Uisel 8 (bis); Guill. Anel 8;
Guir. de Born. 6, 15 (-iz), 24, 50; guanditz: Guir. Riq. 33; gueritz:
Bern. de Vent. 40; Gauc. Faid. 45; Guir. de Cal. 7; Jaufre Rud. 1; Peire
Rogier 2; issernitz: Bern. de Rovenac 3; Bern. de Vent. 40 (eyssernitz);
Dalfi d'Alv. 6 (iscreniz); Gui d'Uisel 8; Guir. de Born. 33 (eiscernitz), 53;
iesitz: B. de B. 32; Gauc. Faid. 9 (eissitz); Guir. de Born. 55; Mönch 7;
Peire Vidal 17 (eissitz); Raimb. d'Aur. 21; Raimb. de Vaq. 19; Raim.
Gauc. 1; 461,250 (bis); jauzitz: Bern. de Vent. 40; Guir. de Born. 33;
Guir. de Cal. 7; Guir. Riq. 6; Jaufre Rud. 1, 4; laiditz: Guir. de Born. 6;
marritz: Aim. de Peg. 34; Arn. Dan. 8; Bern. de Rovenac 3; Bern. de
Vent. 33, 40 (bis); B. de B. 32 (bis); Cadenet 17; Daude de Pradas 4;
Gauc. Faid. 9, 43, 45, 54; Guir. de Born. 6, 24, 33, 46 (bis); Guir. de

Cal. 6; Guir. Riq. 14, 23, 33; Jaufre Rud. 1, 4; Lanfr. Cigala 18 (sexies); Mönch 10; Paulet de Mars. 7; Peire Rogier 2; Peire Vidal 17; Raimb. d'Aur. 21; Raimb. de Vaq. 24, 28; Raim. Mir. 22; Sordel 2; Uc de San Circ. 27; 461 (anon), 223; noiritz: Aim. de Bel. 4; Aim. de Peg. 22, 34, 45; Bern. de Vent. 40; Folq. Lun. (Rom.); Gauc. Faid. 9, 45; Guir. de Born. 50; Guir. de Cal. 6; Guir. Riq. 33; Jaufre Rud. 4; Mönch 7; Raimb. de Vaq. 19, 24, 28; Raimon Menudet; 461,250; obezitz: Bert. Zorgi 7; Folq. Lun. (Rom.); Guir. Riq. 45, 79; Jaufre Rud. 1; Raimb. de Vaq. 19; 461,123; oblitz: Bern. de Vent. 40; Guill. de Cabstg. 3; Guill. de San Leidier 14; Guir. de Born. 55, 59; Marcabrun 19; partitz: Aim. de Peg. 22, 34; Bern. de Vent. 33; Bertr. Carb. 87c; Bon. Calvo 4; Cadenet 17; Daude de Pradas 4; Gauc. Faid. 9, 43, 45, 54; Guigo 1; Guill. IX,7; Guill. de la Tor 2; Guir. de Born. 6, 15, 50; Guir. de Cal 6; Guir. Riq. 6 (bis); Raimb. de Vaq. 24; Raimb. Bistort de Russ. 1; peritz: Bert. Zorgi 7; Guir. de Born. 46; Guir. Riq. 6; Marcabrun 19; Peire Card. 38; plevitz: Berh. de Rovenac 3; Bern. de Vent. 33; B. de B. 32; Gauc. Faid. 45; Guir. de Born. 6, 55; Marcabrun 19 (re-); Raim. Mir. 22; Sordel 2; punitz: Peire Raim. de Tol. 17; queritz: Gauc. Faid. 43; Guir. de Born. 50, 50 (con-); Uc de San Circ 27; quesitz: Gauc. Faid. 45; Uc de la Bac. 1 (con-); reculhitz: Folq. Lun. (Rom.); relenquitz: Aim. de Peg. 34; Paulet de Mars. 7; Raimb. de Vaq. 24; replenitz: Bern. de Vent. 40; reverdezitz: Gauc. Faid. 45; salhitz: Gauc. Faid. 9; sazitz: Gauc. Faid. 45, 54; sebelitz: Aim. de Peg. 22; Bern. de Vent. 40; na Gorm. de Mónpesl. 1; Guill. de Marv. 2; Guir. Riq. 68; Lanfr. Cigala 18; Peire Vidal 17; sentitz: 461,188; sernitz: Aim. de Peg. 22; Arn. de Marv. 1; B. de B. 32; Gauc. Faid. 9; Guir. de Born. 6, 15; Guir. Riq. 45; Peire Vid. 17; Raimb. d'Aur. 21; 461,179; sobrissitz: B. de B. 32; sojornaditz: B. d. B. 32; sufritz: Guir. de Cal. 6; tazitz: Guill. de Cabstg. 3; techitz: Bern. de Vent. 40; traitz: Aim. de Bel. 4; Bern. de Vent. 40 (bis); B.d.B.32 (bis); Gauc. Faid. 9, 43 (trahitz); Guill. Fig. 2 (trahitz); Guill. de San Leidier 8, 14; Guir. Riq. 14; Lanfr. Cigala 18; Peire Vid. 17; Raimb. d'Aur. 21 (trahitz); ubidiz: Guir. de Born. 15; unitz: Bern. de Vent. 40; vazitz: Guill. d'Ieiras 1 (en-); Guir. de Born. 55 (en-); Raimb. de Vaq. 24 (es-); vestitz: Guir. de Born. 6; Jaufre Rud. 1; 461, 123, 226 (bis); vilanitz: Guill. de San Leidier 14 (en-); Jaufre Rud. 4 (en-); voutitz: Raimb. d'Aur. 21.

õrs.[1])

Aim. de Peg. 17 (R. L. 432), 80 (M. W. II, 167), 52 (M. G. 1223); Arn. Dan. 2 (ed. Canello); Daude de Pradas 6 (R. 3,414); Gauc. Faid. 15 (Arch. 35,400), 18 (M. G. 51), 59 (Arch. 35,398); Gui d'Uisel 11 (R. 3,377); Guill. de la Tor 4 (M. G. 654); Guir. de Born. 20 (M. G. 225), 32 (M. G. 241), 40 (Arch. 33,318), 62 (Arch. 33,293); Guir. Riq. 39 (M.W. 4,240), 67 (M.W. 4,25); Peire Rogier 1 (M.W. 1,119); Peire Vid. 6 (ed. Bartsch 16), 9 (ed. Bartsch 31), 11 (ed. Bartsch 14); Pujol 4 (M. G. 96); Raimb. d'Aur. 18 (P. O. 49); Rich. de Berb. 2 (Arch.35,434); 461 (anon.), 6 (Arch. 34,434); 135 (Arch. 35,109).

-õrem+s: d. h. sgl. amors: Aim. de Peg. 17; Arn. Dan. 2; Daude de Pradas 6; Gauc. Faid. 15, 18, 59; Gui d'Uisel 11 (quinquies); Guir. de Born. 82; Guir. Riq. 67; Peire Rogier 1; Peire Vid. 6, 9, 11 (bis); Pujol 4; Rich. de Berb. 2; blancors: Peire Vidal 6; calors: Peire Vid. 11; colors: Peire Vid. 6; dezonors: Aim. de Peg. 17; Gauc. Faid. 15, 59; Raimb. d'Aur. 18; dolçors: Gauc. Faid. 15; Peire Vidal 11 (doussors); dolors: Arn. Dan. 2; Guir. de Born. 40; Guir. Riq. 39; Peire Rogier 1;

Peire Vid. 9; Rich. de Berb. 2; errors: Guir. Riq. 39; flors: Aim. de Peg. 30, 52; Guir. de Born. 32, 62; Peire Vid. 6, 11; Pujol 4 (blanca-); folors: Gauc. Faid. 18; Gui d'Uisel 11 (folhors); Guir. de Born. 20 (folhors), 40, 62; Guir. Riq. 39, 67; Pujol 4 (folhors); Raimb. d'Aur. 18; honors: Daude de Pradas 6; Gauc. Faid. 15, 18, 59; Gui d'Uisel 11 (bis); Guir. de Born. 32; Guir. Riq. 39, 67; Peire Rogier 1; 461,6; languors: Gui d'Uisel 11; lauzors: Aim. de Peg. 17; Daude de Pradas 6; Guir. de Born. 62; Guir. Riq. 39 (bis); Peire Vidal 6; Raimb. d'Aur. 18; paors: Aim. de Peg. 17; Arn. Dan. 2; Daude de Pradas 6; Guir. de Born. 62; Peire Rogier 1; pascors: Guir. de Born. 20, 62; Peire Vidal 9; ricors: Guir. Riq. 39,67; Peire Vid. 9; 461,6 (richors); subors: Aim. de Peg. 30; Guir. Riq 39, 67; Peire Vid. 9; temors: Guir. Riq. 39; valors: Aim. de Peg. 17, 30, 52; Gauc. Faid. 15, 18, 59 (bis); Guir. de Born. 40, 62; Peire Vid. 6 (bis), 9, 11; Pujol 4 (bis); Rich. de Berb. 2; verdors: Peire Vid. 6.

-ōres: *s. o. pl.* amadors: Aim. de Peg. 52; Gauc. Faid. 15; Gui d'Uisel 11; Guill. de la Tor. 4 (bis); Guir. de Born. 20, 40, 62; Guir. Riq. 39 (aymadors); Peire Rogier 1; Raimb. d'Aur. 18; Rich. de Berb. 2; amors: Guir. Riq. 39 (bis); 461,6; ancessors: Guir. de Born. 20; Peire Vid. 6; auctors: Guir. de Born. 40; Peire Rogier 1; balidors: Gauc. Faid. 59; caçadors: Rich. de Berb. 2; chantadors: Guir. de Born. 62; clamors: Guir. Riq. 67; Pujol 4; colors: Aim. de Peg. 30; Gauc. Faid. 15; Guir. de Born. 32, 40; Raimb. d'Aur. 18; combatedors: Peire Vid. 11; conoissedors: Aim. de Peg. 17; Peire Vid. 11; donadors: Aim. de Peg. 30; Guir. Riq. 39; dolors: Gauc. Faid. 59; Gui d'Uisel 11; Guill. de la Tor 4; Peire Vid. 6; Pujol 4; Raimb. d'Aur. 18; domnejadors: Peire Vid. 11; Raimb. d'Aur. 18; doussors: Gui d'Uisel 11; entendedors: Gauc. Faid. 15; Guir. de Born. 40, 62; errors: Gauc. Faid. 18; Guill. de la Tor 4; fenhedors: Guir. Riq. 39; Peire Vid. 11; flors: Peire Rogier 1; Peire Vid. 9; Pujol 4; 461,6; follors: Aim. de Peg. 17; gualiadors: Gui d'Uisel 11; Guill. de la Tor 4; iuiadors: Aim. de Peg. 52; lauzors: Guir. Riq. 67; Peire Vid. 9, 11; 461,6 (lauszors); miradors: Daude de Pradas 6; perdonadors: Gauc. Faid. 15; preiadors: Gauc. Faid. 15; reprendedors: Aim. de Peg. 52; razonadors: Guir. de Born. 32; refectors: Guir. de Born. 32; sabors: Guill. de la Tor 4; senhors: Aim. de Peg. 30; Gauc. Faid. 18; Guir. de Born. 20, 32, 40, 62; Peire Rogier 1; Peire Vid. 11; serors: Peire Vid. 11; Raimb. d'Aur. 18; servidors: Guill. de la Tor 4; traidors: Aim. de Peg 52; Gauc. Faid. 59; Guill. de la Tor 4 (traichors); Peire Vidal 9 (trachors); triccadors: Gauc. Faid. 15; trobadors: Aim. de Peg. 30, 52; Guir. Riq. 39; valedors: Aim. de Peg. 52; Pujol 4; vensedors: Peire Vid. 6.

-ōres: *o. pl. adj.* ausors: Aim. de Peg. 52; Guir. de Born. 32 (bis); gensors: Aim. de Peg. 52; majors: Aim. de Peg. 30; Guir. de Born. 62; melhors: Guir. Riq. 39; Peire Rogier 1; Peire Vid. 11; Raimb. d'Aur. 18; 461,6 (bis); menors: Guir. de Born. 32; peiors: Aim. de Peg. 17; Gauc. Faid. 15; Raimb. d'Aur. 18; 461,6; plusors: Aim. de Peg. 17; sordejors: Raimb. d'Aur. 18.

-ōros: *s. o. pl.* astors: Gauc. Faid. 15; decors: Gauc. Faid. 15.

-ōrsum: *adv.*) alhors: Arn. Dan. 2; Daude de Pradas 6; Gauc. Faid. 15 (aillors), 18, 59 (aillors); Guill. de la Tor 4 (aillors); Guir. de Born. 20, 40 (aillors); Peire Rogier 1; Peire Vidal 6, 11.

-ōrus: *s. n. sgl.* plors: Daude de Pradas 6; Rich. de Berb. 2.

-urris: *s. n. sgl.* tors: Daude de Pradas 6.

-ursos: *s. o. pl.* ors: Rich. de Berb. 2.

-ursum: *s. o. sgl.* cors: Daude de Pradas 6; Gauc. Faid. 59; Guir. de Born 20, 32, 62; Guir. Riq. 39 (bis), 67; Peire Vid. 11; Raimb. d'Aur. 18; Rich. de Berb. 2; ors: Guir. de Born. 20; secors: Arn. Dan. 2; Daude de Pradas 6; Gauc. Faid. 15; Gui d'Uisel 11 (socors); Guir. de Born. 20, 40, 62 (socors); Guir. Riq. 39 (bis), 67 (socors); Peire Vid. 6, 9 (socors); Pujol 4; Rich. de Berb. 2; 461,135.

Part. praet.: -ur(g)si: sors: Aim. de Peg. 52; Peire Vidal 11; Raimb. d'Aur. 18.

-ur(g)sum: sors: Arn. Dan. 2; Gauc. Faid. 15; Guill. de la Tor 4; Guir. de Born. 40, 62, 62 (re-); Peire Vidal 6.

-ur(g)sus: sors: Aim. de Peg. 17, 30; Daude de Pradas 6; Gauc. Faid. 18, 59; Gui d'Uisel 11; Guir. de Born. 20, 32 (bis); Guir Riq. 39, 67; Peire Rogier 1; Peire Vidal 9; Pujol 4; Rich. de Berb. 2; 461, 6, 135.

Anmerkungen.

1) Ebenso wie »e« hat auch »o« hinsichtlich seiner Aussprache eine doppelte Natur: man unterscheidet »o larg« und »o estreit«. Vgl. darüber: Lo Donatz proensals, ed. Stengel, pg. 53 ff.; Las Leys d'amors I, 16 ff. und die specielle Monographie über die Aussprache des »o« von P. Meyer, in den Mém. de la société de linguistique I, 145 ff.

Schon von dem Neuprovenzalischen aus, wo ein doppelter o-Laut [o und ou] auch in der Schrift vorhanden ist, schliesst P. Meyer auf die Existenz eines solchen auch im Altprovenzalischen, obwohl es graphisch diese Spaltung nicht kenntlich macht. Die Unterscheidung von »o larg« und »estreit« im Rimarium des Donat liefert ihm den positiven Beweis dafür. Er kommt dann pag. 157 zu dem Resultat: »si nous examinons, en ce qui concerne l'o, les séries de rimes larges et estreitz, nous verrons que les premières renferment les mots où l'o prov. s'est conservé pur jusqu'au temps présent, que les secondes renferment ceux où l'o se prononce ou«.

Danach ergiebt sich, gemäss den pag. 155 gemachten Auseinandersetzungen, dass o offene Aussprache hat, wenn es von lat. ŏ, oder o in Position herkommt, dass es hingegen geschlossen gesprochen wird, wenn es in ō, o vor der Tonsilbe, ū und u in Position seine Grundlage hat.

2) *alhors (aillors)* wird im Donat nicht aufgeführt. Grundlage kann natürlich nur lat. *aliorsum* sein, das aber offenen o-Laut ergeben müsste. Gleichwohl wird es im Reime, im Ganzen in 11 Fällen, nur mit geschlossenem o gebunden.

òrt.

Aim. de Peg. 23 (M.W. 2,161), 45 (M. G. 1171); Aimeric (e Sordel) 2 (Arch. 50,263); Arn. Dan. 15 (ed. Canello); Arnaut Donat (Joyas pg. 22); Bern. de Vent. 25 (M.W. 1,14); Bert. Zorgi 7 (ed. Levy); B. de B. 42 (ed. Stimm.); Duran sartre de Paernas (M. G. 56); Folq. Rom. 8 (Arch. 33,309); Gavauda (R. 4, 402); na Gorm. de Monpesl. 1 (R. 4,319); Guill. Ademar 6 (P.O. 258); Guir. Riq. 12 (M.W. 4,61), 24 (M.W. 4,28), 27 (M.W. 4,58), 29 (M.W. 4,34); Mönch 14 B (ed. Philipps.); Paulet de Mars. 6 (M. G. 514); Peire Card. 10 (M. G. 760), 40 (M.W. 2,194); Peire Rogier 3 (ed. Appel), 5 (ed. Appel); Peirol 31 (M.W. 2,18); Serveri 2 (Milá 384); 461,7 (M. G. 278), 194 (M. G. 283).

-ordet: *3. sgl. prs. cj.* acort: Guir. Riq. 24; Paulet de Mars. 6; Peire Rogier 3; Peirol 31; recort: na Gorm. de Monpesl. 1; Peirol 31.

-ordit: *3. sgl. prs. i.* estort: Arnaut Vidal; remort: Guir. Riq. 27.

-ordo: *1. sgl. prs. i.* acort: Arn. Dan. 15; Guill. Ademar 6; Peire Rogier 5.
-ordum: *s. o. sgl.* acort: Aim. de Peg. 23, 45; Bert. Zorgi 7, 7 (des-); Duran Sartre de Paernas; Folq. Rom. 8; Guir. Riq. 12 (des-), 29; Peirol 31; 461,194.
-orte: *adv.* fort: Aim. de Peg. 23; Bern. de Vent. 25; Bert. Zorgi 7; Duran sartre de Paernas; Folq. Rom. 8; Guill. Ademar 6; Guir. Riq. 12 (bis), 29; Mönch 14 B: Peire Rogier 3, 5; Peirol 31 (bis); 471,7.
-ortem: *s. o. sgl.* mort: Aim. de Peg. 23; Aimeric (e Sord.) 2 (bis); Arnaut Donat; Bert. Zorgi 7; Gavauda 9; na Gorm. de Monpesl. 1; Guill. Ademar 6; Guir. Riq. 12, 27, 29; Paulet de Mars. 6; Peire Card. 10 (bis), 40 (bis); Peire Rogier 5; 461,194; sort: Bern. de Vent. 25; Folq. Rom. 8; Gavauda 9; Guill. Ademar 6; Guir. Riq. 12, 24, 29; Peire Card. 10; Peire Duran.
-ortem: *nom pr. o. sgl.* Durfort: Arn. Dan. 15; Monfort: B. de B. 42.
-ortem: *adj. o. sgl.* fort: Aim. de Peg. 45; Arn. Dan. 15; Gavauda 9; Paulet de Mars. 6; Peirol 31.
-ortum: *s. o. sgl.* confort: Aim. de Peg. 23, 45; Arnaut Vidal; Guir. Riq. 24; Peire Rogier 5; Serveri 2 (cofort); conort: Aim. de Peg. 23 (des-), 23; Arnaut Vidal; Bert. Zorgi 7; B. de B. 42 (des-); Duran sartre de Paernas; Folq. Rom. 8; Gavauda 9, 9 (des-); Guir. Riq. 12, 29; Peire Rogier 3; 461 (anon.), 7,194; deport: Aim. de Peg. 45; Arn. Dan. 15; Arn. Vidal; Bert. Zorgi 7 (bis); Gavauda 9; na Gorm. de Monpesl. 1; Guill. Ademar 6; Peire Card. 40; Peire Rogier 3; Peirol 31; 461,7,194; ort: Arn. Dan. 15; Bert. Zorgi 7; B. de B. 42; Gavauda 9; Paulet de Mars. 6; Peire Card. 40; port: Arn. Vid. 1; Bert. Zorgi 7; Duran sartre de Paernas; Folq. Rom. 8; Guill. Ademar 6 (bis); Guir. Riq. 12, 24, 29; Paulet de Mars. 6; Peire Card. 40 (bis); Peirol 31; 461,7.
-ortet: *3. prs. i. prs.* cofort: Guill. Ademar 6; desconort: Guir. Riq. 24; port: Gavauda 9; Guir. Riq. 29 (a-); Peire Card. 40 (en-); Peire Rogier 3, 3 (a-), 5 (de-); Peirol 31.
-orto: *1. sgl. prs. i.* conort: Aim. de Peg 45; Bern. de Vent. 25 (des-); na Gorm de Monpesl. 1; Paulet de Mars. 6; Peire Card. 40; Peirol 31; 461,7 (des-); port: Aim. de Peg. 45; Bern. de Vent. 25 (de-); Bert. Zorgi 7 (bis), 7 (a-); Folq. Rom. 8 (de-); Peirol 31.

Part. praet.: -orti: destort: na Gorm. de Monpesl. 1; estort: Duran sartre de Paernas; Gavauda 9; Paulet de Mars. 6.
-ort(u)i: mort: Duran sartre de Paernas; Mönch 14 B; Peire Rogier 3.
-ortum: desfort: Duran sartre de Paernas; estort: Aim. de Peg. 23; Arn. Dan. 15; Bert. Zorgi 7; B. de B. 42; Guill. Ademar 6; Guir. Riq. 12 (bis), 24, 29; Peire Card. 10, 40; Peire Rogier 5; Peirol 31; 461 (anon.), 7,194; tort: Aim. de Peg. 23, 45; Aimeric (e Sordel.) 2 (bis); Arn. Dan. 15; Arn. Donat.; Arn. Vidal; Bern. de Vent. 25; Bert. Zorgi 7 (ter); B. d. B. 42; Duran sartre de Paernas; Folq. Rom. 8; Gavauda 9 (bis); na Gorm de Monpesl. 1; Guill. Ademar 6; Guir. Riq. 12, 24, 29; Mönch 14 B; Paulet de Mars. 6 (bis); Peire Card. 10, 40; Peire Rogier 3, 5; Peirol 31; 461,7.
-ort(u)um: mort: Aim. de Peg. 45; Arn. Dan. 15; Bern. de Vent. 25; Folq. Rom. 8; Serveri 2; 461,7.

orta.

Arnaut Vidal (Joyas pg. 5); Bertran e Gausbert 3 (Arch. 35,102); Bonif. de Cast. 3 (P. O. 144); na Gorm de Monpesl. 1 (R. 4,319); Guill de Berg. 21 (ed. Keller 20); Guill. Fig. 2 (R. 4,309); Guir. Riq. 15 (M.W. 4,92); Pons de Prinhac (Joyas pg. 12); P. Vid. 26 (ed. Bartsch 6); 461,123 (B, D, p. 71).

-orta: *s. n. sgl.* porta: Bonif. de Cast. 3; na Gorm. de Monpesl. 1; Guir. Riq. 15; Peire Vid. 26.
-ortam: *s. o. sgl.* posta: Arn. Vidal; Bertran [e Gausbert] 3; Guill. de Berg. 21; Guill. Fig. 2; Pons de Prinhac; redorta: Bertran [e Gausb.] 3; Bonif. de Cast. 3; Peire Vidal 26; 461,123 (bis).
-ortat: *3. sgl. prs. i.* conforta: Arn. Vidal; Bertran [e Gausb.] 3; Guir. Riq. 15; conorta: Arn. Vidal; Bertr. [e Gausb.] 3; Bonif. de Cast. 3; Pons de Prinhac; porta: Bertr. [e Gausb.] 3 (de-); Bonif. de Cast. 8 (a-, es-); na Gorm. de Monpesl. 1; Guill. Fiq. 2 (en-); Guir. Riq. 15; Pons de Prinhac.
Part. praet.: -orta: estorta: Bertr. [e Gausb.] 3; Bonif. de Cast. 3; Guir. Riq. 15; Peire Vidal 26; 461,123.
-ortam: destorta: na Gorm. de Monpesl. 1; torta: Arn. Vidal; Bertr. [e Gausb.] 3; Guill. de Berg. 21; Guill. Fig. 2; Guir. Riq. 15.
-ort(u)a: morta: Arn. Vidal; Bertr. [e Gausb.] 3; Guir. Riq. 15; Peire Vidal 26; Pons de Prinhac.
-ort(u)am: morta: Bon. de Cast. 3; Guill. de Berg. 21; Guill. Fig. 2; 461,123.

ortz.

Arn. Dan. 13 (ed. Canello); Bert. Zorgi 1 (ed. Levy); Granet 1 (R. 4,237); Guill. de Berg. 12 (ed. Keller 12); Guir. de Born. 20 (M. G. 225); Guir. Riq. 42 (M.W. 4,250); Peire Card. [§ 32,3] (B. Chr.⁴ 177), 43 (M. G. 980); Serveri 2 (Milá 384); Sordels 35 (M. G. 554); 461,5 (M. G. 282).
-ordos: *s. o. pl.* acortz: Sordels 35 (bis); 461,5.
-ordus: *s. n. sgl.* acortz: Arn. Dan. 13; Bert. Zorgi 1; Guir. de Born. 20 (dez-); Guir. Riq. 42; Peire Card. 43.
-ortem+s: *s. n. sgl.* morts: Bert. Zorgi 1; sortz: Bert. Zorgi 1; Guir. Riq. 42.
-ortes: *s. o. pl.* sortz: Guill. de Berg. 12; Guir. de Born. 20.
-ortes: *adj. o. pl.* fortz: Guir. de Born. 20; Peire Card. 43.
-ortes: *2. sgl. prs. cj.* portz: Arn. Dan. 13; Guir. de Born. 20.
-ortiat: *3. sgl. prs. i.* esfortz: Guir. de Born. 20; Sordels 35.
-ortio: *1. sgl. prs. i.* esfortz: Arn. Dan. 13.
-ortis: *adj. n. sgl.* fortz: Arn. Dan. 13; Sordels 35.
-ortium: *s. o. sgl.* esfortz: Bert. Zorgi 1 (bis); Guir. Riq. 42 (esfors); Sordels 35.
-ortos: *s. o. pl.* desconortz: Granet 1; deportz: Serveri 2 (deports); Sordels 35; orts: Granot 1; Guir. de Born. 20; portz: Bert. Zorgi 1; Guill. de Berg. 12; Guir. Riq. 42 (bis); Sordels 35.
-ortus: *s. n. sgl.* confortz: Guir. de Born. 20; Sordels 35 (confort); conortz: Bert. Zorgi 1, 1 (des-); Guir. de Born. 20 (bis); Sordels 35; deportz: Arn. Dan. 13; Bert. Zorgi 1; Granet 1; Guir. de Born. 20; portz: Guill. de Berg. 12.
Part. praet.: -ortes: estortz: Serveri 2; tortz: Granet 1; Guill. de Berg. 12; Guir. de Born. 20; 461,5.
-ortus: estortz: Bert. Zorgi 1; Guill. de Berg. 12; Guir. de Born. 20; Peire Card. § 32,3; 461,5; tortz: Arn. Dan. 13; Bert. Zorgi 1; Guir. de Born. 20; Guir. Riq. 42.
-ort(u)os: morts: Granet 1; Peire Card. 43; Sordels 35.
-ort(u)us: mortz: Arn. Dan. 13; Bert. Zorgi 1; Guill. de Berg. 12; Guir. de Born. 20; Guir. Riq. 42; Peire Card. § 82,3.

Anmerkungen.

1) In den Reihen auf *-ort, -orta, -orts*, sofern dieselben Part. praet. enthalten, kann nur *o* larg vorliegen, da *o* stets in Position (vor *rt*) stehen muss.

2) Sordels 35 findet sich im Reime *confort* mit der Reimsilbe *-ortz* gebunden. Die Stelle lautet folgendermassen: »dautra part nom ven iois ni confort«. Es liegt hier ein offenbarer Fehler vor; *confort* ist nom. sgl. und wird daher in *confortz* zu ändern sein.

Os.

K. Meyer hat in seiner Arbeit diese Reihe bereits untersucht. Ausser den von ihm behandelten, Part. praet. enthaltenden Reihen auf *-os* finden sich solche noch bei folgenden Dichtern:
Aim. de Peg. 11 (M.W. 2,169), 20 (M.W. 2,164); Arn. Catal. 4 (M.G. 319); B. de B. 40 (ed. Stimming); Bertr. Carb. 10 (R. 4,286); Bertr. del Poget 2 (P. O. 364); Cadenet 7 (M. G. 25); El. de Barj. 7 (R. 3,354); Gauc. Faid. 47 (M.W. 2,97); Guill. de Mur. 5 (dern. troub. 5, pag. 47), 8 (M.W. 4,250); Guill. Rain. d'At. 4 (Arch. 34,402); Guill. de la Tor 8 (M. G. 658); Guir. Riq. 33 (M.W. 4,32); Joan Est. de Bez. 5 (Azaïs pg. 97); Marcabrun 20 (Arch. 33,334); Maria de Vent. 1 (P. O. 266); Peire Bremon 13 (Arch. 34,169); Peire Card. 15 (M.W. 2,200); Raim. Jordan 11 (M. G. 107); Raim. Mir. 11 (Milá 115); Rofran 1 (M. G. 954); Salomo 1 (M. G. 183); Sordel 24 (B. Chr.⁴ 205); 461,186 (Meyer, pg. 143), 215 (dern. troub. 23, pg. 124).

-ōdes: *adj. o. pl.* pros: Aim. de Peg. 11; Raim. Mir. 11.

-ōdis: *adj. n. sgl.* pros: Arn. Catal 4; B. de B. 40; Bertr. Carb. 10; Gauc. Faid. 47; Guill. Rain. d'At. 4; Guill. de la Tor 8 (bis); Guir. Riq. 33; Joan Est. de Bez. 5; Rofran 1; Sordel 24.

-ōnem+s: *s. n. sgl.* brandos: B. de B. 40; messios: Bertr. Carb. 10; Bertr. del Poget 2; ochaizos: Gauc. Faid. 47; razos: Aim. de Peg. 20; Gauc. Faid. 47 (bis); Guill. de Mur. 5; sazos: Aim. de Peg. 11; tensos: Gauc. Faid. 47; Guill. de Mur. 5.

-ōnes: *s. o. pl.* baros: Peire Bremon 13; bastos: Sordel 24; boissos: B. de B. 40; chansos: Gauc. Faid. 47; Raim. Jord. 11 (chanssos); companhos: Bertr. del Poget 2; Raim. Mir. 11; contreccions: 461,215; defensios: Cad. 7; esmerilhos: B. de B. 40; faissos: Aim. de Peg. 20; El. de Barjols 7; Gauc. Faid. 47; falcos: B. de B. 40; gofainos: Peire Card. 15; guizerdos: Guill. de la Tor 8 (guierdos); Peire Bremon 13; Raim. Jordan 11; lairos: Aim. de Peg. 11; meillurasos: Guill. de la Tor 8; 461,215 (-ons); perdos: Peire Card. 15; razos: Bert. Carb. 10; Cadenet 7; Joan Est. de Bez. 5; Maria de Vent. 1 (bis); Raim. Jordan 11; sazos: Gauc. Faid. 47; Guir. Riq. 33; Maria de Vent. 1; Peire Card. 15; Rofran 1; sermos: 461,215; tensos: Maria de Vent. 1; trassios: Bertr. Carb. 10.

-ōnos: *adj. o. pl.* bos: Aim. de Peg. 20; Bertr. del Poget 2; Gauc. Faid. 47; Salomo 1.

-ōnus: *adj. n. sgl.* bos: Aim. de Peg. 11; Peire Card. 15; Raim. Jord. 11; Sordel 24; 461 (anon.), 461, 215 (bons); ressos: Bertr. Carb. 10; Gauc. Faid. 47.

-onsum: *nom. propr. o. sgl.* Anfos: Raim. Mir. 11.

-ōrem+s: *s. n. sgl.* flors: 461,215.

-ōres: *s. o. pl.* estors: 461,4; flors: B. de B. 40; prezicadors: 461,215.

-ŏs: *pron. n. pl.* nos: Rofran 1; vos: Bertr. Carb. 10; Cadenet 7; Gauc. Faid. 47; Rofran 1 (bis).

-ŏs: *pron. o. pl.* nos: Aim. de Peg. 11; Maria de Vent. 1; Peire Card. 15; Raim. Mir. 11; Rofran 1; vos: Arn. Catal. 4; Cadenet 7; El. de Barj. 7 (bis); Guill. Rain. d'At. 4; Guill. de la Tor 8; Marcabrun 20; Maria de Ventadorn 1; Raim. Jordan 11.

-ŏs: *num. o. pl.* amdos: Aim. de Peg. 11 (ambedos), 20; Gauc. Faid. 47; Joan Est. de Bez. 5; Raim. Jord. 11; dos: Bertr. del Poget 2; Cadenet 7; Guill. de Mar. 5; Guill. de la Tor 8; Guir. Riq. 33 (bis); Maria de Ventad. 1; Raim. Mir. 11; Sordel 24.

-ŏse: *adv.* voluntos: Aim. de Peg. 11; Rofran 1.

-ŏsi: *adj. n. pl.* blos: Peire Bremon 13; enveios: Aim. de Peg. 11; gelos: Arn. Catal. 4; Peire Bremon 13; joios: Guill. de la Tor 8; poderos: Peire Bremon 13; tenebros: Peire Bremon 13.

-ŏsos: *adj. o. pl.* enuios: Arn. Catal. 4 (enveios); Gauc. Faid. 47 (enoios); Guir. Riq. 33 (enveyos); 461,136; gelos: Gauc. Faid. 47; genolhos: Maria de Vent. 1; joyos: Raim. Mir. 11; maios: Raim. Mir. 11; orgoillos: Guill. Rain. d'At. 4; perilhos: 461,215.

-ŏsum: *adj. o. sgl.* amoros: El. de Barj. 7; Maria de Vent. 1; aondos: 461,215; cabalos: Arn. Catal. 4; coaros: Guill. Rain. d'At. 4; corajos: 461,215; doloros: Rofran 1; enujos: Guill. de Mur. 5; erbos: Guill. Rain. d'At. 4; gibos: Bertr. Carb. 10; ginhos: Rofran 1; ioios: Aim. de Peg. 20 (ioyos); Gauc. Faid. 47; Guir. Riq. 33; nuaillos: Sordel 24; orgulhos: Aim. de Peg. 20; B. de B. 40 (ergulhos); Raim. Jord. 11 (orgoillos); plentos: 461,215; poderos: Raim. Jord. 11; temeros: Arn. Catal. 4; vergonhos: Bertr. del Poget 2.

-ŏsus: *adj. n. sgl.* amoros: B. de B. 40; Bertr. del Poget 2; Rofran 1 (bis); aventuros: Bertr. del Poget 2; Guill. Rain. d'At. 4; Guir. Riq. 33; blos: Sordel 24; cabalos: Bertr. del Poget 2; Gauc. Faid. 47; Guir. Riq. 33; Peire Bremon 13; Salomo 1; cobeitos: El. de Barj. 7; Gauc. Faid. 47; Maria de Vent. 1; cochos: Cadenet 7; contrarios: Guill. de Mur. 5; Guill. Rain. d'At. 4; coratjos: Sordel 24; cossiros: Aim. de Peg. 20; Bertr. Carb. 10; 461,215 (consiros); curos: 461,215; dezaventuros: Arn. Catal. 4; El. de Barj. 7; Gauc. Faid. 47; doloiros: Bertr. Carb. 10; enueios: El. de Barj. 7 (enveios); Guir. Riq. 33; Salomo 1; gilos: Guill. de Mur. 5; ginhos: Guill. de Mur. 8: iros: B. de B. 40; janglos: B. de B. 40; joios: Arn. Catal. 4; Raim. Jord. 11; meravilhos: Peire Card. 15; orgulhos: Peire Bremon 13 (orgoillos); Peire Card. 15; pesanssos: Raim. Jord. 11; poderos: B. de B. 40 (bis); Gauc. Faid. 47; 461,215; sobramoros: Arn. Catal. 4; sofrachos: Guir. Riq. 33; sospichos: Guill. de Mur. 5; temoros: El. de Barj. 7 (temeros); Raim. Jordan 11; vergonhos: B. de B. 40; Gauc. Faid. 47 (vergoignos); Maria de Vent. 1.

-ŭcem: *s. o. sgl.* cros: Peire Card. 15¹).

-ŭisset: 3. *sgl. plusqu. cj.* fos: Aim. de Peg. 20; Bertr. del Poget 2; Cadenet 7.

Part. praet.: -onsi: rescos: Arn. Catal. 4; somos: Guir. Riq. 33; Peire Card. 15.

-onsos: espos: Peire Bremon 13.

-onsum: escos: Marcabrun 20; espos: Bertr. Carb. 10; B. de B. 40; Gauc. Faid. 47; Joan Est. de Bez. 5; rescos: Aim. de Peg. 20; Bertr. del Poget 2; Cadenet 7; Gauc. Faid. 47; Guill. de la Tor 8; Joan Est. de Bez. 5; Raim. Jordan 11; Raim. Mir. 11; Rofran 1; Sordel 24; 461, 136, 215; somos: Guill. de Mur. 8; Guill. Rain. d'At. 4; Maria de Vent. 1.

-onsus: espos: Guill. de Mur. 5; somos: Aim. de Peg. 11.

Anmerkung.

1) Eine Anzahl der hier zusammengestellten Reimwörter findet sich im Donat, pg. 55¹ unter *ons larg*. Gewöhnlich steht dafür *os*, wie auch unsere Untersuchung zeigt. Dass auch sonst eine Liquida vor *s* schwinden kann, geht aus anderen Bindungen im Reime hervor. Vergl. hierüber die Bemerkung zu *-ers*.

o vor *n* an erster Stelle der Consonans muss natürlich, ebenso wie *e*, stets den geschlossenen *e*-Laut ergeben. P. Meyer: Mém. de la soc. de linguistique I, 160, hat diese Thatsache noch nicht gekannt.

2) *crucem* gibt hier *cros* statt *crots*; vergl. B. de B. (ed. Stimming, Anm. pg. 241) und die obige Bemerkung zu *as*.

ost¹).

Raimb. de Vaq. 32 (B. Chr.⁴ 129).
- -ostem: *s. o. sgl.* ost.
- -ostet: *3. sgl. prs. cj.* cost.
- -ot-cito: *adv.* tost²).

Part. praet.: -onsitum: rescost.

Anmerkungen.

1) In dieser sowohl, wie auch in der folgenden Reimreihe (*-osta*) wird offenes mit geschlossenem *o* gebunden. Im Donat sind die beiden Reimreihen nicht aufgeführt.

2) Hinsichtlich der Etymologie des Adverbs *tost* vergl. Diez: Et. Wtbch. I, 323 unter »tosto«.

osta.

Guill. de la Tor 10 (B. Chr.⁴ 205); Guill. del. Oliv. d'Arle 72 (B. D. pg. 32); Raimb. de Vaq. 32 (B. Chr.⁴ 205).
- -ospita: *s. n. sgl.* osta: Guill. de la Tor 10.
- -ostam: *s. o. sgl.* costa: Guill. de la Tor 10.
- -ostat: *3. sgl. prs. i.* costa: Guill. del Oliv. d'Arle 72; Raimb. de Vaq. 32.
- -uxtam: *s. o. sgl.* josta: Raimb. de Vaq. 32¹).
- -uxtat: *3. sgl. prs. i.* ajosta: Raimb. de Vaq. 32.

Part. praet.: -onsitam: somosta: Guill. de la Tor 10; Guill. del Oliv. d'Arle 72; Raimb. de Vaq. 32 (semosta).
- -ositam: posta: Guill. de la Tor 10.

Anmerkung.

1) *josta*, eigentlich Adverbium aus lat. *iuxta*, wird, wie bekannt, dann als Substantiv vom Nebeneinanderrennen im Turnier gebraucht. Vergl. mhd. *diu tjoste* = ritterlicher Zweikampf mit dem Speere.

ota.

Peire d'Alv. 9 (M. G. 225); Peire Card. § 32,3 (B. Chr.⁴ 176).
- -ōtat: *3. sgl. prs. i.* bota: Peire Card. § 32,3; brota: Peire d'Alv. 9; sabota: Peire d'Alv. 9.
- -uttat: *3. sgl. prs. i.* degota: Peire d'Alv. 9.

Part. praet.: -uptam: rota: Peire d'Alv. 9; Peire Card. § 32,3.

otz.

Arn. Dan. 18 (ed. Canello); Guir. Riq. 1 (M.W. 4,12), 76 (M.W. 4,248); Raimb. de Vaq. 8 (B. Chr.⁴ 125); Serveri 15 (B. Chr.⁴ 287).
-ocem: *s. o. sgl.* votz: Arn. Dan. 18.
-ödos: *s. o. pl.* notz: Raimb. de Vaq. 3.
-ötem+s: *s. n. sgl.* botz: Guir. Riq. 76.
-ötus: *s. n. sgl.* brotz Guir. Riq. 1; escotz: Guir. Riq. 76.
-ötos: *adj. o. pl.* totz: Arn. Dan. 18; Guir. Riq. 1,76; Raimb. de Vaq. 3 (bis).
-ötus: *adj. n. sgl.* totz: Guir. Riq. 76; Serveri 15.
-ūcem: *s. o. sgl.* crotz: Guir. Riq. 76; Raimb. de Vaq. 3 (octies); Serveri 15; notz: Guir. Riq. 76 (bis).
-ñces: *s. o. pl.* notz: Guir. Riq. 1.
-uctio: *s. n. sgl.* dotz: Arn. Dan. 18; Serveri 15.
-uptus: *adv.* sotz: Guir. Riq. 1,76 (desotz); Raimb. de Vaq. 3 (desotz); Serveri 15.
-ūteos: *s. o. pl.* potz: Guir. Riq. 1.
-ūteus: *s. n. sgl.* potz: Guir. Riq. 76; Serveri 15.
-uttos: *s. o. pl.* motz: Arn. Dan. 18 (bis); Guir. Riq. 1,76; Raimb. de Vaq. 3 (bis); Serveri 15.
-ūtos: *s. o. pl.* glotz: Guir. Riq. 1.
-ūtus: *s. n. sgl.* glotz: Arn. Dan. 18; Guir. Riq. 76; Serveri 15.
Part. praet.: -uptos: rotz: Arn. Dan. 18; Raimb. de Vaq. 3, 3 (cor-).
-uptus: rotz: Guir. Riq. 1,76; Serveri 15.

out.

Peire d'Alv. 13 (M. G. 232); Raimb. d'Aur. 20 (Arch. 38,435); Tomiers 1 (R. 5,447).
-ölit: *3. sgl. prs. i.* escout: Peire d'Alv. 13.
-ulto: *adv.* mout: Raimb. d'Aur. 20.
-ultum: *adj. o. sgl.* estolt: Raimb. d'Aur. 20; mont: Peire d'Alv. 13; Raimb. d'Aur. 20.
Part. praet.: -ölitum: comout: Peire d'Alv. 13; Tomiers 1.
-ollitum: tout: Peire d'Alv. 13; Tomiers 1.
-olvitum: sout: Tomiers 1; vout: Peire d'Alv. 13; Raimb. d'Aur. 20; Tomiers 1.
-öliti: escout: Peire d'Alv. 13.
-ölitum: acout: Raimb. d'Aur. 20; escout: Raimb. d'Aur. 20.

outa.

Guir. de Cal. 4 (M. G. 338).
Nur *Part. praet.:*
-óllitam: destouta, touta.
-olvita: souta, vouta.

outas.

Arn. Dan. 8 (ed. Canello).
Es sind nur *Part. praet.* unter einander gebunden:
-ölitas: esmoutas; coutas (*n. pl.*).
-óllitas: destoutas, toutas.
-olvitas: voutas (bis); assoutas (*n. pl.*).

outz.

Peire d'Alv. 16 (M.W. 1,100).
-**ultos**: *adj. o. pl.* moutz.
-**ultus**: *adj. n. sgl.* estoutz.
Part. praet.: -**olvitus**: voutz.

Anmerkung.

Moutz, estout; estout, estolt sind mit *o* larg gebunden, obgleich ihr o-Laut auf lat. *u* in Position zurückgeht. Es ist aber möglich, dass schon im Vulgärlatein dieses *u* eine hellere, nach *o* zu liegende Aussprache erfuhr, so dass ein *moltus *stoltus anzusetzen ist. Dem steht allerdings entgegen, dass der Donatz pg. 57,2 beide Wörter unter »outs larg« aufführt. Er glossiert: »moutz i. multos, estoutz i. de facili irascens uel stultus«.

uch (ug, uig, uich. uech, ueich).

Arn. Dan. 9 (ed. Canello), 12 (ed. Canello); Astorc de Galhac (Joyas pg. 14); Gavauda 1 (M. G. 201); Guill. de la Tor 10 (B. Chr.⁴ 205); Guir. de Born. 3 (M.W. 2,51); Marcabrun 8 (M. G. 312).
-**octem**: *s. o. sgl.* nuich: Guill. de la Tor 10.
-**octo**: *num. card.* ueich: Guill. de la Tor 10.
-**ōgito**: *1. s. prs. i.* cug: Gavauda 1.
-**ōgitum**: *s. o. sgl.* cuich: Arn. Dan. 9; Marcabr. 8 (cuig).
-**ōti**: *adj. n. pl.* trastuich: Arn. Dan. 9; tug: Arn. Dan. 12; Guir. de Born. 3 (bis).
-**ucti**: *s. n. pl.* fruich Arn. Dan. 9.
-**uctum**: *s. o. sgl.* essuig: Marcabr. 8; frug: Arn. Dan. 12; Gavauda 1.
-**üdi**: *adj. n. pl.* nug: Gavauda 1.
-**ūdio**: *1. sgl. prs. i.* estuich: Arn. Dan. 9.
-**ūdium**: *s. o. sgl.* estug: Arn. Dan. 12.
-**ūgio**: *1. s. prs. i,* fug: Arn. Dan. 12; Gavauda 1.
-**ūgit**; *3. s. prs. i.* fuig: Marcabrun 8.
-**ūgitet**: *3. sgl. praes. i.* bruig: Marcabrun 8.
-**ūgitum**: *s. o. sgl.* brug: Arn. Dan. 12.

Part. praet.: **ucti**: destrug: Guir. de Born. 3; Marcabr. 8 (destruig); forsdug: Arn. Dan. 12.
-**uctum**: adug: Arn. Dan. 12; Guir. de Born. 3; Marcabr. 8 (aduig); conduich: Arn. Dan. 9, 12 (-dug); desdug: Arn. Dan. 12; destrug: Arn. Dan. 12; dug: Gavauda 1; Guill. de la Tor 10 (dueich); esdug: Arn. Dan. 12; fordug: Arn. Dan. 9; redug: Astorc de Galhac.
-**ūti**: mentaugug, vendug, vengug: Gavauda 1.
-**ūtum**: avug, dessenbug, vencug: Gavauda 1.

ucha.

Guir. de Born. 59 (C. Chr.⁴ 106).
-**ūcat**: *3. sgl. prs. i.* eslucha, hucha, treboucha.
-**uocat**: *3. sgl. prs. i.* trucha.
-**ūciam**: *adj. o. sgl.* paurucha.
-**ucam**: *s. o. sgl.* lucha.
-**uotat**: *3. sgl. prs. i.* afrucha.
-**udicat**: *3. sgl. prs. i.* clucha.

Part. praet.: -**ucta**: destrucha, esducha.
-**uctam**: aducha, forducha.

uchas.

Peire Cardenal 27 (M.W. 2,206).
-ūcas: *2. sgl. prs. i.* trabuchas. (?) estuchas.
Part. praet.: -uctas: destruchas.

us.

Arn. Dan. 5 (ed. Canello); Bernart de Pradas 1 (B. D. pg. 142); B. de B. 6 (ed. Stimm.); Dalf. d'Alv. 3 (Arch. 34,194); Guill. Augier 4 (B. Chr.⁴ 71); Lamb. de Bonarel 7 (Arch. 33,451); Marcabrun 25 (M. G. 506), 40 (R. 4,301); Marcoat (M. G. 678); Peire d'Alv. 10 (M. G. 226), 21 (M. G. 1022); Ponz de Capd. 7 (ed. Napolski); Rich. de Berb. 2 (Arch. 35,434); Sifre 1 (M. G. 1020).
-ucem: *s. o. sgl.* lus: B. de B. 6.
-ucit: *3. sgl. prs. i.* adus: B. de B. 6.
-ūdes: *s. o. pl.* palus: B. de B. 6.
-ūdos: *adj. o. pl.* crus: Marcoat 1.
-unos: *o. pl.* us: Arn. Dan. 5; alqus: Peire d'Alv. 10; brus: Peire d'Alv. 21.
-ūnus: *n. sgl.* brus: Marcoat 1; chascus: Ponz de Capd. 7; Sifre 1; dejus: Bern. de Prad. 1; Dalfi d'Alv. 3; nescus: Sifre 1; quadaus: Arn. Dan. 5; us: Arn. Dan. 5; Marcabrun 25 (bis); Peire d'Alv. 21; Rich. de Berb. 2.
-ursum: *adv.* sus: B. de B. 6; Guill. Aug. 4; Peire d'Alv. 21; Ponz de Capd. 7; Rich. de Berb. 2 (bis); Sifre 1.
-us: *adv.* plus: B. de B. 6; Guill. Augier 4; Marcabrun 25; Marcoat 1; Ponz de Capd. 7; Rich. de Berb. 2; Sifre 1.
-uses: *2. sgl. prs. i.* acus: Marcabrun 40.
-ūset: *3. sgl. prs. cj.* encus: Rich. de Berb. 2; escus: B. de B. 6.
-uso: *1. sgl. prs. i.* escus: Peire d'Alv. 21; us: Marcabr. 40.
-usum: *s. o. sgl.* mus: Marcabrun 25, 40.
-utos: *s. o. pl.* trabus: B. de B. 6.
-utsum: bus: B. de B. 6.

Part. praet.: -ūsos: clus: Marcoat 1; Peire d'Alv. 10; Sifre 1; enclus: Guill. Aug. 4; reclus: Bern. de Pradas 1; B. de B. 6; Marcabr. 40.
-usus: aclus: Rich. de Berb. 2; clus: Arn. Dan. 5; Guill. Augier 4; Marcabrun 25; confus: Peire d'Alv. 21; pertus: B. de B. 6; Dalfi d'Alv. 3; reclus: Rich. de Berb. 2.
-ūtus¹): erebus: Ponz de Capd. 7; esperdus: Ponz de Capd. 7; mantengus: Ponz de Capd. 7.

Anmerkung.

1) Es ist hier sehr auffällig, dass Part. der lebenden Flexion mit dem Kennlaut ū die Endung -us zeigen, welche mit dem -us anderer Wörter durch den Reim gebunden ist. Ebenso auffällig ist, dass sich B. de B. 6 durchgehends statt -utz -us als Reimsilbe findet.

uda.

Ademar lo negre 2 (Arch. 34,178); Albert de Sestaro 11 (M. G. 782); Bern. de Rovenac 4 (R. 5,67); Bern. de Vent. 30 (M. G. 119); Bertr. Carb. 34a (B. D. pg. 8); Blacatz 4 (P. O. 119); Daude de Pradas 13 (Arch. 33,462); Helias de Solier (Joyas pg. 150); Folq. Lun. (Rom. ed. Eichelkr. pg. 26); Gauc. Faid. 64 (M. G. 502); Guill. de San Leidier 14 (M.W. 2,49); Guir.

de Born. 31 (M. G. 240), 34 (Arch. 33,325), 69 (Arch. 33,322); Guir. del Oliv. d'Arle 48 (B. D. pg. 50); Guir. Riq. 26 (M.W. 4,4), 32 (M.W. 4,86), 78 (M.W. 4,81); Marcabrun 5 (M. G. 307); Peire Card. 10 (M. G. 760), § 32,3 una ciutatz); Peirol 27 (M.W. 2,26); Raimb. de Vaq. 9 (M.G. 971); Raim. Escrivan 1 (B. Chr.⁴ 317); R.iim. Mir. 21 (M. G. 1103); Rodrigo 1 (M. G. 322); Uc de San Circ. 18 (P. O. 162), 38 (M. G. 1161); 461 (anon.), 123 (B. D. pg. 64).

-ogitam: *s. o. sgl.* cuda: Guir. de Born. 34; Raimb. de Vaq. 9.
-ogitat: *3. sgl. prs. i.* cuda: Folq. Lun. (Rom.); Marcabrun 5 (cuida); Peire Card. 10; Peirol 27; Rodrigo 1; Uc de San Circ 18.
-ugitam: *s. o. sgl.* bruda: Blacatz 4; Guir. de Born. 31, 34 (bruida); Raimb. de Vaq. 9; Raim. Mir. 21; Rodrigo 1; Uc de San Circ 38 (bruida).
-uta: *s. n. sgl.* ajuda: Guir. de Born. 34; Guir. Riq. 32; druda: Blacatz 4; Daude de Pradas 13; Guir. de Born. 69; Rodrigo 1.
-uta: *adj. n. sgl.* cocuda: Uc de San Circ 38; muda: Blacatz 4; Folq. Lun. (Rom.); Guir. del Oliv. d'Arle 48; Guir. Riq. 32; Uc de San Circ 38; nuda: Guir. de Born. 69; Raimb. de Vaq. 9; Uc de San Circ 38.
-uta: *imper.* saluda: Gauc. Faid. 64.
-utam: *s. o. sgl.* ajuda: Folq. Lun. Rom.); Guir. de Born. 31, 69; Raimb. de Vaq. 9; 461,123; druda: Guir. de Born. 31, 34; Marcabr. 5; Raimb. de Vaq. 9.
-utam: *adj. o. sgl.* cornuda: Gauc. Faid. 64; muda: Guir. Riq. 78.
-utat: *3 sgl. prs. i.* ajuda: Bern. de Vent. 30; Blacatz 4; Daude de Prad. 13; Gauc. Faid. 64; Guir. Riq. 26, 78; Peirol 27; Rodrigo 1; Uc de San Circ 18, 38; evertuda: Guill. de San Leid. 14; muda: Bern. de Vent. 30; Daude de Prad. 13; Folq. Lun. (Rom.); Guill. de San Leid. 14 (re-); Guir. de Born. 31, 34, 69; Guir. Riq. 26; Marcabr. 5 (re-); Peirol 27 (re-); Raimb. de Vaq. 9; Rodrigo 1; Uc de San Circ 18; refuda: Folq. Lun. (Rom.); Guill. de San Leid. 14; Guir. Riq. 26; Marcabrun 5; saluda: Ademar lo negre 2; Guir. de Born. 31; Marcabr. 5; Uc de San Circ 18; tuda: Guir. Riq. 26.

Part. praet.: ¹-uta: acenduta: Peirol 27; aperceubuda: Folq. Lun. (Rom.); avuda: Folq. Lun. (Rom.); Guir. de Cal. 4; benvenguda: Ademar lo negre 2; cazeguda: Peire Card. § 32,3; confonduda: Folq. Lun. (Rom.); conoguda: Daude de Pradas 13; Hel. de Solier; Folq. Lun. (Rom.) (re-); Guir. Riq. 32 (des-); Uc de San Circ 18; crezuda: Bern. de Rov. 4; Guir. de Born. 31 (re-), 34 (re-), 34 (creguda); Guir. de Born. 69; Raimb. de Vaq. 9 (creguda); decuebuda: Folq. Lun. (Rom.); Guir. Riq. 26 (desceubuda); defenduda: Guir. Riq. 26; deissenduda: Uc de San Circ 18; eleguda: Guir. del Oliv. d'Arle 48; irascuda: Guir. de Born. 69; Uc de San Circ 18; mantenguda: Bern. de Vent. 30; Marcabr. 5; Raim. Mir. 21; moguda: Guill. de Cal. 4; Marcabr. 5; Raim. Escr. 1; Raim. Mir. 21; morruda: Raim. Escr. 1; nascuda: Marcabr. 5; perduda: Ademar lo negre 2; Bern. de Vent. 30; Folq. Lun. (Rom.); Guir. Riq. 32 (es-); Peirol 27 (bis); Raimb. de Vaq. 9; 461,123; remasuda: Ademar lo negre 2; Guir. de Cal. 4 (remazuda); renduda: Folq. Lun. (Rom.); Guir. de Born. 69; Raimb. de Vaq. 9; rompuda: Guir. de Cal. 4; saubuda: Blacatz 4; .Daude de Prad. 13; Guir. de Born. 31; Guir. Riq. 78; tenguda: Ademar lo negre 2; Guir. de Born. 31; Rodrigo 1; vencuda: Guir. de Born. 69; Rodrigo 1; venduda: Peirol 27; venguda: Blacatz 4; Daude de Prad. 13; Hel. de Sol.; Folq. Lun. (Rom.); Guill. de San Leid. 14; Guir. de Born. 31; Marcabrun 5 (de-); Peire Card. § 32,3; Raim. Escr. 1; Raim. Mir. 21; Uc de San Circ. 18; volguda: Ademar lo negre 2; Folq. Lun. (Rom.); Rodrigo 1.

-ūtam: abatuda: Hel. de Sol.; Raim. Escr. 1; aguda: Raimb. de Vaq. 9; atentuda: Guill. de San Leid. 14; Peirol 27; Uc de San Circ 18; avuda: Raim. Mir. 21; conoguda: Folq. Lun. (Rom.); Raim. Escr. 1; Uc de San Circ 18; creguda: Ademar lo negre 2; Rodrigo 1; decazeguda: Uc de San Circ. 18, 38; esconduda: Blacatz 4; mantenguda: Blacatz 4; Guir. de Born. 69; mentauguda: Alb. de Sest. 11; Guir. de Born. 34; moguda: Gauc. Faid. 64; Guill. de San Leid. 14; ofenduda: 461,123; perduda: Bertr. Carb. 34a; Blacatz 4; Daude de Pradas 13; Guir. de Born. 69; Marcabrun 5; Peire Card. 10; Uc de San Circ 18; receubuda: Raim. Mir. 21 (resseubuda); Uc de San Circ 18; recrezuda: Gauc. Faid. 64; renduda: Guir. de Born. 31; resconduda: Daude de Pradas 13; rompuda: Bern. de Rov. 4; saubuda: Ademar lo negre 2; Folq. Lun. (Rom.); Guir. de Born. 34; Guir. Riq. 26; Marcabrun 5 (sabuda); temsuda: Raimb. de Vaq. 9; tenguda: Daude de Pradas 13; Folq. Lun. (Rom.: re-); Guir. de Born. 31 (re-), 34; Guir. Riq. 32; Raimb. de Vaq. 9; Raim. Escr. 1 (re-); tolguda: Folq. Lun. (Rom.); Guill. de San Leid. 14; veguda: Guill. de San Leid. 14; vencuda: Gauc. Faid. 64; Peire Card. 10; Raimb. de Vaq. 9; venduda: Peire Card. 10; Raim. Mir. 21; venguda: Ademar lo negre 2 (ben-); Guill. de San Leid. 14; volguda: Bern. de Vent. 30; Daude de Pradas 13; Guill. de San Leid. 14; Guir. de Born. 31, 69; Raimb. de Vaq. 9.

ut.

Augier Novella 1 (M.G. 578), 3 (M.G. 577); Azalais de Porcar. (P.O. 27); Beatritz de Dia 4 (P. O. 57); Bert. Zorgi 2 (ed. Levy); B. de B. 21 (ed. Stimm.), 26 (ed. Stimm.); Bertr. Carb. 13d (B. D. pg. 8), 34e (B. D. pg. 9); Daude de Pradas (M. G. 596); El. de Barj. 1 (R. 3,352); El. Cairol 10 (M. G. 281); Gausb. de Poic. 6 (Arch. 33,458); Guill. Ademar 7 (R. 4,327), 9 (M. G. 1315); Guill. de Berg. 6 (ed. Keller 7); Guiraut 1 (Arch. 34,410); Guir. de Born. 16 (Arch. 35,368), 43 (Arch. 33,423), 48 (Arch. 33,324); Guir. Riq. 5 (M. W. 4,8), 48 (M. W. 4,38); Marcabrun 20 (Arch. 33,334), 24 (Arch. 33,334); Mönch 14B (ed. Philipps.), 19 (ed. Philipps.); Peire d'Alv. 6 (M. G. 280); Peire Card. 2 (M.W. 2,211), 18 (M.W. 2,223); 48 (Mey. Rec. pg. 91), § 32,3 (una ciut.); Peire Raim. de Tol. 9 (M. W. 1,139); Raimb. d'Aur. 15 (M. G. 362); Raim. Mir. 1 (M. G. 8), 2 (Arch. 51,147), 12 (Arch. 51,148); Uc de San Circ. 18 (M.W. 2,152), 25 (Arch. 34,174), 26 (M. G. 78); 461 (anon.), 7 (M. G. 278), 95 (Arch. 50,280), 177 (dern. troub. XX, 118), 195 (dern. troub. XIX, 116), 244 (dern. troub. XVIII, 115).

-ogito: descuit: Uc de San Circ 25.
-oti: *adj. n. pl.* tut: Guir. de Born. 48; Peire Card. 18, 48, § 32,3; 461,195.
-uctum: *s. o. sgl.* frut: Peire Card. 48.
-udum: *adj. o. sgl.* nut: Beatriz de Dia 4; Bert. Zorgi 2; Guill. Ademar 9.
-ugitum: *s. o. sgl.* brut: Uc de San Circ 18.
-utem: *s. o. sgl.* salut: Bert. Zorgi 2; Guill. Ademar 9; Guir. de Born. 16; Guir. Riq. 48 (bis); Peire Card. 48; Peire Raim. de Tol. 9; Raim. Mir. 12; Uc de San Circ 18; servitut: Guir. Riq. 5; vertut: Bert. Zorgi 2; Bertr. Carb. 13d, 34e; Gausb. de Poic. 6; Guiraut 2; Guir. Riq. 5, 48; Peire Card. 18, 48 (bis); Peire Raim. de Tol. 9; Raim. Mir. 12; Uc de San Circ 25; 461,7.

-utes: *s. o. pl.* saluç: Guir. de Born. 43.
-utet: *3. sgl. prs. cj.* ajut: Aur. Nov. 3; Bert. Zorgi 2; El. de Barj. 1; El. Cair. 10; Guir. de Born. 16, 43, 48; Guir. Riq. 48; Mönch 19; Peire d'Alv. 6; Peire Raim. de Tol. 9; Raim. Mir. 2, 12; Uc de San Circ 18, 26; 461,7.
-uti: *s. n. pl.* drut: Raim. Mir. 12.
-uti: *adj. n. pl.* barbut: Mönch 19; canut: Guill. Adem. 9; mut: Azal. de Porcar.; B. de B. 26; Peire Card. 18; Raimb. d'Aur. 15.
-uti: *nom. pr. n. pl.* Masmut: Guill. Adem. 9.
-uto: 1. *sgl. prs. i.* ajut: B. de B. 21; mut: Guir. de Born. 16, 43 (re-); Raim. d'Aur. 15 (re-); Uc de San Circ 26; refut: Raim. Mir. 2; salut: Raim. Mir. 2.
-utum: *s. o. sgl.* drut: Guill. Ademar 7; Guill. de Berg. 6; Guir. de Born. 16 (trut), 16, 43, 48; Marcabr. 24; Peire d'Alv. 6; Raimb. d'Aur. 15; Raim. Mir. 2, 12; Uc de San Circ 26; 461,95; escut: Bert. Zorgi 2; B. de B. 26; Gausb. de Poic. 6; Guill. de Berg. 6; Guir. de Born, 16; Guir. Riq. 48; Mönch 19; Peire Raim. de Tol. 9; Raimb. d'Aur. 15 (bis); Raim. Mir. 1, 12; glut: Aug. Nov. 1; Guir. Riq. 18; Mönch 14 B.
-utum: *adj. o. sgl.* agut: Guir. 2; Raim. Mir. 12; cornut: Peire d'Alv. 6; mut: El. de Barj. 1; Peire d'Alv. 6; Peire Raim. de Tol. 9; Raim. Mir. 12 (bis); 461,7.

Part. praet.: -ucti: destrut: Peire Card. 48.
-uctum: condut: Guir. de Born. 16.
-uti: batut: Guir. Riq. 48 (a-, com-); Peire d'Alv. 6; conogut: Guir. Riq. 48; Uc de San Circ 25 (des-); irascut: Mönch 14 B; mantengut: Peire Raim. de Tol. 9; menut: Peire d'Alv. 16; Raim. Mir. 2, 12; 461,195; mogut: Bert. Zorgi 2; Raim. Mir. 12; nascut: Peire Card. 18; perdut: Aug. Nov. 3; Uc de San Circ 25; receubut: Raim. Mir. 2; remasut: Guill. Ademar 9; rezemut: Peire Card. 18; temsut: Uc de San Circ 25; tendut: Peire d'Alv. 6 (en-); valgut: Guill. Ademar 9; vendut: Raim. Mir. 12; vengut: Azal. de Porcar.; Guill. Adem. 9 (a-); Peire Card. 48; Raim. Mir. 12; Uc de San Circ 25 (re-).
-utum: agut: Beatritz de Dia 4; Bert. Zorgi 2; B. de B. 26; Peire Raim. de Tol. 9; Raimb. d'Aur. 15; Raim. Mir. 2, 12; Uc de San Circ 25; avut: Guir. Riq. 48; Mönch 19; Uc de San Circ 18; batut: Aug. Nov. 1; Guir. de Born. 16 (a-); cazegut: Uc de San Circ 18; confondud: 461,7; conogut: Gausb. de Poic 6; Guill. Ademar 9; Marcabrun 20 (re-), 24 (re-); Peire d'Alv. 6 (re-); Peire Card. 48; Raimb. d'Aur. 15 (re-); Raim. Mir. 2, 12; Uc de San Circ 18 (bis), 26; conquezut: Peire d'Alv. 6; corregut: Uc de San Circ 18; cregut: Bert. Zorgi 2; Daude de Pradas 9; Guill. Ademar 9 (recrezut); Guir. de Born. 43; Peire d'Alv. 6 (recrezut); Raim. Mir. 12; decadud: 461,7; deceubut: Azal. de Porc.; El. de Barj. 1; degut: Peire Card. 2; dissendut: Raim. Mir. 2; elescut: B. de B. 26; Guir. Riq. 5 (elegut); encrebut: Raimb. d'Aur. 15; ereubut: Beatritz de Dia 4; El. de Barj. 1; Guill. Ademar 9; Peire Raim. de Tol. 9; escondut: El. de Barj. 1; Peire d'Alv. 6 (arr-); Raim. Mir. 12 (rescondut); iagut: Guir. Riq. 5; mentaugut: Guir. Riq. 5; menut: Guir. de Born. 16; Guir. Riq. 5; Peire Card. 48; Uc de San Circ 18; mergut: Peire Card. 48; mogut: Uc de San Circ 18; nogut: Uc de San Circ 18, 26; pendut: Peire Card. 48; perceubut: Guill. Adem. 7 (a-); perdut: Azalais de Porc.;

B. de B. 21, 26; Bertr. Carb. 13d, 34e; El. de Barj. 1 (es-); El. Cair. 10; Gausb. de Poic. 6 (re-); Guir. de Born. 16, 48; Guir. Riq. 48; Marcabrun 20; Peire d'Alv. 6; Peire Card. 48 (bis), § 32,3; Raimb. d'Aur. 15; Raim. Mir. 12 (bis); Uc de San Circ 18, 26; 461 (anon.), 7,95, 177,244; pogut: Gausb. de Poic. 6; quesut: Raimb. d'Aur. 15; remasut: B. de B. 26; Raimb. d'Aur. 15; Raim. Mir. 12; receubut: Guir. de Born. 43 (re-); Uc de San Circ 25 (re-); rendut: B. de B. 26; Guill. Ademar 9; Peire Raim. de Tol. 9; Raim. Mir. 12; 461,7; romput: Peire Card. 18 (cor-); Mönch 14B; saubut: Beatritz de Diu 4; Daude de Pradas 9; Gausb. de Poic. 6; Guir. Riq. 48; Peire d'Alv. 6; Peire Card. 18, 48; Peire Raim. de Tol. 9; Raimb. d'Aur. 15; segut: Guir. Riq. 5 (as-); Raimb. d'Aur. 15 (cos-); sovengut: El. de Barj. 1 (des-); Guir. de Born. 16; tendut: Bert. Zorgi 2 (a-, en-, os-); Gausb. de Poic. 6 (a-); Guill. Adem. 9 (a-, en-); Guir. Riq. 48; Peire Card. 48; Raim. Mir. 2 (a-), 12 (en-); tengut: Bert. Zorgi 2 (re-); B. de B. 26; Daude de Pradas 9 (bis: re-); El. de Barj. 1; Gausb. de Poic. 6, 6 (re-); Guill. Adem. 9 (re-); Guiraut 2 (man-, re-); Guir. de Born. 16 (bis), 43 (re-); Guir. Riq. 48, 48 (man-); Peire Card. 2 (re-); Peire Raim. de Tol. 9 (re-); Raimb. d'Aur. 15 (re-); Raim. Mir. 1, 2, 2 (re-), 12; Uc de San Circ 25; tolgut: Guiraut 2; Peire d'Alv. 6; Peire Card. 18, 48; Raim. Mir. 2; tondut: Peire Card. 48; valgut: Aug. Nov. 3; Bert. Zorgi 2; El. de Barj. 1; El. Cair. 10; Guir. Riq. 48; Raimb. d'Aur. 15; Raim. Mir. 12; Uc de San Circ 25, 26; vegut: B. de B. 26; Guir. de Born. 16 (vezut), 16; Uc de San Circ 18 (vezut); vencut: El. de Barj. 1; Gausb. de Poic. 6; Guir. de Born. 16,43; Guir. Riq. 5; Peire d'Alv. 6; Peire Card. 48; Peire Raim. de Tol. 9; Raimb. d'Aur. 15 (bis); Raim. Mir. 2, 12; Uc de San Circ 25,26; vendut: Guir. de Born. 48; 461,177; vengut: B. de B. 26; Guiraut 2 (n-); Guir. de Born. 43 (de-); Raim. Mir. 12 (co-); Uc de San Circ 26 (co-); viscut: B. de B. 26; Peire Card. 18; 461,244 (vescut); volgut: B. de B. 21; Guiraut 2 (bis); Guir. de Born. 16, 43, 48; Peire d'Alv. 6; Peire Card. 18; Raim. Mir. 2 (bis), 12; Uc de San Circ 25 (bis), 26.

utz.

Aim. de Peg. 22 (M.W. 2,159); Arn. Dan. 13 (ed. Canello); Bereng. de Poivent. (Arch. 34,414); Bern. Marti 2 (M. G. 755); Bern. de Vent. 12 (B. Chr.⁴ 59), 19 (M.W. 1,42); Bertr. d'Alam. 9 (R. 4,220); Bertr. Carb. 18a (B. D. pg. 10), 19f (B. D. pg. 10), 54f (B. D. pg. 26), 59a (B. D. pg. 10), 62f (B. D. pg. 23), 68f (B. D. pg. 23), 71f (B. D. pg. 10), 81f (B. D. pg. 23); Bertr. del Poget 2 (P. O. 364); Bertr. de Roais (Joyas pg. 181); Cadenet 21 (Arch. 34,170); Esperdut 2 (Arch. 34,189); Folq. Lun. (Rom.: ed. Eichelkraut); Folq. de Mars. 21 (R. 3,153); na Gorm. de Monpesl. 1 (R. 4,319); Guigo 2 (M. G. 585); Guill. 9,12 (ed. Keller); Guill. de Barj. § 29,7 (Jahrbuch 6,237); Guill. de Cabstg. 5 (ed. Hüffer); Guill. Fig. 2 (R. 4,309); Guill. Rain. d'At. 4 (Arch. 34,402); Guill. de la Tor 2 (M. G. 650); Guir. de Born. 3 (M.W. 2,51), 12 (M.W. 1,194). 67 (P. O. 133); Guir. de Cal. 4 (M. G. 338); Guir. Riq. 51 (M.W. 4,85), 55 (M.W. 4,54), 56 (M.W. 4,30), 62 (M.W. 4,53); Marcabrun 4 (M. G. 277), 26 (M. G. 508), 39 (M.W. 1,57); Marti de Mons (Joyas pg. 105); Mönch 14 B (ed. Philipps.); Peire d'Alv. 21 (M. G. 1022); Peire Card. 43 (M. G. 980), 63 (M.W. 2,198); Peire Raim. de Tol. 18 (Arch. 35,421); Raimb. d'Aur. 34 (P. O. 52); Raimb. de Vaq. 10 (M. G. 235); Raim. Jordan 4 (P. O. 200); Raim. Mir. 21 (M. G. 1104), 26 (M. G. 933), 29 (Arch. 34,196); Simon Doria 3 (Arch. 34,883); Torcafol 2

(R. 5,449); 461 (anon.), 38 (Arch. 50,277), 123 (B. D. pg. 64), 133 (Arch. 50,279), 179 (Arch. 50,283), 248 (Arch. 50,273).

-ōgitos: *s. o. pl.* cuz: Guill. de Cabstg. 5.

-ōgitus: *s. n. sgl.* cuitz: Cadenet 21; Guir. Riq. 56.

-ucem: *s. o. sgl.* crutz: Marcabrun 4; lutz: Arn. Dan. 13; Bertr. Carb. 81f; Gnigo 2; Guill. Fig. 2; Guir. de Born. 12; Guir. Riq. 2, 30, 55, 56, 62; Peire d'Alv. 21; Peire Raim. de Tol. 18.

-ucit: *3. sgl. prs. i.* dutz: Bern. de Vent. 12 (a-); Folq. Lun. (Rom.); Folq. de Mars. 21 (a-); Guigo 2; Guill. de Cabstg. 5 (a-); Guir. de Born. 12 (a-); Guir. Riq. 51 (a-); Peire Raim. de Tol. 18 (a-); Raim. Jord. 4 (a-); Raim. Mir. 26 (a-); 461,123 (a-); eslutz: Bertr. del Poget 2; lutz: Folq. de Mars. 21.

-uctos: *s. o. pl.* frutz: Marti de Mons.

-uctus: *s. n. sgl.* frutz: 461,123.

-udes: *s. o. pl.* palutz: Marcabrun 4.

-udos: *adj. o. pl.* nntz: na Gorm. de Monpesl. 1.

-udus: *adj. n. sgl.* nutz: Esperdut 2; Folq. Lun. (Rom.); Guigo 2; Guir. de Born. 67; Guir. Riq. 55; Marcabrun 4; Raim. Mir. 29.

-ugitos: *s. o. pl.* brutz: Arn. Dan. 13.

-ugitus: *s. n. sgl.* brutz: Bertr. d'Alam. 9; Cadenet 21 (bruitz); Guir. Riq. 55, 56, 62; Peire Raim. de Tol. 18.

-utem+s: *s. n. sgl.* salutz: na Gorm. de Monpesl. 1; Guill. Fig. 2; Guir. de Born. 67; Guir. Riq. 30, 55; Raimb. d'Aur. 34; vertutz: Bertr. Carb. 54f, 62f, 68f; na Gorm. de Monpesl. 1; Guir. Riq. 2; Raimb. d'Aur. 34; 461,123.

-utes: *s. o. pl.* salutz: Aim. de Peg. 22; Bern. de Vent. 12; Guigo 2; Guill. de Berg. § 29,7; Guill. de Cabstg. 5; Guill. Rain. d'At. 4; Guir. de Born. 12; Guir. Riq. 55; Marcabrun 4, 26, 39 (bis); Raimb. de Vaq. 10; Raim. Mir. 29; vertutz: Aim. de Peg. 22; Bern. de Vent. 12 (bis); Bertr. Carb. 18a, 59a; Bertr. de Roais; Guill. Fig. 2; Guill. Rain. d'At. 4; Marti de Mons; Peire d'Alv. 21; Raimb. d'Aur. 34; Raim. Mir. 29.

-utos: *adj. o. pl.* agutz: Folq. Lun. (Rom.); Raim. Mir. 29; becutz: Marcabrun 4; canutz: Marcabrun 39; cornutz: Marcabrun 4; Raim. Mir. 21; mutz: na Gorm. de Monpesl. 1; Guir. de Born. 67; Peire Card. 43; Raim. Jord. 4; tutz: Folq. Lun. (Rom.).

-utos: *s. o. pl.* ajutz: Guill. de Cabstg. 5; drutz: Esperdut 2; Guigo 2; Guir. de Born. 67; Marcabr. 26, 39; escutz: Raimb. de Vaq. 10.

-utus: *adj. n. sgl.* agutz: Bern. Marti 2; Folq. Lun. (Rom.); canutz: Bereng. de Poivent; cornutz: Guill. Rain. d'At. 4; 461,179; mutz: Arn. Dan. 13; Bern. de Vent. 19; Bertr. d'Alam. 9; Cadenet 21; Guir. Riq. 55; Peire Raim. de Tol. 18; Raimb. d'Aur. 34.

-utus: *s. n. sgl.* ajutz: Guir. Riq. 2; drutz: Arn. Dan. 13; Bern. de Vent. 12, 19; Cadenet 21; Guill. de Cabstg. 5; Guir. Riq. 51; Peire Card. 63; Raimbaut 1; Raimb. d'Aur. 34; Raimb. de Vaq. 10; Torcafol 2; 461,38; escutz: Bertr. d'Alam. 9; Raimb. d'Aur. 34.

Part. praet.: -uctos: condutz: Arn. Dan. 13; Folq. Lun. (Rom.) (es-); Marcabrun 26.

-uctus: condutz: Raimb. de Vaq. 10; desdutz: Guir. de Born. 12; destrutz: Guir. Riq. 30; Peire Card. 43.

-utos: aperceubutz: Guigo 2; Guir. Riq. 2; assegutz: Guir. Riq. 2; avutz: Folq. Lun. (Rom.); Guir. Riq. 62; batutz: Bern. Marti 2; Folq. Lun. (Rom.); conogutz: Guigo 2; cregutz: Raim. Mir. 21; deceubutz: Marcabrun 39; dechazutz: Guir. Riq. 30; degutz: Guir. Riq. 55; esperdutz: Raimb. de Vaq. 10; fondutz: Folq. Lun. (Rom.); menutz: Marcabrun 39; mogutz: Bertr. d'Alam. 9; pagutz: Marcabrun 26; perdutz: Folq. Lun. (Rom.); Guill. de Cabstg. 5; Marcabrun 4; plagutz: Guir. Riq. 2; recrezutz: Esperdut 2; Simon Doria 3; rendutz: Arn. Dan. 13; Marcabrun 26; rodutz: Guill. Rain. d'At. 4; romputz: Folq. Lun. (Rom.); saubutz: Guill. de Cabstg. 5; Guill. Fig. 5; Guir. Riq. 55, 62; Marcabrun 39; tendutz: Folq. Lun. (Rom.); tengutz: Folq. Lun. (Rom.); Guill. Raim. d'At. 4; Simon Doria 3; tondutz: Raim. Mir. 29; trautz: Marcabrun 26; valgutz: Raim. Mir. 26; vencutz: Bertr. del Poget 2; volgutz: Folq. Lun. (Rom.).

-utus: acossegutz: Raimb. de Vaq. 10; aperceubutz: Aim. de Peg. 22 (apersebutz); Bern. de Vent. 19; Folq. de Mars. 21; Guill. de Berg. § 29,7; Guir. Riq. 56; avutz: Guir. de Cal. 4; Guir. Riq. 55, 56; Raim. Mir. 21; batutz: Guir. Riq. 2 (a-), 62 (a-); 62; Marcabr. 39 (a-); Peire Card. 43 (a-); Simon Doria 3; Torcafol 2 (a-); cazutz: Bern. de Vent. 12 (es-); Esperdut 2 (chautz); Folq. Lun. (Rom.); Guill. Fig. 2; Guir. de Born. 12; Guir. Riq. 2 (des-), 62; Raimb. d'Aur. 34 (es-); 461,123; cofondutz: Marcabrun 39; conogutz: Bern. de Vent. 19 (re-); Bertr. Carb. 54 f; Cadenet 21; Folq. Mars. 21; Guir. de Born. 67 (re-); Guir. Riq. 2 (des-), 56, 56 (re-); Marti de Mons (re-); Peire Raim. de Tol. 18; Raimb. d'Aur. 34 (re-); Raim. Mir. 26; 461,133 (re-); crezegutz: Raim. Mir. 26; crezutz: Bern. de Vent. 19 (re-); Bertr. d'Alam. 9; Bertr. Carb. 19 f (cregutz), 71 f; Bertr. del Poget 2 (cregutz); Cadenet 21; Esperdut 2 (cregutz); Folq. Lun. (Rom.: re-); Folq. de Mars. 21 (re-); Guill. de Cabstg. 5 (cregutz); Guill. de la Tor 2 (cregutz); Guir. de Born. 12; Guir. Riq. 2 (cregutz), 30, 30 (cregutz), 51 (cregutz), 55, 56; Marcabrun 39 (cregutz), 39 (re-); Mönch 4 B (cregutz); Peire d'Alv. 21 (des-); Peire Raim. de Tol. 18 (re-); Raimb. d'Aur. 34 (re-); Raim. Mir. 26; deceubutz: Guir. Riq. 30; decazegutz: Guir. de Born. 67; despregutz: Bertr. d'Alam. 9; dissendutz: Esperdut 2; Guir. Riq. 51; Raimb. de Vaq. 10; 461,123; ereubutz: Aim. de Peg. 22; Bern. de Vent. 12; Guill. de la Tor 2 (erebutz); Guir. Riq. 2; escondutz: Bertr. Carb. 81 f; Bertr. del Poget 2 (rescondutz); Peire Card. 53 (rescondutz); espandutz: Marcabrun 39; esperdutz: Aim. de Peg. 22; Bereng. de Poivent; Bern. de Vent. 19; Folq. Lun. (Rom.); Guill. de la Tor 2; Guir. Riq. 55; Raim. Mir. 29; 461,179; irascutz: Bertr. d'Alam. 9; Folq. de Mars. 21; Guir. Riq. 2; issendutz: 461,123; mentaugutz: Guir. Riq. 51, 55, 56, 62; Simon Doria 3; menutz: Guir. Riq. 2; mogutz: Bertr. Carb. 18 a (somugutz), 59 a (so-); Bertr. del Poget 2; Cadenet 21; Guir. de Born. 67; Guir. de Cal. 4; Guir. Riq. 2, 62; Mönch 14 B; Raim. Mir. 29; nascutz: Marcabrun 39; pendutz: Guill. Raim. d'At. 4; Marcabrun 39; 461,38; perdutz: Aim. de Peg. 22; Bern. de Vent. 12; Bertr. del Poget 2; Esperdut 2 (bis); Folq. de Mars. 21; na Gorm. de Monpesl. 1 (bis); Guigo 2; Guir. Riq. 2, 55 (ter); Marcabr. 4; Raimb. d'Aur. 34; Simon Doria 3; 461,248; receubutz: Folq. Lun. (Rom.); Guir. de Born. 12; remescutz: Aim. de Peg. 22; Bertr. del Poget 2; Cadenet 21; Esperdut 2; Folq. Lun. (Rom.); Guill. de Cabstg. 5; Guir. de Born. 67; Guir. de Cal. 4; Guir. Riq. 2; Marcabrun 39; Mönch 14 B; Raim. Mir. 29; remetutz: Bertr. del Poget 2; rendutz: Bern. de Vent. 19; Bertr. d'Alam. 9; Guill. de Cabstg. 5; Marcabr. 39; Peire Raim. de Tol. 18;

Raimb. de Vaq. 10; Raim. Mir. 26; rezemutz: 461,123; saubutz: na
Gorm. de Monpesl. 1; Guir. de Born. 67 (ter); Guir. Riq. 2; Peire Raim.
de Tol. 18; Raimb. d'Aur. 34; 461,133; sovengutz: Guir. Riq. 51 (des);
temsutz: Guir. Riq. 55; tendutz: Aim. de Peg. 22 (en-); Guir. de Born.
67 (en-); Guir. Riq. 2 (en-), 2 (a-), 62 (en-); Peire Raim. de Tol. 18 (u-);
tengutz: Aim. de Peg. 22; Arn. Dan. 13 (man-); Bertr. d'Alam. 9 (bis:
re-); Bertr. Carb. 62f, 68f; Bertr. del Poget 2 (man-); Cadenet 21 (bis);
Esperdut 2; Folq. de Mars. 21 (re-); Guigo 2; Guill. de la Tor 2; Guir.
de Born. 12 (man-), 12; Guir. Riq. 2 (bis), 30; Marcabrun 39 (man-);
Marti de Mons; Peire Raim. de Tol. 18 (cap-); Raimb. de Vaq. 10;
Raim. Mir. 26 (man-), 26; 461 (anon.), 248; tolgutz: Esperdut 2; veuz:
Marcabr. 4; vencutz: Arn. Dan. 13; Bern. Marti 2; Bertr. del Poget 2;
Folq. de Mars. 21; Guigo 2; Guill. Fig. 2; Guir. de Born. 67; Guir.
Riq. 51; Marcabrun 4; Peire Raim. de Tol 18; Raim. Mir. 21; Torcafol 2;
vendutz: Bern. de Vent. 12; Raim. Mir. 26; vengutz: Aim. de Peg. 22;
Bern. de Vent. 12; Esperdut 2; Folq. de Mars. 21; Guigo 2; Guill. de
la Tor 2; Guir. de Born. 12 (bis), 67; Guir. Riq. 2, 30, 51, 56; Marca-
brun 39 (bis); Raimb. d'Aur. 34; Raim. Mir. 29; volgutz: Bertr. Carb.
19f, 71f; Bertr. del Poget 2; Guill. de la Tor 2; Guir. de Born. 12;
Guir. Riq. 2, 30, 55; Peire Card. 63; Raimb. d'Aur. 34; Raimb. de Vaq. 10;
Simon Doria 3.